구중천
九重天

구중천 1

임영기 新무협 판타지 소설

초판 1쇄 찍은 날 § 2006년 8월 31일
초판 1쇄 펴낸 날 § 2006년 9월 9일

지은이 § 임영기
펴낸이 § 서경석

편집장 § 문혜영
편집 § 유경화 · 심재영

펴낸곳 § 도서출판 청어람
등록번호 § 제1081-1-89호
등록일자 § 1999. 5. 31
어람번호 § 제2-0997호

주소 § 경기도 부천시 원미구 심곡1동 350-1 남성B/D 3F (우) 420-011
전화 § 032-656-4452 팩스 § 032-656-4453
http://www.chungeoram.com
E-mail § eoram99@chollian.net

ISBN 89-251-0294-3 04810
ISBN 89-251-0293-5 (세트)

구중천
九重天

1
벽월도(碧月刀)

임영기 신무협 판타지 소설

Fantastic Oriental Heroes

도서출판 청어람

목
차

《머리말》

　나는 내가 전에 무슨 작품을 썼는지를 잘 기억하지 못하는 편이
다.

　그러나 그 작품들에서 어떤 실수를 했는지, 또는 어떠한 부분들
이 미비했고 잘못됐었는지는 지나칠 정도로 또렷하게 기억하고
있다.

　기억하고 싶지 않은 것은 되도록 빨리 잊고 기억해야 할 것들만
추려서 기억하는, 이른바 '선택적 기억 상실증' 이라고 이름 붙일
수 있는 병에, 그것도 중증에 걸려 있는 모양이다.

　그렇다고 내게 무협을 가르치는 스승이 따로 있어서 잘못된 점
을 일깨워 주는 것도 아니고, 어느 무협 소설이 나의 지침이다라
고 딱히 정해두어서 그 방향으로 매진하고 닮으려고 애쓰는 것도
아니어서 무언가 '발전' 을 꾀하기 위해서는 나름대로의 방도를
강구해야만 했는데, 아마도 그것이 병인(病因)인 듯하다.

　그 결과 나는 '내가 곧 무협이다' 라고 생각하게 되었다.

　나의 일상이, 사고(思考)가, 그리고 생활 전체가 무협과 단단하

게 결속되어 있다고 여기며 집필한다.

그래서인지 요즈음의 무협이 어느 방향으로 흘러가는지, 소위 어떤 작품들이 잘 읽히는지에 대해서는 별 관심이 없다.

다만 내가 추구하는 재미있는 무협을 쓰려고 고심할 뿐이다. 그런 점에서 나는 대단히 고집스러운 편이다.

그렇기 때문에 내 작품은 고전 무협이라든지 정통 무협, 신무협의 어느 파(派)에도 속하지 않는 것 같다고 자평한다.

굳이 분류하자면 내 작품, 아니, 내 무협은 '기정무협(奇情武俠)'이라고 이름 붙일 수 있을 것이다.

이번 작품 '구중천(九重天)'은 기정무협이다.

바탕에 '기정'이 깔려 있으며, 그 위에 사나이들의 우정과 전대(前代)의 은원(恩怨), 음모, 호쾌한 결투, 해학(諧謔)을 두루 덧씌웠다.

이제 '구중천'의 괴이한 주인공 화무린(華武璘)이 독자 제현의 마음의 문을 두드려 자신의 이야기를 들려주려 할 것이다.

약간의 인내심을 갖고 그의 말에 조금만 귀를 기울여 준다면 그가 독자 제현을 그리 실망시키는 일은 벌어지지 않을 터이다.

나를 선택해 준 무협에 진심으로 감사한다.

林榮基

序

아버지는 일곱 살짜리 어린 아들의 손에 한 자루 푸른빛이
감도는 보도(寶刀)를 쥐어주면서 한 자 한 자 힘주어 나직이,
그러나 빠르게 말했다.

"아들아, 앞으로 네가 지켜야 할 것은 두 가지다. 네 목숨
과 바로 이 칼이다."

말속에 피가 진득하게 배어 있는 듯했다.

아버지는 자신밖에 모르는 비밀 장소인 좁은 공간에 어린
아들을 벽에 기대어 앉혔다.

어린 아들은 아버지의 특수한 점혈 수법에 제압되어 호흡
이 정지됐으며, 움직일 수도 말을 할 수도 없는 상태였다.

하지만 정신은 말짱했으며 눈을 뜨고 있을 수도 있었다.

"지금부터 무슨 일이 벌어지는지 똑똑히 봐둬야 한다. 만약 아비가 저자들을 물리치지 못하고 죽는다면 너는 반드시 살아남아서 이 칼을 잘 간직하고 있다가 칼이 인도하는 길을 따라가거라. 또한 저자들의 얼굴을 결코 잊어서는 안 된다. 그래서 장차 이 혈채(血債)를 갚고 가문을 일으켜야 할 것이다."

어린 아들은 아버지의 그런 비장한 표정을 예전에는 한 번도 본 적이 없었다.

"최고로 강한 힘이 생겼다는 확신이 들 때까지 그 누구에게도 너의 신분을 밝히지 마라. 그리고 이후 네 자신 외에는 절대 아무도 믿지 마라. 칼이 인도하는 곳에 도달하기 전에는."

그 말 이후 아버지는 어린 아들을 가슴에 깊이 잠시 동안 안았다가 놓아주었다.

그것이 부친의 마지막 모습이었다.

*　　　*　　　*

고수가 되기 위해서는 천부적인 자질, 절세의 신공절학, 뛰어난 사부, 무서운 집념 등 여러 가지 어려운 조건과 환경이 일치, 조화를 이루어야만 한다.

그것들이 일치에 가까울수록 좋은 결과, 즉 강자(强者)가
될 수 있을 것이고, 일치에서 멀어질수록 그 반대의 결과가
초래될 것은 두말할 필요도 없다.

최소한 삼십 년 전까지는 그랬다.

그러나 지금은 진정한 무림고수가 되기 위해서 단 두 가지
만 갖추면 된다.

돈[錢].

그리고 생사 불문(生死不問).

第一章

전귀(錢鬼)

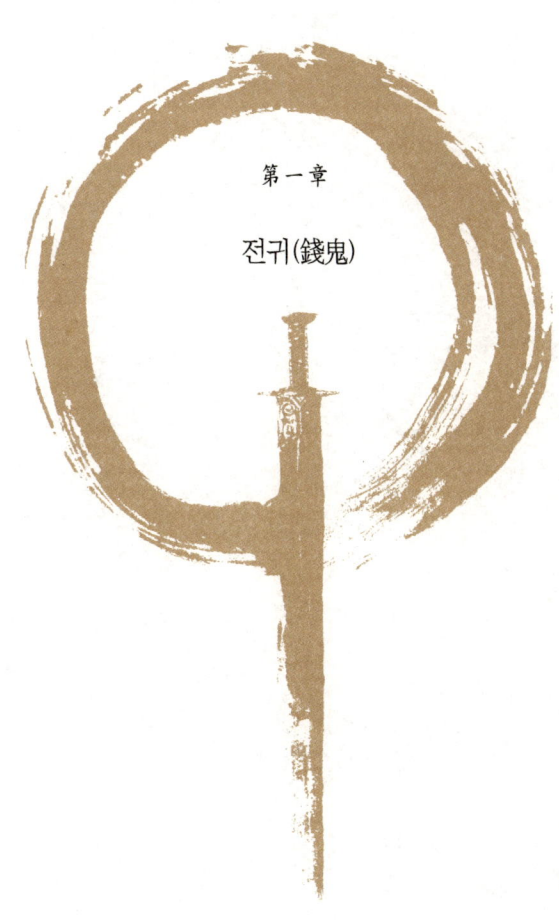

구중천
九重天

비릿한 피 냄새가 코와 입으로 왈칵 끼쳐 왔다.

익숙하며 친근한 냄새.

그 순간부터 화무린(華武璘)의 격앙됐던 마음이 빠르게 안정을 되찾기 시작했다.

피 냄새를 맡기 직전까지만 해도 그의 마음속과 머리는 분노와 흥분, 고통 따위가 온통 뒤범벅된 혼란 상태로써 당장이라도 폭발할 것만 같았다.

그런데 피 냄새를 느끼자마자 거짓말처럼 그 모든 것들이 씻은 듯이 사라져 버렸다.

그렇다고 크게 달라지는 것은 없었다.

퍼퍼퍼퍽! 투다닥!

아니, 오히려 그의 한 몸으로 쏟아지는 주먹질이나 발길질, 몽둥이질은 더욱 맹렬해지고 있었다.

하지만 기이하게도 고통은 거의 느껴지지 않았고, 마음은 비할 데 없이 편안했다.

그 이유는 순전히 그의 코와 입에서 흘러나오는 피 냄새와 피의 독특한 맛 때문이었다.

그에게 있어서 피[血]는 마취나 환각 역할을 했다. 이상한 습관이지만 그 효과는 언제나 탁월했다.

그는 매를 피하려고도 하지 않았고 몸을 웅크리지도 않았다. 피 맛은 그에게 자신을 웬만큼 방임하는 것마저도 용납했다.

그는 무방비 상태로 누운 채 소나기처럼 퍼부어지는 매를 고스란히 감당해 냈다.

다만 머리에 맞지 않으려고 두 팔로 머리를 감싸 안는 정도의 자세만을 취했을 뿐이다.

주먹질이든 발길질이든 얼굴이나 머리에 맞아서는 곤란했다.

정신을 잃지 말아야만 지금 하고 있는 일을 마저 끝낼 수 있기 때문이다.

화무린을 무차별로 몰매 놓고 있는 자들은 모두 여섯 명이었고 하나같이 체격이 건장했다.

그러나 화무린이 지금이라도 벌떡 일어나서 맞싸운다면 이들 여섯 명 정도는 모조리 때려눕힐 수 있었다. 그의 능력으로 미루어 그것은 그리 어려운 일이 아니었다.

하지만 그렇게 해서 얻는 것은 전혀 없는 데 반해서 잃어야 하는 것이 너무 많았다.

어쩌면 모든 것을 잃게 될지도 모른다.

사실 가진 것도 이룬 것도 별로 없는 그였지만 그나마도 이한 번의 무의미한 싸움에서의 달갑지 않은 승리로 인해서 모조리 잃게 될 것이 거의 확실했다.

만약 이들과 맞서 싸워서도 아무 일이 없으려면 이들 모두의 숨통을 깨끗이 끊어놔야만 할 것이다.

죽이지 않으면 싸움에서 진 놈들이 복수를 한답시고 찾아다니면서 날뛰거나 화무린이 애써 감추려고 하는 싸움 실력에 대해서 떠벌리고 다닐 게 분명했다.

그렇게 되면 정말 감당하기가 어려워진다.

그런 일이 벌어지지 않게 하려면 싸웠던 흔적과 이들의 시체를 아무도 모르는 곳에 감쪽같이 파묻어서 유기하는 일까지도 덤으로 해야만 한다.

하지만 그것은 지나치게 번거로울 뿐만 아니라 시간까지 잡아먹는다. 그렇게까지 공을 들일 이유가 없었다.

그러니 그저 맞아주는 편이 훨씬 편했다.

적당하게 맞아주고 피를 흘리면서 쓰러져 있으면 잠시 후

이놈들은 비웃음을 흘리면서 물러갈 것이다.

그래, 잠시만 참자.

싸워야 할 때만 싸운다.

절체절명의 순간에만 싸운다.

그리고 싸우게 되면 반드시 끝장을 낸다.

그것이 화무린이 터득한 생존 방식이었다.

하지만 매에는 장사가 없는 법이다.

피 맛은 그의 정신을 안정시킬 뿐이지 찢어지고 뒤틀리는 몸뚱이마저 감당하진 못했다.

퍽!

마지막 발길질이 그의 옆구리 늑골 사이로 강하게 파고들었다.

이놈들은 급소 따위를 알지 못하는 무식한 놈들이지만 마지막 한 번의 발길질은 우연찮게 급소에 적중했다.

하지만 그 정도로 정신을 잃거나 비명을 지를 화무린이 아니었다.

화무린은 맞기 시작했을 때부터 지금껏 비명은커녕 약한 신음 소리조차 흘려내지 않았다.

한 사내가 늘어져 있는 화무린의 옷을 모조리 벗겨내서 털다시피 했지만 언제나 그랬던 것처럼 아무것도 나오지 않았다.

그러나 옷이 벗겨지는 순간 화무린이 오른팔을 안쪽으로

슬쩍 구부리면서 무언가를 감추며 바닥에 엎드리는 것을 눈여겨본 사람은 아무도 없었다.

이들은 가끔 자신들의 구역 내에서 화무린을 발견하게 되는 경우, 지금처럼 흠씬 두들겨 팬 후에 그의 온몸을 샅샅이 뒤졌지만 구리 돈 한 문이라도 발견한 적은 한 번도 없었다.

"퉤엣! 이 잡종 새끼야! 다음에 한 번 더 우리 구역에서 얼쩡거리다가 눈에 띄면 진짜 멱을 따버리겠다!"

화무린을 몰매 놓던 무리의 우두머리로 보이는 놈이 침을 뱉으며 악다구니를 써댔다.

그저 돌아서기 뭣하니까 엄포를 놓는 것뿐인데 날 선 살기 등등함 따윈 없었고, 오히려 얼굴에는 귀찮아하는 기색이 역력했다.

그들은 늘 이런 식으로 윽박질렀지만 그 말을 실천에 옮긴 적은 없었다.

남의 구역에서 얼쩡거리는 정도로 화무린의 멱을 딴다면 그들 역시 죽을 각오를 하고 남의 구역에 들어가야만 할 것이다.

그들은 지난 삼 년 동안 이미 수십 차례나 질리도록 화무린을 몰매 놓았으며, 그 악순환은 오늘이라고 그냥 지나치지 않았다.

화무린은 곤죽이 되도록 맞았지만 정신을 잃지 않았다.

그가 남달리 맷집이 좋다든가 강인한 정신력을 지니고 있기 때문이기도 했지만 더 큰 이유는 다른 데 있었다.

사실 그에겐 감추고 있는 힘이 있었다.

그리 대단한 힘은 아니지만 그 힘을 사용하면 조금 전의 패거리 같은 놈들은 한주먹에 뼈를 부러뜨리고 내장을 파열시킬 수도 있을 것이다.

화무린은 매질이 멈춘 후에도 한동안 움직이지 않고 있다가 이윽고 패거리의 발자국 소리가 들리지 않게 되자 일어나기 위해서 몸을 약간 움직여 보았다.

무리하지 않고 충분한 시간을 두고 아주 천천히 일어난 후 담에 등을 기대고 잠시 서 있다가 흩어져 있는 낡은 옷을 집어 주섬주섬 입기 시작했다.

그의 무심한 시선이 자신을 몰매 놓은 자들이 사라져 간 거리 저편의 어둠으로 향했다.

그들은 이 거리를 관할하는 하오문 탁오방(卓午幇)의 졸개들이었고, 화무린은 다른 거리에 적을 둔 하오문 축록방(逐鹿幇)의 졸개라는 신분이었다.

무림, 아니, 녹림에도 속하지 못하는 가장 비천한 집단인 하오문.

게다가 문도(門徒)가 아니라 문도들의 심부름 따위나 하는 최하위의 졸개인 것이다.

아무도 없는 을씨년스러운 거리를 응시하는 화무린의 두

눈이 어둠보다 더 깊게 가라앉아 잠시 동안 허공을 부유했다.

그는 자신을 구타한 자들에게 한 올의 증오심도 원한도 품고 있지 않았다.

하오문의 졸개들이 자기 구역을 침범한 다른 구역의 졸개를 구타하는 것은 지극히 당연한 일이었다. 그들은 단지 자신들의 소임을 다했을 뿐이다.

그렇듯이 화무린도 지금 자신의 일을 하고 있는 중이었다.

그것은 그가 속해 있는 축록방의 삼향주(三香主)가 뿌려놓은 일수(日收) 돈을 하루도 빼놓지 않고 매일 수금해 오는 일이었다.

삼향주는 북경(北京) 내 다섯 개 거리에서 축록방주의 비호 아래 고리대금을 하고 있다.

북경에는 모두 네 개의 하오문이 있으며 도합 십삼 개의 거리가 있는데, 화무린이 속해 있는 축록방은 그중 세 개 거리를 관할하고 있었다.

그러니까 삼향주는 자신들의 구역이 아닌 다른 하오문 구역 두 곳의 거리에까지 고리대금을 하고 있는 셈이었다.

원래 북경 인근에서의 돈놀이는 네 개의 하오문이 거의 도맡아서 하고 있었다.

또한 그들끼리 정해놓은 고정 금리는 연(年) 사 할이고, 월(月) 팔 푼, 일변, 즉 일수는 오 리이다.

그리고 자신들 구역 내에서만 돈놀이를 해야만 한다는 엄격한 규칙이 있었다.

어길 시에는 빌려준 돈을 그 구역 하오문에 고스란히 압수당하는 것은 물론이고, 적지 않은 벌금까지 물어야만 한다.

축록방의 삼향주는 자신들 관할에서는 하오문끼리의 규정대로 이자를 받으면서도 남의 구역에 있는 사람들에게 돈을 빌려줄 때에는 조금 싼 이자를 받아왔다.

돈을 빌리는 사람들로서는 조금이라도 싼 이자를 무는 삼향주의 돈을 쓰는 편이 이득이었다.

그리고 삼향주는 남의 구역 내에서 야금야금 돈놀이를 하여 짭짤한 과외 소득을 올릴 수 있으니 이것이야말로 누이 좋고 매부 좋은 일이라고 할 수 있었다.

축록방 구역인 세 개의 거리 내에서 돈을 빌려 쓰는 사람들은 숫자가 거의 한정되어 있기 때문에 수입을 더 올리자면 다소 무리를 할 수밖에 없었다.

하오문에게 돈을 빌려 쓰는 사람들은 거의가 한물간 늙은 기녀나 창부들이고, 드물게는 가난하거나 밑천이 궁한 장사치들도 있었다.

만약 백 냥을 빌려 쓰고 백 일 동안 갚기로 했다면 원금 한 냥과 이자 다섯 냥을 포함하여 하루에 여섯 냥씩을 매일 갚아야만 하는 것이니 배보다 배꼽이 훨씬 큰 고리(高利)가 아닐 수 없었다.

화무린은 거리를 잠시 둘러보다가 비틀거리면서 가까운

골목 안으로 들어섰다.

자신보다 나이도 많고 덩치도 훨씬 큰 청년들에게 흠씬 두들겨 맞아서 거의 죽어가던 조금 전의 모습과는 달리 골목 안으로 걸음을 옮길수록 그는 더 이상 비틀거리지 않았다.

아니, 오히려 꼿꼿하게 걷고 있었다.

화무린은 이제 열다섯 살이다.

약간 마른 듯한 체구에 또래의 소년들보다 한 뼘은 더 큰 키, 팔과 다리가 보통 사람들보다 조금 더 길었으며 갸름한 얼굴 윤곽에 깊고 음울한 눈, 굳게 다물려 있는 약간은 얄팍해 보이는 입술을 지닌, 제대로 입혀놓으면 어디에서도 빠지지 않는 영준한 이목구비였다.

퉁퉁!

그는 골목 막다른 곳에 이르러 손만 대면 금방이라도 부서져 버릴 듯한 낡은 나무 문을 주먹으로 가볍게 두드렸다.

쿵쿵쿵!

잠시가 지나도 기척이 없자 그는 좀 더 세게 다시 두드렸다.

끼이—

그제야 듣기 거북한 소리와 함께 나무 문이 열리며 한 여자의 얼굴이 나타났다.

그녀의 모습은 일견하기에도 퇴물 창녀였다.

늦은 이 시간까지도 지우지 않은 화장이 얼굴 전체에 보기 싫게 번져 있었으며, 자다가 깼는지 입가와 턱에는 침이 번진 자국에 싸구려가 분명한 지독한 술 냄새까지 풍겼다.

늙은 창녀는 화무린을 보자마자 오만상을 찌푸리며 대뜸 욕부터 퍼부어댔다.

"뭐야, 어린 새끼! 너무 늦게 와서 내 잠을 깨웠잖아!"

창녀는 코와 입에서 피를 흘리고 눈두덩과 뺨, 그리고 턱이 심하게 부어오른 화무린의 모습에는 아랑곳하지도 않고 자신의 잠을 깨웠다는 것만 갖고 신경질을 내며 떠들어댔다.

"내 잠을 깨운 벌이다! 오늘은 그냥 가라!"

창녀는 고약한 입 냄새를 뿜어내고는 문을 닫으려 했다.

그러자 화무린은 슬쩍 손을 뻗어 닫히려는 문을 굳게 잡고 묵묵히 여자를 응시했다.

"이 새끼가……!"

창녀는 화무린의 가슴을 힘껏 떠밀기도 하고 문을 닫으려고 기를 쓰기도 했지만 어느 것도 여의치 않았다. 화무린은 돌담처럼 끄떡도 하지 않았다.

창녀는 화무린을 쏘아보다가 쓴 실소를 흘렸다.

이 어린 독종 놈을 붙잡고 괜히 실랑이를 벌여봐 댔자 부질없다는 것, 아니, 까딱하다가는 경을 칠 수도 있다는 사실을 여태까지의 경험으로 잘 알고 있는 그녀였다.

그녀는 곧 집 안으로 비척거리면서 들어갔다가 잠시 후에 다시 나와 화무린에게 술 냄새 나는 주름진 주먹을 내밀었다.

"옛다! 갖고 그만 꺼져라!"

화무린이 그녀의 주먹 아래 손바닥을 벌렸다.

쩔그렁!

그의 손바닥에 서로 종류가 다른 이십여 개의 엽전이 쏟아졌다.

그는 엽전을 확인하지도 않고 가만히 손 안에 쥐어보고 나서 나직이 중얼거렸다.

"일 문(紋)이 모자라."

창녀는 그럴 리가 없다든가 잘 세어보라고 말하지 않고 즉시 집 안으로 다시 들어갔다가 곧 나왔다.

화무린의 계산은 틀린 적이 없었다.

"그깟 일 문 떼어먹으려던 게 아냐. 바닥에 떨어져 있었어."

일 문을 받아 쥔 화무린은 미련없이 즉시 몸을 돌려 골목 밖으로 걸어갔다.

창녀는 멀어지는 화무린을 보며 이맛살을 찌푸렸다.

"젠장맞을! 전귀(錢鬼) 저 재수없는 새끼 때문에 오늘만큼은 술 취해서 고이 자보려던 게 헛일이 돼버렸어."

화무린이라는 그의 본명을 알고 있는 사람은 두 명.

자신의 방에서 화무린을 재워주고 있는 기녀와 하나밖에 없는 친구 현조(玄朝)뿐이었다.

북경성 인근에서 그를 알고 있는 사람들은 대부분 그를 '전귀', 즉 '돈귀신'이라고 부른다.

아주 드물게 '전귀(戰鬼)', 즉 '싸움귀신'이라고 부르는 사람들도 있긴 한데, 그것은 그의 싸우는 모습을 본 적이 있기 때문이다.

그나마 그 사람들은 친구 현조와 진짜 싸움꾼들 몇몇에 불과했다.

이로써 오늘의 수금이 끝났다.

화무린은 거리 뒤편 야트막한 야산 숲 속의 한 그루 아름드리 노송 아래 낙엽 더미를 파헤쳐서 그곳에 묻어두었던 전낭(錢囊) 하나를 끄집어냈다.

쩔그렁!

이어서 허리에 차고 있던 또 하나의 전대를 풀어서 두 개를 합친 후 하나의 전대에 넣었다.

노송 밑에 묻혀 있던 전낭은 첫 번째 거리에서 수금한 것이고, 허리에 차고 있던 전대는 두 번째 거리에서 수금한 돈이었다.

그는 한 집에서 수금을 하면 그 돈을 몸에 지니고 다니지 않고 자신만이 알고 있는 근처의 비밀 장소에 감추어둔 후 다음 집으로 수금을 하러 가는 습관이 있었다.

비밀 장소라고 해서 별다른 곳은 아니었다. 그저 지붕 밑이나 담 아래의 후미진 곳, 굴뚝 사이 같은 곳들이 고루 이용됐는데, 여태껏 한 번도 들키거나 돈을 잃은 적이 없었다.

다음 집에서 수금한 돈은 또 그 집 근처 비밀 장소에 감추고, 그렇게 해서 한 거리의 수금이 끝났을 때 되돌아 나오면서 감춰둔 돈을 모두 거두어 전낭에 담은 후 숲 속에 파묻어두고는 다시 두 번째 거리로 수금을 하러 갔다가 와서 최종적으로 그날 수금한 두 거리의 모든 돈을 합쳐서 집으로 돌아가는 것이다.

그것은 이 일을 해온 지난 삼 년여 동안 하루도 거르지 않은 그의 꼼꼼한 습관이며 일상이었다.

그 습관 덕분에 그는 거리 안에서 마주치는 다른 하오문 패거리들에게 한 차례도 돈을 뺏긴 적이 없었다.

돈놀이를 하고 있는 축록방의 삼향주는 다른 하오문 구역 안에 있는 거리 두 곳에서 매일 일수를 받아오는 일을 화무린에게 전적으로 맡겼다.

화무린은 이 일을 맡아온 지난 삼 년여 동안 단 한 번도 돈을 받아내지 못했다든가 잃어버리거나 남에게 뺏긴 적이 없었다.

그는 돈에 대해서만큼은 귀신이었다. 그래서 그의 별명이 전귀가 된 것이다.

그가 두 곳의 거리에서 일수 돈을 받기 위해서 들러야 하는 집은 무려 스물일곱 군데.

그리고 받아야 하는 돈은 모두 칠백 냥가량.

은전(銀錢)이라면 다 합쳐 봐야 열서너 개밖에 되지 않아서 한주먹으로 다 쥘 수도 있지만, 구리 돈 칠백 냥, 그것도 열 개가 있어야 한 냥인 일 문짜리 엽전까지 치면 언제나 구리 돈의 개수는 족히 천 개가 넘어가기 일쑤였다.

화무린은 두 개를 하나로 합친 묵직한 전낭을 가슴에 안고 몸을 일으켰다.

전낭 양쪽에 두 개의 끈을 잇대서 양어깨에 메고 허리 뒤로 묶으면 전낭이 가슴과 배 쪽으로 오기 때문에 무엇보다도 안전했다.

그 위에 상의를 걸치면 가슴과 배가 불룩하게 보이지만 허리를 구부정하게 하면 어두운 밤에는 잘 드러나지 않는다.

이 전낭은 그가 직접 고안해서 만들었다.

바스락!

"……!"

그런데 그가 일어나서 채 허리를 펴기도 전에 앞쪽에서 낙엽 밟는 소리가 미약하게 들려왔다.

전면 삼 장 거리에서 한 명의 건달이 먹이를 발견한 승냥이 같은 미소를 흘리면서 느릿느릿 걸어오고 있는 것이 보였다.

"……!"

잠시 방심했다.

건달은 아까 화무린을 몰매 놓았던 탁오방의 졸개 중 우두머리 놈이었다.

추측하건대 놈은 화무린의 뒤를 밟았거나 이 근처에서 기다리고 있었던 것이 분명했다.

어쩐지 아까의 매질이 평소보다는 조금 약하다고 느껴져서 좀 이상하게 생각하던 화무린이었다.

우두머리 놈으로서는 화무린을 어디 한두 군데 부러뜨리거나 정신을 잃게 해서는 지금과 같은 결과를 이끌어낼 수 없었을 것이다.

평소 영리한 화무린이지만 그 당시에는 거기까지 미처 헤아리지 못했다.

화무린은 약간 긴장했다. 돈을 뺏긴다는 것은 꿈에서조차 상상해 본 적이 없었다.

뺏기면 그가 다 토해내야만 하기 때문이다.

있을 수도 없는 일이었다.

돈은 그의 목숨이나 다름없었다.

그러므로 돈을 뺏긴다는 것은 그의 목숨을 뺏기는 것이었다.

"흐흐… 재수없는 새끼야, 갖고 있는 것을 내놓고 목숨만이라도 건지는 게 어떻겠느냐?"

우두머리 놈이 일 장 앞까지 다가와 조금 전보다 더 득의한 미소를 지으면서 입을 열 때 화무린은 상대가 눈치 채지 못하게 오른팔을 아래로 쭉 뻗었다.

그러자 팔꿈치 위 팔뚝에 차고 있던 일곱 치 길이의 소도 한 자루가 소리없이 미끄러져 내려와 손 안에 잡혀들었다.

아까 몰매를 당하고 나서 옷이 벗겨질 때 화무린이 급히 감췄던 것은 평소에 분신처럼 지니고 다니는 한 자루 소도였다.

그는 그 소도를 무엇보다 소중하게 여겼다.

그에게 있어서 목숨, 돈, 소도, 이 세 가지는 똑같은 등급이었다.

몰매를 당했을 때에는 돈을 지니고 있지 않았으므로 그저 매를 맞으면 그만이었다.

그러나 지금은 달랐다.

놈들이 노리는 것은 돈이고, 화무린은 그것을 지니고 있었다.

그러므로 싸워야 할 이유가 충분했다.

바삭!

그때 화무린의 바로 뒤 가까운 곳에서 낙엽 밟는 소리가 아주 작게 들려왔다.

순간적으로 온몸의 피가 확하고 얼굴로 몰렸다.

휙!

그는 재빨리 몸을 돌리는 것과 동시에 본능적으로 상체를 옆으로 기울였다.

배후에 있는 또 한 명의 조력자가 기습을 가할 것이라고 순간적으로 예감했기 때문이다.

퍽!

과연 그의 예감은 적중했다.

굵직하고 단단한 몽둥이 하나가 그의 왼쪽 어깨에 수직으로 강하게 적중됐다.

어깨가 내려앉을 듯한 묵직한 충격.

만약 순간적으로 상체를 비틀지 않았더라면 뒤통수에 일격을 당해 그대로 무너져 버렸을 것이다.

그러나 그는 끄떡도 하지 않았다. 일격을 당한 어깨에 느껴지는 통증 정도는 능히 참을 수 있었다.

지금 그의 이런 모습은 얼마 전 쓰러져서 웅크린 채 몰매를 맞던 처량한 모습과는 대조적이었다.

그때는 그렇게 해야만 상황이 빨리 끝날 것이었고, 지금은 진짜 싸움을 해야 할 때였다.

몽둥이로 가격한 건달은 화무린이 끄떡없이 서 있자 뜻밖인 듯 '어?' 하는 표정을 지었다.

"이 새끼가!"

퍽! 퍽! 퍽! 퍽!

순간 건달은 화무린이 미처 자세를 바로잡기도 전에 그의 상체에 소나기 같은 마구잡이 몽둥이질을 퍼부어댔다.

다행스러운 일은 화무린의 배후에서 기습을 한 것은 한 명뿐이라는 사실이었다.

앞뒤에 각 한 명씩 두 명이 전부였다.

놈들은 자신들이 화무린의 돈을 강탈했을 경우 단 두 명뿐이라면 자신들에게 돌아올 몫이 그만큼 많아진다는 사실을 염두에 두었을 것이다.

그러나 그것이 실수였다.

돈 귀신이 아닌 싸움귀신 전귀(戰鬼)를 상대하려면 최소한 건달 이십여 명쯤은 몰고 와야 어느 정도 균형이라도 유지할 수 있다는 사실을 그들은 짐작조차 하지 못했다.

화무린은 상체에 소나기 같은 몽둥이질을 당하면서도 끄떡도 하지 않았다.

몸을 이리저리 흔들면서 피하거나 어깨 바깥쪽과 팔뚝으로 막아냈기 때문이다.

장기에 충격을 줄 수 있는 몸통에 맞지 않는 한 쓰러지는 일은 없을 것이다.

슥—

그때 몽둥이질을 당하던 화무린이 허리를 굽히고 고개를 숙인 자세로 갑자기 건달을 향해 한 걸음 빠르게 다가들었다.

주먹질이든 칼질이든 일정한 거리가 있어야만 가능하다. 갑자기 거리가 좁혀지면 순간적으로 공격 기회를 잃고 만다.

몽둥이로 막 화무린의 머리를 내려치려던 건달이 바로 그랬다.

그는 자신을 향해 갑자기 바짝 다가드는 화무린을 피하려고 황급히 뒤로 두 걸음을 물러섰다. 그러면서도 몽둥이를 휘두르는 것을 잊지 않았다.

그러나 화무린이 오른손의 소도를 머리 위로 쳐들었다가 번개같이 내리찍는 동작이 더 빨랐다.

푹!

"끅!"

축축하게 젖은 진흙에 손을 깊숙이 찔러 넣은 느낌이 아마도 이럴 것이다.

건달은 더 이상 몽둥이질을 하지 못했다. 대신 입을 쩍 벌리고 눈알이 튀어나올 것처럼 눈을 부릅떴다.

그의 목과 어깨 경계 부위 한복판에 일곱 치 길이의 소도가 자루만 남긴 채 모조리 쑤셔 박혔다.

화무린은 칼자루를 잡은 채 눈에 흰자위를 번뜩이면서 청년을 쳐다보았다.

그의 그런 모습은 섬뜩할 만큼 귀기스러웠다.

건달은 입을 찢어지도록 크게 벌렸지만 말은커녕 신음조차 흘려내지 못했다.

어깨로 쑤시고 들어간 소도의 날이 위에서 아래로 폐를 관통하면서 찢어놓았기 때문이다.

싸움을 시작하면 끝장을 본다.

주먹질로 어설프게 몇 군데 부러뜨릴 생각이었다면 아예 처음부터 시작하지도 않는다.

죽이는 데에는 칼보다 정확하고 신속한 것이 없는 법이다.

그것이 화무린의 싸움 방식이었다.

"뭐 하는 거냐, 장섭(張燮)?! 그 새끼, 아예 골로 보내 버려라!"

어두운 밤인 데다 두 사람이 바짝 붙어 있는 자세였기 때문에 뒤에 있는 우두머리 놈은 아직 상황을 제대로 파악하지 못한 채 죽어가는 부하를 재촉했다.

"어?"

그러다가 화무린의 등 뒤까지 다가와서야 장섭이라는 자의 일그러진 얼굴을 발견한 우두머리는 전혀 예기치 못한 상황에 나직한 외침을 터뜨리며 주춤 걸음을 멈추었다.

그러나 하오문 졸개들의 우두머리 노릇을 몇 년이나 해먹은 그의 반응은 빨랐다.

쉬익!

그는 빠른 동작으로 품속에서 회검(懷劍) 한 자루를 뽑는 것과 동시에 화무린의 등을 찍어갔다.

하지만 화무린의 반응이 촌각을 열로 쪼갠 만큼 근소한 차이로 더 빨랐다.

푹!

"컥!"

그는 장섭의 목에서 소도를 뽑는 것과 동시에 빙글 상체를 반 바퀴 회전하면서 오른팔을 맹렬히 휘둘렀다.

소도는 우두머리의 오른쪽 귀 바로 아래를 수평으로 뚫고 자루까지 쑤셔 박혔다.

우두머리는 입을 찢어질 정도로 크게 벌렸는데, 목젖 아래 목구멍을 가로지른 소도의 피 묻은 칼날이 반짝이는 것이 벌어진 입을 통해서 보였다.

칼날은 오른쪽 턱 아래를 뚫고 들어가 목구멍을 가로로 통과하여 왼쪽 턱으로 두 치가량 삐져 나온 상태였다.

먼저 찔린 장섭의 목에서 분수처럼 핏물이 뿜어져 뒤돌아 서 있는 화무린의 뒷머리와 등을 시뻘겋게 물들였다.

화무린은 칼을 움켜쥔 손에 힘을 주어 우두머리를 밀어붙이면서 흰 이를 드러내며 으르렁거렸다.

"이 새끼야! 돈은 안 돼! 차라리 날 죽여! 알아들었냐?"

"끄으으……."

목구멍에 칼이 가로질러진 자가 대답을 할 리 만무했다.

"대답을 해라! 알아들었냐구?!"

그래도 화무린은 윽박질렀다. 대답하지 않으면 갈가리 찢어 죽일 기세였다.

공포에 질린 우두머리는 보일 듯 말 듯 죽을힘을 다해서 고개를 끄덕였다.

푹! 푹!

화무린은 칼을 뽑자마자 우두머리의 목과 가슴을 각각 한 번씩 더 찌르고 나서야 두 걸음을 물러섰다.

우두머리는 목과 가슴에서 분수처럼 피를 뿜으면서 뒤로

비틀비틀 서너 걸음을 물러나더니 그대로 쓰러졌다.

이어서 푸들푸들 경련을 일으키더니 곧 잠잠해졌다.

화무린의 좌우로는 건달 두 명이 쓰러진 채 숨이 끊어진 후에도 콸콸 피를 쏟아내고 있었고, 화무린은 피를 뒤집어쓴 악귀나찰 같은 모습으로 그 사이에 서 있었다.

그 위로 싸늘한 회색의 달빛이 스산하게 쏟아져 내렸다.

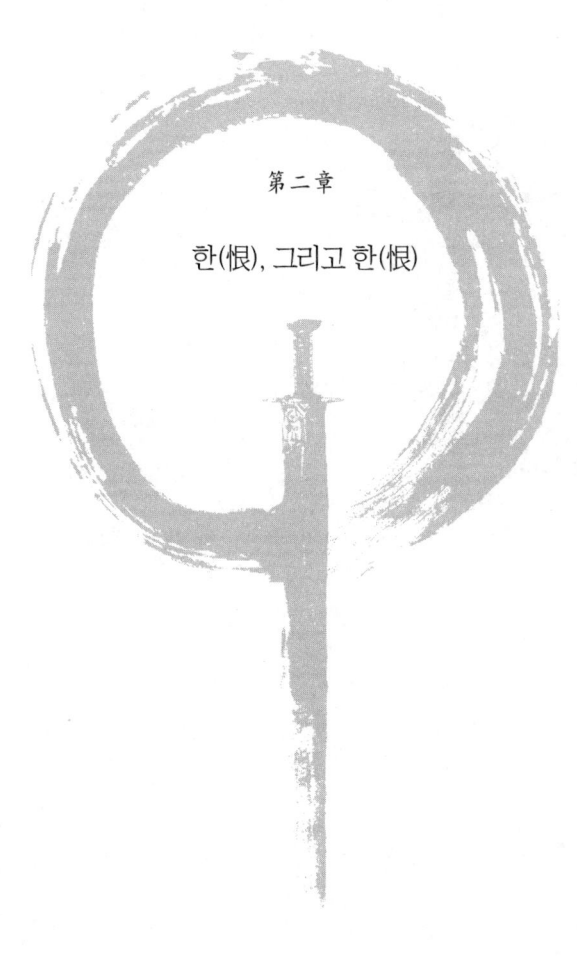

第二章

한(恨), 그리고 한(恨)

九重天

구중천

꿍!

화무린은 묵직한 전낭을 탁자에 내려놓고는 그 자리에 장
승처럼 서서 전면을 쳐다보았다.

지금 축록방 삼향주 엽방(燁邦)은 침상 위에서 기녀로 팔려
온 동기(童妓)를 깔아뭉갠 채 씩씩거리며 용을 쓰고 있는 중
이었다.

동기는 혼절했는지 축 늘어져 있는데 다만 작고 가녀린, 뽀
얀 알몸이 간단없이 이리저리 흔들리고 있을 뿐이었다.

엽방은 보통의 사내보다 두 배는 더 큰 체구다. 그만큼 뚱
뚱하다는 뜻이다.

그의 출렁이는 살덩이는 그저 보통의 살덩이가 아니었다. 교활함과 탐욕, 색욕이 한데 뒤섞인 추악한 살덩이였다.

여느 하오문이 그렇듯이 축록방에서도 몇 개의 기루를 운영하고 있었으며, 그곳들은 방 전체 수입의 삼 할을 차지하고 있었다.

세 개 기루에서 거느리고 있는 기녀의 수는 줄잡아도 무려 백여 명에 이르렀기 때문에 며칠이 멀다 하고 기루를 떠나는 퇴기와 새로 들어오는 동기들 간의 교체가 빈번했다.

그리고 동기들을 교육시킨답시고 그녀들의 순결한 몸을 짓밟는 것은 언제나 삼향주 엽방의 몫이었다.

그것은 그의 두 가지 즐거움 중 하나였다. 다른 하나가 돈인 것은 두말할 필요도 없다.

그가 축록방에 몸담은 이후 지금까지 짓밟은 동기의 순결은 셀 수도 없을 정도로 많았다.

그는 동료나 수하들과 술을 마시면서 자신이 동기들의 여린 몸뚱이를 어떤 방법으로 짓밟고 유린했는지를 마치 무용담처럼 장황하게 자랑하는 파락호로도 유명했다.

화무린은 시선을 정면으로 향하고 있었지만 엽방의 추잡한 짓거리를 보고 있지는 않았다.

아니, 그의 시선은 이리저리 조금씩 부유하다가 마땅하게 시선을 둘 곳이 없자 동기의 얼굴에 잠시 머물렀다.

동기는 혼절한 것이 아니었다.

그녀는 말간 얼굴로 화무린을 바라보고 있었다.

십삼, 아니면 십사 세쯤 됐을까?

유난히 커다란 눈에 눈물이 가득 고여서 작게 출렁거리다가 주르르 눈초리를 타고 흘러내렸다.

그녀의 젖은 눈에 가득 드리워져 있는 것은 간절함이었다.

그녀는 족히 자기 몸의 네 배는 됨 직한 엽방 아래에 깔려 무방비 상태로 아랫도리를 내어준 채 자신을 구해달라는 간절한 염원을 눈빛에 담아 화무린을 바라보았다.

화무린은 그녀의 시선을 무시하려고 애썼다.

아니, 아예 관심조차 없는 것처럼 보이려고 부심했다.

그에겐 동기를 구할 능력이 없었다.

그의 실력으로 엽방 한 놈 정도 때려눕히는 것은 그리 어렵지 않을 테지만 어린 동기 하나 때문에 엽방의 수하들, 아니, 축록방 전체를 상대할 수는 없는 노릇이었다.

또한 살인자가 되어 쫓겨야 할 테고, 더 중요한 것은 지금의 좋은 돈벌이를 잃게 될 것이다.

더구나 동기는 이미 순결을 짓밟혔다. 화무린이 대신 복수를 해준다고 해서 그 사실이 변하지는 않는다.

화무린은 인연(因緣)을 철저히 배격했다.

누군가와의 인연이 시작되는 것도, 그것을 이어가는 것도, 그것이 끝나는 것도 치가 떨리도록 싫어했다.

엽방이 욕정에 헐떡이고 있을 때 들어올 수 있는 유일한 사람이 화무린이었다.

그가 수금을 끝내고 돌아오는 시간이 이맘때인 자정 무렵이었고, 엽방은 대부분 이 시간에 운우지락을 즐겼다.

화무린은 동기에게서 시선을 거두었지만 그녀가 그 후로도 한동안 자신을 바라보고 있다는 시선을 느낄 수 있었다.

절그럭!

"이 돈에서는 피 냄새가 나는데?"

엽방이 땀으로 번들거리는 몸을 가리지도 않은 채 뒤뚱거리며 걸어와 퉁퉁하게 살집이 오른 손으로 전낭을 풀면서 이죽거리듯이 내뱉었다.

화무린은 언제나처럼 대꾸하지 않았다. 그의 무심한 시선이 무심코 엽방의 아랫도리에 잠시 고정됐다.

하나가 화무린 허리통보다 훨씬 굵은 허벅지 사이에 파묻혀 있는 양물은 아예 살덩이 때문에 보이지도 않았고, 수북한 거웃과 허벅지에 동기의 앵혈이 새빨갛게 범벅이 되어 있었다.

앵혈에는 동기의 슬픔과 비애가 반짝이고 있었다.

그것은 엽방에겐 훈장이었고, 동기에겐 평생 잊혀지지 않을 화인(火印)이었다.

엽방의 짧고 퉁퉁한 두 손이 전낭의 돈을 탁자에 쏟아놓고 일일이 동전 일 문까지 확인하고 있었다. 그는 모든 일에 철저한 성격이지만 돈에 대해서만큼은 더했다.

"그 꼴이 뭐냐?"

계산을 끝낸 엽방은 화무린 몫의 수고비를 내밀면서 눈살을 찌푸리며 그의 아래위를 훑었다.

화무린의 꼴은 말이 아니었다.

몰매를 당해서 옷이 찢어지고 얼굴이 부어터진 데다 온몸에 피와 흙과 검불이 범벅이어서 엉망이었다.

그가 죽인 두 명의 탁오방 졸개를 야산 깊은 곳까지 끌고 가서 땅에 파묻었고, 싸웠던 장소의 흔적을 말끔하게 없애느라 진땀을 뺀 때문이었다.

만약 그들의 시체가 발견된다면 골치 아파진다.

탁오방 졸개들에게 몰매를 당했던 화무린은 당연히 여러 용의자 중 가장 유력한 한 명으로 지목될 것이고, 정보와 소문, 탐색에 절대적으로 능란한 하오문의 특성상 결국 그가 범인이라는 사실이 드러나고 말 것이다.

만약 운이 나빠서 탁오방에 붙잡히게 되더라도 죽은 두 놈이 화무린의 돈을 뺏으려고 했던 사실은 끝까지 밝힐 수가 없다.

그렇게 되면 삼향주는 물론 축록방주마저도 곤란한 지경에 처하게 될 것이다.

그런 짓은 결코 화무린의 방식이 아니었다.

엽방의 물음은 굳이 대답을 듣자는 말이 아니었고, 또한 대답할 화무린도 아니었다.

화무린이 무슨 일을 저질렀든 무슨 험한 꼴을 당했든 엽방의 관심사는 오직 제대로 수금을 해왔느냐는 것뿐이었다.

화무린은 자신의 몫 구리 돈 열네 냥을 받아 손에 쥐고 미련없이 몸을 돌렸다. 그는 수고비가 아니라 언제나 정당한 자신의 몫을 챙겼다.

그의 몫은 수금한 전체 액수의 이 부였다. 화무린 또래의 소년이 할 수 있는 여느 일거리의 품삯과는 비교도 할 수 없을 정도로 큰 비율이었다.

남의 구역에서 돈놀이를 하는 것은 누구나 할 수 있는 일이지만, 남의 구역에 들어가서 수금을 해오는 일은 누구나 할 수 있는 일이 아니었다.

만약 화무린이 없었다면 엽방은 탁오방의 구역에서 목숨을 내걸고 수금을 해올 다른 강심장 똘마니를 구하든가, 아니면 짭짤한 돈놀이를 접을 수밖에 없을 것이다.

그러므로 그는 화무린에게 이 부의 몫을 떼어주는 것이 못내 아까웠지만 달리 방도가 없었다.

"전귀 너, 큰돈 한번 벌고 싶지 않으냐?"

화무린이 나가려고 막 방문에 손을 댔을 때 엽방의 목소리가 날아와 그의 뒷덜미를 슬쩍 붙잡았다.

조금 전보다 많이 낮아진 목소리였고, 비밀스러움과 은근함이 짙게 배어 있었다.

화무린은 돌아서지 않았다.

하지만 엽방의 교활한 눈빛은 '큰돈'이라는 말에 화무린의 전신이 팽팽하게 긴장하고 있는 것을 놓치지 않았다.

축록방의 모든 사람들이 그렇듯 엽방 역시 화무린에 대해서는 알고 있는 것이 거의 없었다.

하지만 그가 돈이라면 무슨 짓이라도 망설이지 않는다는 사실만은 잘 알고 있었다.

"관심있으면 조용할 때 날 찾아오너라."

엽방은 기름진 미소를 입가에 떠올리면서 혀로 입술을 핥았다.

그의 뒤룩거리는 살로 뒤덮인 머리통 속은 결코 살덩어리만 있는 것이 아니었다.

첨벙!

화무린은 물속으로 거침없이 뛰어들었다.

물은 그의 허리께에 찼으며 얼음처럼 차가웠다.

한겨울이어서 금세 온몸이 얼어붙으며 하체가 떨어져 나갈 듯이 아렸지만 개의치 않고 오히려 허리를 굽혀 상체를 물속에 담가 두 손을 이리저리 움직였다.

잠시 후 그의 손에 쥐어져 올라온 것은 하나의 칙칙한 검은색의 철궤였다.

그는 한쪽 다리를 들어올려 발끝을 돌 틈 사이에 찔러 넣어 지탱시킨 후 무릎에 철궤를 얹고는 상의 속의 목에 걸고 있던 줄 하나를 벗겨냈다.

가느다란 강사에는 목걸이처럼 하나의 열쇠가 매달려 있었다.

철컥!

그가 열쇠로 철궤에 달려 있는 묵직한 자물통을 열고 철궤의 뚜껑을 들어올리자 안에 차곡차곡 담겨 있는 주먹만 한 크기의 자루들이 모습을 드러냈다.

철궤 안을 굽어보는 화무린의 눈에서 기이한 빛이 흘러나왔다.

평소의 무심함으로 깊숙이 가라앉은 그런 눈빛이 아니었다.

그렇다고 희고 매끄러운 동기의 알몸이나 화무린이 수금해 온 돈을 보던 엽방의 탐욕스러운 눈빛 같은 것도 아니었다. 그런 것하고는 차원이 달랐다.

이글거림을 애써 갈무리하는 듯한, 저주와 원한과 안타까움이 뒤섞인 눈빛이었다.

하나의 자루에는 구리 돈 백 냥이 담겨 있다. 그는 천천히 자루 수를 세기 시작했다.

물론 그는 철궤 안에 자루가 몇 개 들어 있는지 너무도 잘 알고 있었다.

하지만 세고 있는 동안 자루가 하나쯤 더 늘어나기를 바라기라도 하는 듯 오랜 시간 동안 공을 들여서 천천히 세었다.

그런 그의 모습은 마치 종교 의식을 행하는 교주처럼 엄숙하기까지 했다.

자루는 모두 열아홉 개였다.

그는 품속에서 하나의 자루를 꺼내 철궤에 조심스럽게 보태 넣었다. 그 자루에는 오늘 자신의 몫으로 챙긴 열네 냥을 포함한 백 냥이 담겨 있었다.

이로써 철궤에는 스무 개의 돈 자루, 즉 이천 냥이 들어차게 되었다. 대로상에서 번듯한 점포를 운영하는 장사꾼이라고 해도 삼 년 만에 이천 냥을 벌기는 어려운 일이지만 그는 해냈다.

사실 그는 삼향주 엽방의 돈을 수금해 오는 일 외에도 두 가지 일을 더 하고 있었다.

축록방은 몇 가지 불법적인 일을 방의 중요 사업으로 정하여 돈벌이를 하고 있었다.

화무린은 그중 암거래하는 아편(阿片)이나 인신매매에 필요한 여자, 혹은 노예를 운송하는 일 따위를 가끔씩 도와주고 수고비를 받았다.

그런 일들은 국법으로 엄금한 일이어서 잡히면 극형을 면치 못한다. 하지만 그만큼 수입이 짭짤했다.

특히 도주한 기녀를 잡아오는 일은 흔하지는 않지만 성공만 하면 한 번에 이, 삼백 냥의 거금을 손에 쥘 수 있었다.

이제 겨우 십오 세인 그가 어떻게 그런 일을 할 수 있겠는가 하는 의구심 같은 것은 그가 그 일을 얼마나 철두철미하게 처리하는지 보지 못한 사람들의 우매한 단견일 뿐이다.

축록방 내에서 그 일들을 화무린보다 더 잘 처리하는 사람이 없을 정도로 그는 탁월한 실력의 소유자였다.

'이제 겨우 이천 냥이다.'

문득 철궤를 들여다보는 화무린의 눈빛이 암울하게 가라앉았다.

이천 냥이면 보통 사람들은 평생 만져 보기도 어려운 거금이다. 하지만 화무린이 목표로 삼은 액수에는 턱없이 부족했다.

그의 목표는 은자 만 냥이다.

구리 돈 오십 냥이 은자 한 냥이므로 현재까지 겨우 은자 사십 냥을 모은 셈이었다.

삼 년에 사십 냥. 그런 계산이라면 앞으로 장장 칠백오십 년 이상이 흘러야 목표한 은자 만 냥을 모으게 될 것이다.

즉, 인간의 수명을 육십 년으로 잡으면 열두 번의 생(生)을 살아야 겨우 가능하다는 얘기가 된다.

"빌어먹을!"

화무린의 비틀린 입술 사이로 자신도 모르게 짓이겨진 중얼거림이 흘러나왔다.

그리고는 자신의 목소리에 놀라 움찔해서 재빨리 위를 쳐다보았다.

이곳은 그가 묵고 있는 기루 뒤편의 쓰지 않는 오래된 우물 속이었다.

위를 올려다보니 시커먼 우물 벽보다 조금 밝은 동그란 하늘이 손바닥만 하게 보였다.

우물은 수십 년 동안 방치된 채 잡목이 무성해진 작은 숲 복판에 있어서 대낮에도 얼씬거리는 사람이 없었다.

화무린은 철궤를 물속에 내려놓고 잠시 축축한 우물 벽에 기대어 뚫어지게 전면을 쏘아보았다.

큰돈을 벌 수 있다던 엽방의 말이 귓속에서 맴돌았다. 그건 처음 듣는 얘기가 아니었다.

엽방은 지난 삼 년 동안 화무린을 충분히 지켜봐 왔다.

그 결과 그를 신뢰할 수 있는 놈이라고 판단하게 되었는지 지난달에 한 번 오늘 들었던 그 얘기를 지나가는 말처럼 은근슬쩍 꺼낸 적이 있었다.

그리고 이번이 두 번째다.

그가 말하는 '큰돈'이 무얼 가리키는지도 이미 그에게 들어서 알고 있었다. 다만 방법을 모를 뿐이었다.

엽방의 말인즉, 그 '큰돈'이 어디에 있으며, 언제 어떤 경로를 통해서 잠입하여 훔쳐 가지고 나오면 되는지 방법을 자기가 가르쳐 줄 테니 행동에 옮기는 것은 화무린더러 하라는 것이었다.

엽방은 '큰돈'의 액수가 얼마라고는 정확하게 말하지 않았다. 다만 그것을 절반으로 나누어 각자 갈 길을 가면 두 사람은 평생 떵떵거리면서 살 수 있다고 확언했다.

'나는 단 하루도 쓸데없이 허비하고 싶지 않다.'

화무린은 지그시 어금니를 악물었다.

한 달 전에 엽방에게 그 말을 처음 들었을 때 선뜻 그러겠다고 대답하지 않은 이유는 신중을 기하기 위해서였다.

사람들은 전귀가 목숨 따윈 하찮게 여기는 용감한 사람이라고 말하지만 세상에 목숨이 아깝지 않은 사람이 어디 있겠는가.

화무린은 남들보다 더 위험한 일들을 하고 있다.

그러므로 남들보다 더 신중해야 하고 더 용맹해야 하는 것은 당연했다. 그리고 그 끝에는 언제나 남들보다 더 많은 수입이 기다리고 있었다.

그는 지난 한 달 동안 엽방의 제안에 대해서 천 번도 넘게 곰곰이 생각했지만 언제나 결론은 하나뿐이었다.

선택의 여지 같은 것은 애당초 없었다. 그는 막다른 궁지에 몰린 상처 입은 들개였다.

이것은 기회 아니면 종말이었다.

화무린이 우물에서 나와 옷을 갈아입은 후 엽방을 찾아갔을 때 그는 여전히 벌거벗은 알몸에 방만한 자세로 탁자 앞에 앉아서 술을 마시고 있었다.

엽방은 화무린이 찾아올 줄 알고 있었다는 듯 묘한 미소를 지으며 고개를 끄덕였다.

화무린은 침상을 쳐다보았다.

거기에는 화무린이 나간 후 엽방에게 두 차례나 더 짓밟힌 동기가 피로 얼룩진 요 위에 뒷모습을 보인 채 웅크리고 있었다.

"할 거냐?"

화무린이 동기를 쳐다보고 있을 때 엽방이 술을 따르며 잔뜩 나태한 목소리로 물었다.

하지만 그 목소리는 나태함을 가장했을 뿐이다.

화무린은 그 나태함 밑바닥에 슬쩍 건드리기만 해도 요란한 소리를 내면서 박살날 것만 같은 팽팽한 긴장감이 깔려 있는 것을 생생하게 느낄 수 있었다.

화무린이 엽방을 쳐다보았다가 다시 동기에게 시선을 주자 엽방은 조금 과장된 거만스러운 동작을 취해 보였다.

"그 어린 년은 신경 쓸 거 없다."

그는 여자들이란 족속은 자신의 순결을 가져간 사람의 말에는 무조건 절대 복종한다는 대다수의 남자들이 품고 있는 얼토당토않은 믿음 비슷한 것을 갖고 있는 사람 중 한 명이었다.

화무린은 동기가 조금 신경 쓰였지만 가볍게 고개를 흔들고 나서 짧게 내뱉었다.

"하겠소."

"어허헛! 잘 생각했다! 자, 내 술 한잔 받아라!"

엽방의 언행이 방금 전보다 더 과장스러워졌다.

그것을 화무린의 날카로운 눈빛과 가라앉은 목소리가 가볍게 일축시켰다.

"본론이나 말하시오."

화무린의 건방진 태도에도 엽방은 발작하지 않았다.

'그 일'은 엽방에게도 목숨을 걸어야 할 만큼 중대한 일이었다.

"무린 너, 사고라도 친 거냐? 갑자기 왜 이래?"

기녀 상명(祥鳴)은 탁자에 차려져 있는 술상을 놀란 듯 눈을 크게 뜨고 쳐다보면서 물었다.

화무린은 무뚝뚝하게 대꾸하며 의자를 가리켰다.

"당신하고 술 한잔하고 싶었을 뿐이야."

인시(寅時:새벽4시)가 막 지난 시간이었지만 상명은 언제나 그랬던 것처럼 자지 않고 있었다.

그녀는 화무린과 한 방에서 생활한 지난 삼 년여 동안 그가 돌아오기 전에 먼저 잠자리에 든 적이 한 번도 없었다. 그녀의 일은 보통 자정 전에 끝나는데도 말이다.

그러면서도 그를 기다렸다든지 걱정이 돼서 잠을 이루지 못했다고는 결코 말하지 않았다.

그저 할 일이 남았다거나 잠이 오지 않아서 뒹굴고 있었다고 핑계를 댔다.

"이 새벽에 뜬금없이 무슨 술이야? 죽을 때가 되면 안 하던 짓을 한다던데, 너, 대체 무슨 일이지?"

화무린은 상명뿐만 아니라 그 누구에게도 일 전 한 푼 허투루 쓴 적이 없었다.

그런 그가 제법 그럴싸한 술상까지 차린 것은 누가 봐도 이상하게 여길 일이었다.

"마시고 싶지 않으면 그냥 자던가."

화무린은 의자에 앉아 술을 따르면서 중얼거렸다.

"미친놈, 술은 혼자 마시는 게 아니다."

상명은 맞은편에 털썩 퍼질러 앉으며 투덜거렸다.

그때부터 두 사람은 마치 술하고 철천지원수라도 진 것처럼 한마디 말도 하지 않고 안주에는 손도 대지 않은 채 부지런히 술만 마셔댔다.

상명은 이십오 세이며 이곳 홍연루(鴻淵樓)의 기녀다.

원래 기녀들이란 보통의 여염집 처자들보다 훨씬 빨리 조로(早老)할 수밖에 없는 환경에 처해 있다.

숱한 사내들을 거치면서 설명하기 어려운 시달림을 당하는 데다 수많은 애환을 가슴에 묻고 살기 때문이다.

기녀들은 하고 싶은 것을 하기보다는 하기 싫은 것을 해야만 하는 일에 익숙해져 버린 여자들이다.

그래서 보편적으로 이십오 세 기녀의 용모와 몸매는 여염집 여자들보다 열 살 이상은 더 늙어 보이기 마련이다.

그런 점에서 상명도 예외는 아니었다.

그녀의 눈가와 입가에 자글자글하게 새겨져 있는 잔주름에는 지난 십여 년간 기녀 생활에서의 더께가 훈장처럼 묻어 있었다.

하지만 그녀는 여전히 아름다운 미모를 지니고 있었다. 그녀는 그 미모로 십오 세에 기녀가 되었을 시절에는 북경성 내에서도 몇 손가락 안에 꼽히는 명기로 이름을 날렸었다.

하지만 지금은 그녀와의 정분을 기억해 주는 단골손님 몇 명만이 가끔 불러줄 정도의 처량한 신세가 돼버렸다.

기녀 나이 이십오 세면 환갑 진갑 다 지난 퇴물인 것이다. 그래도 그녀는 다른 기녀들과는 달리 제 나이보다 서너 살가량 더 들어 보이는 정도였기에 아직도 현역에서 뛸 수 있었다.

아마도 타고난 미색 덕분이리라.

하지만 그녀는 지긋지긋한 기녀 생활을 아직도 접지 못했다. 무슨 애틋한 미련이 남아서가 아니라 마땅히 갈 곳이 없는 탓이라고 그녀는 에둘러서 말하곤 했다.

간혹 그녀를 예쁘게 봐주어서 첩으로 맞이하겠다는 옛 단골손님들이 더러 있기는 했다.

그렇지만 그녀는 이 눈치 저 눈치 보면서 살아야 하는 첩 생활보다는 그래도 한물간 퇴기 생활이 자유롭다면서 그냥 저냥 눌러앉아 있는 중이었다.

하지만 누가 보더라도 정말 놓치고 싶지 않을 정도로 유혹적인 두세 번의 제안마저도 그녀는 일고의 가치도 없다는 듯 거절한 적이 있었다.

그때 주위 사람들은 그녀의 깊은 속내를 헤아리지 못하고 미친년이 굴러들어 온 복마저도 마다한다면서 수군거렸다.

술이 다 떨어졌다.

두 사람은 한 시진 남짓 동안에 다섯 병의 술을 모두 비웠다.

전작이 있었던 상명은 취기 때문에 얼굴이 붉게 달아올랐으나 다섯 병 중에서 혼자 네 병이나 마신 화무린의 얼굴은 말짱했다.

그는 매번 손님을 치르고 남은 술과 안주를 알뜰하게 챙겨서 가져오는 상명 덕분에 지난 삼 년간 어지간한 술꾼이 되어 있었다.

"그만 자."

화무린은 만지작거리고 있는 술잔을 굽어보며 중얼거렸다.

그는 그런 놈이었다.

지난 삼 년여 동안 한 번도 하지 않던 짓을 하면서도 극도로 말을 아끼는, 아니, 속마음을 드러내지 않고 있었다.

하지만 상명은 한 시진 동안의 침묵에서 이미 무언가 심상치 않음을 감지했다.

그리고 그것을 못 미더워하면서도 끝내 자신의 뼛속으로 깊이 받아들이고 있었다.

"무린아, 내 소원이 하나 있는데 들어주련?"

상명은 화무린을 그윽하게 바라보다가 까칠한 입술을 열었다.

화무린은 고개도 들지 않은 채 계속 술잔만 만지작거렸다.

"널 다시 만날 수 있을까?"

"……."

화무린의 어깨가 보일 듯 말 듯 가볍게 흔들렸다.

"언제가 될지 모르겠지만… 살아서 널 다시 만나고 싶어. 그게 내 소원이야."

"……."

화무린의 눈빛이 크게 일렁였지만 고개를 숙이고 있었기 때문에 상명은 보지 못했다.

축록방의 정식 문도가 아닌 화무린은 방에서 지급하는 녹봉(祿俸:급여)도 숙소도 그 어떤 혜택도 누리지 못했다. 그것이 방의 규칙이기 때문에 어쩔 수가 없었다.

그는 축록방의 일을 하기 시작한 처음 며칠 동안 축록방의 총단이라고 할 수 있는 이곳 홍연루 처마 밑에서 웅크린 채 지내면서 지나는 사람들을 유심히 살피다가 사흘째 되는 날 상명 앞에 불쑥 나타나 빚이라도 받으러 온 사람처럼 당당하게 요구했다.

"잠만 재워줘. 그 대가로 돈을 제외한 것이라면 그에 상응하는 어떤 일이라도 하겠어."

당시 이십이 세로 막 찬밥 신세가 되기 시작한 상명은 허름한 행색의 맹랑하기 짝이 없는 소년을 잠깐 동안 바라보다가 고개를 끄덕여 허락했다.

하지만 그녀는 이날까지 그 소년이 말한 '그에 상응하는 어떤 일'도 요구한 적이 없었다.

그녀는 소년과 함께 생활하게 된 것으로 이미 상응하는 대가를 지불받은 것 같았다.

이윽고 화무린은 천천히 고개를 들었다. 하지만 그의 표정은 고개를 숙이기 전이나 변함이 없었다.

그는 상명을 물끄러미 쳐다보다가 삼 년 전 그녀 앞에 처음 나타났던 날처럼 또다시 불쑥 요구했다.

"누나하고 같이 자도 되겠어?"

화무린을 바라보는 상명의 크고 아름다운 두 눈에 금세 눈물이 가득 차올랐다.

"그럼, 되고말고."

그녀가 고개를 끄덕이자 눈물이 후드득 흘러내렸다.

그날 상명은 화무린에게서 삼 년 만에야 '누나'라는 말을 들었다.

그녀에게 그것은 '상응하는 어떤 일' 이상의 보답이었다.

슬픔과 눈물은 전염된다.

침상에 서로 마주 본 자세로 누운 화무린과 상명은 서로를 꼭 부둥켜안은 채 말없이 몸을 떨면서 울기만 했다.

처음에 화무린은 상명의 품으로 파고들어 그녀의 가슴에 얼굴을 묻더니 이내 숨죽여서 흐느끼기 시작했다.

울음소리는 새어 나오지 않았지만 그가 마치 풍학(風瘧)에 걸린 사람처럼 격렬하게 몸을 떨면서 울어대자 상명의 앞섶은 금세 흥건하게 젖어버렸다.

상명은 왜 우느냐고 묻지 않았다.

화무린이나 상명 같은 사람들에게 그동안 살면서 무엇이 얼마나 힘겨웠으며 어떤 한을 품고 있느냐고 묻는 것처럼 우매하기 짝이 없는 질문도 없을 터이다.

부모는커녕 일가친척 피붙이 하나 없이 온갖 고생을 하면서 거리를 떠돌다가 십이 세 어린 나이에 인간 쓰레기라고 손가락질받는 하오문의 일을 해보겠다고 이곳 홍연루에 들어온 소년이 얼마나 깊고도 많은 한을 가슴속에 묻어두었을까 하는 것을 헤아리려는 자체가 무모한 일이었다.

화무린의 침묵의 흐느낌은 곧바로 상명에게 전염되었다.

그녀는 화무린의 어깨와 등을 쓸어안으며 그보다 더 서럽게 흐느껴 울었다.

그의 눈물은 십여 년 동안 입술을 깨물면서 꾹꾹 묻어두기만 했던 상명의 서러움을 기어코 터뜨려 놓고야 말았다.

그렇게 소리없이 통곡하는 동안 화무린의 슬픔과 한은 상명의 가슴속으로, 그녀의 것은 화무린의 가슴속으로 스며들어 그저 울다가 죽을 것처럼 울기만 했다.

상명이 알고 있는 화무린은 절대 울지 않는 소년이었다.

지난 삼 년여 동안 화무린은 셀 수도 없을 만큼 많은 죽을 고비를 넘겼다.

성한 몸으로 들어오는 날이 사흘을 넘지 않았다.

한 푼을 벌기 위해서 그가 얼마나 악착을 떨었는지 옆에서 지켜본 상명은 너무도 잘 알고 있었다.

그래서 그의 울음은 천 마디 만 마디 말보다 더 그녀의 온 마음을 뒤흔들었다.

이윽고 화무린의 떨림과 울음이 차츰 잦아들었다.

그리고 그는 호흡을 몇 차례 가다듬더니 떨리는 음성을 토해냈다.

그 떨림은 슬픔이 아니라 한(恨) 때문이었다.

"나… 정말 개처럼 살았어……."

상명은 젖가슴에 뜨거운 입김을 느끼면서 말없이 화무린의 머리를 부드럽게 쓰다듬었다.

"나… 최고로 강해지고 싶어……."

화무린은 울음을 그쳤지만 상명은 그럴 수 없었다.

아니, 그녀는 조금 전보다 더 많은 눈물을 쏟아냈다. 화무린이 개처럼 살았다면 그녀 역시 개처럼 살아왔다.

그녀는 품속에서 화무린의 온몸이 단단하게 경직되는 것을 느꼈다. 그리고 곧이어 흘러나온 그의 말은 강철보다 더 단단했다.

"그래서… 우리 집안을… 날 짓밟은 자들을 모조리 죽여버릴 거야."

상명은 화무린을 더욱 힘주어 끌어안았다.

그녀의 가슴이 피눈물을 흘렸다.

"그래. 넌 할 수 있을 거야."

아마도 화무린은 오늘 이후 다시는 울지 않을 것이다.

언젠가 오장육부를 쏟아낼 듯이 울 날이 있을 터이지만 그날은 기쁨의 눈물일 것이다.

사실 화무린은 상명에게서 자신의 잃어버린, 아니, 생사를 알 수 없는 친누나를 느껴왔다.

화무린보다 나이가 열한 살이나 많았던 친누나와 열 살 많은 상명은 닮은 점이 많았다.

화무린은 잠이 들기 전에 꿈결처럼 중얼거렸다.

"기다려 줘, 누나. 꼭 돌아올게."

상명이 잠에서 깨어났을 때 화무린은 이미 그곳에 없었다.

대신 탁자에 조그맣고 붉은색의 연낭(練囊:비단 주머니) 하나가 놓여 있었다.

그 안에 무엇이 들었는지 확인한 상명은 급기야 왈칵 눈물을 쏟아내고 말았다.

"무린아……."

연낭 안에는 반짝이는 열 개의 십성은(十成銀)이 담겨져 있었다.

십성은은 상품의 은자를 가리키는데, 일반 은자 네 배의 가치를 지니고 있다. 우물 속 철궤의 구리 돈 이천 냥을 십성은으로 바꾼 것이었다.

그러나 상명의 눈에는 그것이 은자로 보이지 않았다.

그것은 화무린의 피와 땀, 그리고 눈물이었다.

상명은 눈물을 멈출 수가 없었다.

그녀는 온몸의 물기를 눈물로 쏟아내려는 것처럼 울면서 창을 바라보았다.

그녀는 느낄 수 있었다.

화무린은 이제 돌아오지 않을 것이다.

아니, 먼 훗날 언젠가 '최고로 강해지는' 그의 소원이 이루어지는 날엔 돌아올지도 모른다.

이제 그녀는 지난 삼 년 동안 그랬듯이 앞으로 얼마가 될지 모를 그날을 위해 기다릴 것이다.

그녀는 지난 삼 년 동안 한으로 똘똘 뭉쳐진 한 소년의 누이이며 어머니였다.

그것은 그녀가 제아무리 좋은 조건의 첩 자리도 가차없이 마다한 이유이기도 했다.

第三章

벽월보도(碧月寶刀)

九重天
구중천

현조는 십칠 세이고, 북경성 십삼 개 소귀파(小鬼派:소년들의 패거리)의 도두령(都頭領:총두령)이다.

소귀파는 하오문이나 좌도방문에 속할 자격조차 없는 저잣거리의 각다귀 패거리를 말함이다.

거지보다는 그나마 조금 낫고 하오문보다는 형편없는 존재가 바로 이들이었다.

현조는 이 땅 위에서 화무린의 본명을 알고 있는 단 두 명중 또 다른 한 명이었다.

그는 화무린보다 머리가 하나쯤은 더 크고 체격이 웬만한 어른보다 훨씬 더 컸으며, 광대뼈가 툭 불거지고 매부리코를 지닌 강퍅한 인상이라서 한가락 한다는 건달들조차도 그와 마주치면 겁을 먹을 정도였다.

그는 지금 아까 낮에 만났던 화무린과의 일을 회상하고 있었다.

화무린은 현조더러 함께 가자고 했다.

그가 가려는 곳이 어딘지 유일하게 알고 있는 사람이 현조였다. 현조는 천하에 그런 곳이 있다는 사실을 일 년 전에 화무린과 친구가 되었을 때 처음 알았다.

그곳에 가려면 돈이 필요했다. 그래서 화무린이 미친 듯이 돈을 모으고 있는 것이다.

화무린에게 처음 그런 곳에 대해서 듣는 순간 현조도 돈을 모아 그곳에 갈 결심을 했었다.

하지만 은자 만 냥은 너무나, 아니, 지나치게 많았다. 북경성 소귀파들의 도두령이라고 해서 수입이 좋은 것은 아니었다.

그저 악착같은 화무린보다 서너 배 많을 정도였다. 그런 계산이라면 평생 돈을 모은다고 해도 현조는 살아생전에는 그곳에 가지 못할 터이다.

그래서 얼마 전부터 그는 나중에 자신이 모은 돈 전부를 화무린에게 주어야겠다고 결심했다. 함께 못 간다면 하나라도 가야 한다는 것이 그의 생각이었다.

그런데 화무린은 삼향주 엽방의 제의를 현조에게 숨김없

이 털어놓았다.

그 일이 성공하여 목돈을 쥐게 되면 현조도 함께 그곳에 갈 수 있다고 했다.

그러나 현조가 화무린에게 해줄 수 있는 것은 조심하라는 당부의 말뿐이었다.

화무린이 해야 할 일은 현조가 도울 수 있는 것이 아니었다.

그와 헤어진 후 현조는 아무것도 할 수가 없었다.

친구에 대한 걱정 때문에 어떤 일도 손에 잡히지 않았다. 그러다가 그는 한참 만에야 자신이 해야 할 일 한 가지를 생각해 냈다.

이윽고 그는 천천히 육중한 몸을 일으켰다.

아직 십칠 세의 어린 나이지만 칠 척에 가까운 키에 온몸이 근육으로 뭉쳐진 당당한 체구였다.

지금부터 그는 홍연루로 갈 것이다.

그곳에서 삼향주 엽방을 감시하거나 혹시 위험에 빠질지도 모르는 화무린을 도울 생각이었다.

화무린이 하는 일을 돕지는 못하지만 엽방이 무슨 말계(末計)를 꾸민다면 그 정도는 박살 낼 수 있을 것이다.

그는 자신이 아끼는 작은 손도끼 한 자루를 품속에 찔러 넣고 집을 나섰다.

화무린은 천천히 눈을 떴다.

그믐밤이라서 사위는 칠흑처럼 어두웠고, 숲 속은 마치 무덤 속처럼 고요했다.

지금 그가 앉아 있는 곳은 홍연루 뒤편, 작지만 우거진 숲속의 쓰지 않는 우물 옆 나지막하고 편편한 돌 위였다.

바닥에서 두 자 높이인 그 돌은 예전 우물에서 물을 길어 올릴 때 대야나 물 그릇 따위를 올려놓던 곳으로 사용됐던 탓에 닳고 닳아서 표면이 매끄러워져 있었다.

그 돌은 화무린이 이곳에 온 삼 년 전부터 그의 지정석이 되었다.

그는 하루에 두 번 새벽에 눈을 뜨자마자, 그리고 잠자리에 들기 전에 이곳에 앉아 열심히 운기조식을 해왔다.

부친은 화무린이 다섯 살 때 하나의 심법 구결을 가르쳐 주었다.

그리고 삼 년 동안 꾸준히 운기조식을 하여 몸과 마음을 최상으로 만들면 그때부터 일인전승(一人傳承)하는 가문의 절학을 본격적으로 전수하겠다는 말을 덧붙였었다.

그러나 부친의 계획은 삼 년을 일 년 이 개월 남겨둔 시점에서 정지되고 말았다.

화무린이 다섯 살 때부터 지금껏 십 년째 해오고 있는 심법의 이름은 조화무극(造化無極)이었다.

그가 알고 있는 것은 단지 그것뿐이었다.

조화무극심법이 지니고 있는 효능이나 그것을 삼 년 동안 익히고 난 다음에는 어떻게 해야 하는지에 대해서는 전혀 알지 못했다.

언제나 그렇듯이 운기조식을 하고 난 후에는 몸이 한 조각 깃털처럼 가볍고, 정신은 유리처럼 투명하며, 마음은 천만 년 동안 녹은 적이 없는 빙하처럼 차갑게 가라앉았다.

화무린이 지난 삼 년여 동안 다른 하오문의 졸개들에게 그토록 두들겨 맞고서도 끄떡없었던 것과 일단 싸움을 시작하게 되면 그의 주먹에 맞은 자들이 한 방에 즉사하던가 병신이 되는 것은 순전히 조화무극심법을 십여 년간 꾸준히 운기한 덕분이었다.

사실 지금 그의 체내에는 삼십 년이라는 무시할 수 없는 내공이 축적되어 있는 상태였다.

조화무극이라는 희대의 심법이 만들어준 정심하기 짝이 없는 내공이었다.

그러나 그것뿐이었다. 그는 그 내공을 바탕으로 하여 전개할 수 있는 그 어떤 초식도 배운 적이 없었다.

그러므로 그의 내공은 단지 그의 심신을 강건하게 유지해주거나, 몰매를 당했을 때 견디게 해주는 역할, 혹여 싸움이라도 하게 되면 상대를 묵사발로 만드는 정도가 전부였다.

그는 앉은 채 오른팔을 아래로 내리며 어깨 아래쪽을 가볍게 털 듯이 흔들었다.

그 간단한 동작만으로 오른팔 팔꿈치 위쪽에 차고 있던 소도가 스르르 아래로 미끄러져 내렸다.

아무리 심하게 움직여도 절대 흘러내리는 법이 없는 소도를 필요할 때마다 지금처럼 순식간에 흘러내리게 하기 위해서는 꾸준한 노력과 반복 연습이 필요했다.

그는 소도를 묵묵히 굽어보았다.

부친이 그에게 남긴 것은 모두 네 가지였다.

그의 몸과 조화무극과 한 자루의 소도.

그리고 매일 밤 악몽으로 되살아나 그를 괴롭히는 처절한 한(恨)이 그것이었다.

짙푸른 빛이 은은하게 감도는 핏빛, 즉 벽혈(碧血)의 광채를 흩뿌리는 도신(刀身).

휘어짐 없이 일직선이며 양인(兩刃:양날)이라는 점에서는 검에 가까운 형태지만 폭이 검보다는 넓었으며 일반적인 도보다는 약간 좁다는 점.

그리고 도첨(刀尖:칼끝)이 약간 휘어져 있는 것을 보면 도에 가까운 모양이다.

대부분의 검이나 도의 손잡이는 보통 가죽이나 사피(蛇皮:뱀 껍질)로 만들어졌지만 이 소도의 도파는 재질이 무엇인지 알 수가 없었다.

잡티 한 점 없는 묵색(墨色)인데, 지식이 풍부한 사람이 본다면 전설상의 만년흑오철(萬年黑烏鐵)이나 묵빙한옥(墨氷寒

玉)일지도 모른다고 말할지 모르지만 그것은 틀린 판단이다.

도파의 양쪽 도비(刀鼻:칼 코등이) 바로 옆에는 호두알만 한 푸른 구슬과 핏빛의 구슬이 각각 박혀 있으며, 푸른 옥이 도파에 세로로 구불구불하게 박혀서 '벽월(碧月)' 이라는 두 글자를 만들고 있는데, 보통 사람들은 읽기조차 까다로운 초서체였다.

화무린은 소도의 진정한 내력에 대해서는 알지 못했다.

다만 부친은 그 잊지 못할 마지막 순간에 소도를 일곱 살짜리 어린 아들 손에 쥐어주면서 낮게, 그러나 강하게 당부했었다.

"명심해라, 무린아. 너는 반드시 이 도와 생사를 함께해야 한다."

화무린은 도파에 적혀 있는 글자를 보고 도명이 '벽월도(碧月刀)' 라고 생각했다.

또 한 가지, 벽월도는 자르지 못하는 물체가 없었다. 최소한 화무린이 이날까지 사용해 본 바에 의하면 그랬다.

쇠붙이, 차돌 그 무엇이라도 벽월도를 살며시 갖다 대기만 하면 그대로 베어졌다.

화무린은 벽월도를 다시 원래의 위치인 옷 속의 오른팔에 고정시키면서 오늘 밤에는 부디 이 칼을 사용할 일이 없었으면 좋겠다고 생각했다.

칼을 쓰게 된다면 일이 실패했을 경우인 것이다.

삼향주 엽방이 일러준 말은 한 치의 오차도 없이 정확하게 맞아떨어졌다.

축록방주의 거처로 사용되는 홍연루 삼층 막다른 방은 비어 있었으며 아무도 지키는 사람이 없었다.

그리고 엽방이 건네준 두 개의 열쇠 중 하나를 방문에 채워져 있는 자물쇠에 꽂아 넣자 둔탁한 소리를 내며 쉽게 열렸다.

캄캄한 실내였지만 창틈을 통해서 흐릿한 빛이 스며들었고, 밤눈이 밝은 화무린의 눈에는 실내의 광경이 어렴풋이 보여서 곧 구석에 자리 잡고 있는 커다란 금고를 찾아낼 수 있었다.

그는 망설이지 않고 엽방이 준 또 하나의 열쇠를 어린아이 머리통만 한 금고의 자물통에 꽂아 넣었다.

철컥!

열쇠를 힘껏 비틀자 자물쇠가 아가리를 벌렸다.

화무린은 자물쇠를 벗겨내고 두 손에 잔뜩 힘을 주면서 금고의 문을 잡아당겼다.

그긍!

네 치 두께의 무쇠로 만들어진 금고 문은 낮은 비명을 토해내며 육중하게 열렸다.

무릎을 꿇은 채 긴장된 표정으로 금고 안을 들여다보던 화무린은 순간 눈을 커다랗게 뜨고 말았다.

금고 안은 별천지, 아니, 보화 천지였다.

은(銀) 따위는 아예 없었다.

번쩍이는 금덩이와 영롱한 광채를 발하는 구슬과 보석이 가득 들어차 있었다.

도대체 이런 보물이 일개 하오문 방주의 금고 안에 있다는 사실이 믿어지지 않았다.

금고 안에서 가장 값어치가 나가지 않는 것이 금이었다.

하지만 화무린은 지금껏 살면서 금조차도 본 적이 없었다. 그저 누렇게 빛나는 물체니까 금덩어리려니 여길 뿐이었다.

금고 안을 보고 있는 화무린은 입 안이 바짝 타 들어갔고 심장이 미친 듯이 쿵쾅거렸다. 금고 앞에 단정하게 무릎을 꿇고 앉아 있는 몸까지도 가늘게 떨렸다.

졸지에 부모와 가솔을 잃고 구사일생 혼자만 살아남아 발길 닿는 대로 떠돌면서 팔 년여 동안 온갖 풍상을 겪은 탓에 담력만큼은 강하다고 자부하는 그였지만, 이런 상황에서는 전율 같은 흥분과 두려움을 느끼지 않을 수 없었다.

그는 즉시 눈을 감고 길게 심호흡을 하기 시작했다. 바쁠수록 돌아가라고 했다.

대여섯 차례 길게 심호흡을 하자 마음이 고요하게 가라앉았다. 십 년 동안 조화무극심법을 운기한 덕분에 마음을 다스리는 것은 그리 어렵지 않았다.

그는 즉시 품속에서 혁낭(革囊) 하나를 꺼내 펼치고는 금고 안으로 손을 뻗었다.

현조가 자신의 주먹 절반 정도 크기의 금덩이, 즉 금원보(金元寶) 한 덩이가 은자 천 냥의 가치와 같다고 가르쳐 주었었다.

화무린은 금원보 하나를 집어 들었다. 차가운 감촉과 묵직한 중량감이 동시에 전해져 왔다.

이어서 침착하게 금원보 이십 개를 혁낭 안에 차곡차곡 담았다.

그가 생각하기에도 다른 보석들이 훨씬 값어치가 나가겠지만 가지고 나간다고 해도 처분하기가 곤란했고, 제값을 받지도 못할뿐더러 괜한 의심만 사게 될 것이다.

금원보를 다 담은 후 금고를 쳐다보자 커다란 대야에 가득 찬 물에서 겨우 한 움큼을 퍼낸 것처럼 표시도 나지 않았다. 금고에는 그만큼 보석과 금원보가 많았다.

화무린은 서둘러 금고를 닫고 자물쇠를 채워 원상 회복시킨 후에 혁낭의 아가리를 동여매 등에 멘 후 일어섰다. 가볍게 다리가 휘청거리면서 상체가 뒤로 젖혀졌다.

그는 두 다리로 힘껏 바닥을 딛고 섰다.

금원보 이십 개면 정확하게 은자 이만 냥이다.

이것으로 됐다.

화무린 자신과 현조 몫을 챙겼으니 이제 서둘러 여길 벗어나기만 하면 된다.

엽방은 수하를 창문 아래에 대기시켜 둘 테니 금고의 모든 것을 꺼내서 아래로 던지라고 화무린에게 시켰었다.

하지만 화무린은 처음부터 그럴 생각이 추호도 없었다. 아무리 좋게 봐도 이것은 엄연히 도둑질이다.

화무린은 나중에 소기의 목적을 달성하고 나면 금원보 이십 개에 이자를 쳐서 갚을 생각을 하고 있었다.

축록방주에게 직접 허락을 받지는 못했지만 이것은 빌려 가는 것이라고 생각했다.

이제 최대한 여유있는 행동으로 이 방을 걸어나가서 홍연루를 벗어나기만 하면 될 터이다.

그 길로 현조에게 달려갈 것이고, 오늘 밤 이후 그 누구도 북경에서 두 사람을 볼 수 없으리라.

화무린은 몸을 돌려 방문을 향해 침착하게 걸어갔다. 여기까지는 모든 것이 엽방의 말대로 됐다.

지금쯤 축록방주는 다섯 명의 향주와 이곳 홍연루 이층 특실에서 한창 연회를 벌이고 있는 중일 것이다.

원래 삼층 방주의 방 앞에는 믿을 수 있는 심복 두 명이 항상 지키고 있었다.

하지만 엽방은 그 둘의 충성심을 은자 이천 냥이란 거액으로 매수해 버렸다. 지금쯤 그 둘은 죽을힘을 다해서 북경에서 멀어져 가고 있을 것이다.

방문 앞에 이른 화무린은 손을 내밀었다.

슥—

그런데 그의 손이 닿기도 전에 방문이 벌컥 열렸다.

"……!"

그리고 방문 밖에는 홍의 경장을 입은 한 명의 중년인이 화무린을 무섭게 쏘아보고 있었으며, 그의 좌우에는 두 명의 장한이 철탑처럼 버티고 서 있었다.

'방… 주!'

화무린은 딛고 선 바닥이 갑자기 아래로 푹 꺼지는 듯하며 눈앞이 뿌예지는 충격을 받았다.

지금쯤 당연히 연회를 벌이고 있을 것이라고 생각한 방주가 느닷없이 이곳에 나타나다니, 게다가 그의 얼굴에는 놀라는 기색이 조금도 떠올라 있지 않았다.

대신 도둑이 자신의 방을 털고 있다는 사실을 이미 알고 있는 사람의 표정이었다.

화무린의 흔들리는 눈빛이 축록방주의 얼굴에서 그의 좌우에 서 있는 두 장한의 얼굴로 옮겨지며 빠르게 훑었다.

엽방의 호언장담대로라면 그 두 명은 지금쯤 각자의 품속에 엽방이 준 은자 천 냥씩을 담은 채 북경을 백 리 이상 멀리 벗어나고 있어야만 했다.

결국 축록방주의 심복 두 명은 방주를 배신하지 않은 것이다. 그것은 곧 엽방이 이미 잡혔다는 사실을 의미하고 있었다.

화무린에게 이런 상황에서 벗어날 수 있는 뭔가 기발한 방법이란 것이 있을 리가 없었다.

지금은 뭔가 말계를 궁리하기보다는 행동이 앞서야 하는 순간이라고 화무린의 본능이 긴밀하게 속삭여 주었다.

휘익!

순간 화무린은 두 눈을 찢어질 듯이 한껏 부릅뜨고 어금니를 악문 채 발끝으로 바닥을 박차며 저돌적으로 축록방주를 향해 곧장 부딪쳐 갔다.

그의 손에는 어느새 섬뜩한 핏빛 도광을 흩뿌리는 벽월도가 굳게 쥐어져 있었다.

축록방주나 두 심복은 막다른 곳에 몰린 쥐가 취할 수 있는 행동이 모든 것을 포기하는 것과 오히려 고양이를 공격하는 것[窮鼠囓猫] 두 가지라는 사실을 경험을 통해서 잘 알고 있었다.

하지만 화무린의 행동은 그들이 예견하고 있던 것보다 한 박자 더 빨랐다.

그의 행동은 언제나 상대의 생각보다 빨랐으며, 그래서 그것은 예외없이 상대의 허(虛)를 찔렀다.

그 방법은 그를 팔 년 동안 생존시켜 준 여러 가지 요인 중 하나로 꼽을 수 있었다.

하오문 졸개들과의 싸움에서도 상대가 생각하고 예견할 때 그는 이미 공격을 시도하고 있었다.

즉, 그것은 상대의 생각을, 그리고 호흡을 훔치는 방법이었다.

쉬익!

순식간에 축록방주 앞 반 장까지 쇄도한 화무린은 그의 목줄기를 향해 번개같이 벽월도를 그어갔다.

그는 정식으로 무공을 배운 적이 없었다.

그가 익힌 것이라곤 무수한 싸움에서 자연스럽게 터득한 본능적인 몸동작일 뿐이다.

하지만 지금 화무린의 왼쪽 어깨 높이에서 축록방주의 목을 향해 비스듬히, 그리고 쏜살같이 그어져 가고 있는 벽월도의 공격은 결코 녹록하게 보아 넘길 것이 아니었다.

츄웃!

"허엇?!"

축록방주 함중(咸仲)은 깜짝 놀라며 벼락같이 상체를 뒤로 젖혔다.

만약 그가 엽방처럼 주색에 찌든 몸이었다면 꿈도 꾸지 못할 빠른 반응이었다.

사악!

철과 돌을 두부처럼 자르는 벽월도가 함중의 가슴 앞섶을 가로로 비스듬히 갈랐다.

그가 순간적으로 상체를 뒤로 젖히지 않았더라면 갈라진 것은 그의 목이었을 것이다.

함중이 비록 무림 축에도 못 끼는 하오문의 방주라고는 하지만 가슴속으로는 언제나 무림으로의 진출을 꿈꾸고 있었기 때문에 한 자락 무공의 재주는 지니고 있는 몸이었다.

그런 그가 두 눈 뻔히 뜨고 보고 있는 중에 하마터면 목이 잘릴 뻔했으니 화무린의 급습이 얼마나 빨랐는지 어렵지 않게 짐작할 수 있었다.

우직!

뒤로 상체를 젖힌 함중의 허리에 묵직하게 부딪친 난간이 힘없이 부러져 나갔다.

난간 밖은 허공이다.

칠팔 장 아래는 기루의 일층이며 단단한 청석 바닥이라서 만약 추락하면 살아남기 어려울 것이다.

함중의 상체는 난간 밖으로 기울어 있고, 두 발이 막 바닥에서 떨어지고 있는 찰나,

슈욱!

화무린이 짓쳐드는 기세를 늦추지 않고 재차 함중에게 벽월도를 휘둘러 갔다.

이번에는 함중의 하체를 공격했다.

게다가 베기가 아니라 온 힘이 담긴 찌르기였다.

목표한 부위는 사타구니 한복판.

함중은 북경성의 하오문도들에게 두터운 존경을 받고 있는 인물이었다.

하오문의 방주이면서도 무림의 호걸다운 기개와 풍모를 지녔다는 이유 때문이었다.

그는 하오문 중에서는 드물게 진짜 싸움을 아는 사내이면서도 끊고 맺음이 깨끗한 인물이었다.

함중은 화무린의 첫 번째 급습 때 재빨리 오른손을 품속에 넣어 언제나 품고 다니는 한 자 길이의 유엽도(柳葉刀)를 움켜잡았으나 미처 뽑아서 반격할 만한 여유가 없었다.

그것은 화무린의 이차 공격에서도 마찬가지였다.

벽월도가 함중 자신의 사타구니를 찌르는 것도 문제였지만 화무린이 저돌적으로 짓쳐 오는 기세 때문에 두 사람은 한 덩어리가 되어 일층 바닥으로 추락하고 말 상황에 직면해 있었다.

그러나 화무린에게는 나름대로의 계산이 있었다.

함중을 찌르고 추락하면서 그의 몸을 아래에 깔고 바닥으로 떨어지겠다는 것이다.

그래서 최대한 충격을 완화시키겠다는 심산이었다.

그렇게 되면 아무리 칠팔 장 높이라고는 하지만 큰 부상은 입지 않을 것 같았다.

빡!

그 순간 화무린은 뒤통수에 강한 충격을 받았다.

충격과 함께 온몸이 산산이 해체되면서 힘이 한꺼번에 빠져나가는 느낌과 매일 밤 그를 괴롭히는 그 악몽의 마지막 가장 끔찍한 장면이 확 떠오르는 순간 정신을 잃고 말았다.

함중의 두 심복 중 한 명이 쥐고 있던 철퇴로 화무린의 뒤통수를 거세게 후려치는 것과 동시에 다른 한 명은 재빨리 함중의 팔을 붙잡았다.

그들 둘은 그래도 이삼십 년의 내공과 나름대로 삼류무공 정도를 익힌 인물들이었다.

함중이 난간 밖으로 튕겨 나가지 않았기 때문에 화무린도 그의 몸에 부딪치며 추락을 모면했다. 대신 함중은 벽월도에 허벅지 안쪽을 찔려야만 했다.

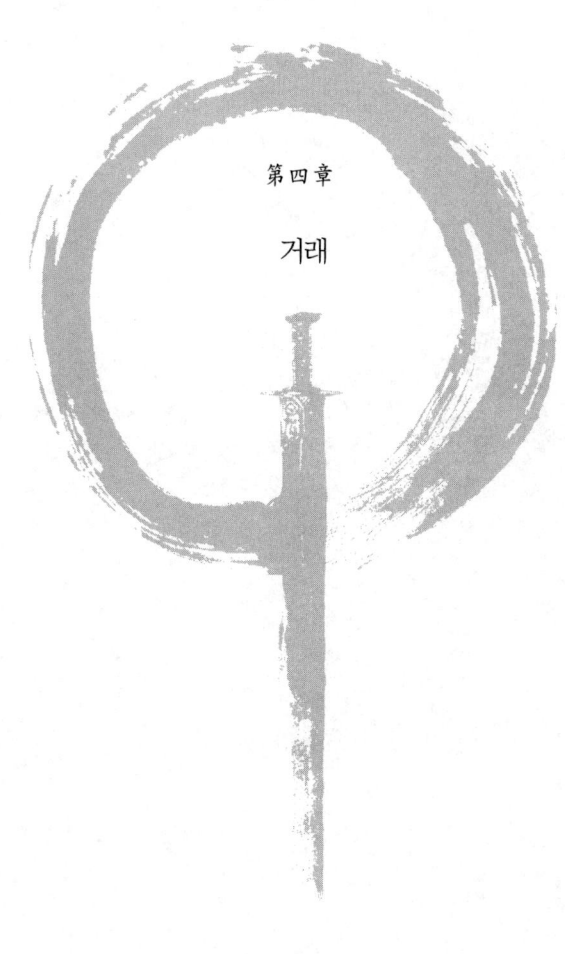

第四章

거래

구중천
九重天

태어나서 이런 고통은 처음이었다.

수백 개의 송곳이 머리통 전체를 마구잡이로 뚫어대는 것 같은 극심한 고통이었다.

화무린이 정신을 차린 것은 그런 극렬한 고통이 정점에 달한 시기였다.

"으으……."

눈을 떴지만 아무것도 보이지 않았다. 그 이유가 어둠 때문인지 고통 때문인지 알 수가 없었다.

눈을 떴는지, 아니, 눈, 코, 입이 제대로 붙어 있는지조차도 모를 정도였다.

아예 어깨 위에 머리가 없는 것 같은 느낌이었다.

"으으으……."

하오문의 졸개들에게 아무리 심하게 몰매를 당해도 미약한 신음 한마디 흘려내지 않았던 그가 지금은 신음 소리를 내고 있었다.

그렇게 시간이 흘렀다.

인간은 참으로 기이한 능력을 지닌 족속이다. 극한 상황에 내던져지면 딱 두 가지 선택밖에 없다.

죽던가, 아니면 적응하던가.

고통이 극렬하다는 것은 죽지 않을 것임을 뜻한다. 원래 죽음에 이르는 상처는 그다지 고통이 따르지 않는 법이다.

모순 같지만 고통이란 살아 있는, 그리고 살아날 확률이 높다는 증거이기도 했다.

그런 면에서 화무린은 후자였다.

그의 정신과 몸은 죽지 않고 이 상황에 적응해 나가기 시작했다.

사실 극심한 고통이란 그리 길지 않은 경우가 많다.

시간이 지나면 인체의 오묘한 기능이 '극심'이라는 고통에 적응하여 '평범'으로 누그러뜨려 놓기 때문이다.

게다가 화무린은 그런 고통 속에서도 조화무극을 운기조식하는 것을 잊지 않았다.

자신이 누워 있는지 앉아 있는지조차도 모르는 상황이었

지만 눈을 감은 채 기를 쓰고 운기조식을 했다.

그가 다시 눈을 떴을 때에는 처음보다 상황이 많이 변해 있었다. 우선 고통이 그다지 심하지 않았다.

그리고 정신이 많이 맑아진 상태였다. 그래서 그는 자신이 누워 있다는 사실을 비로소 깨달을 수 있었다.

조심스럽게 천천히 몸을 일으켰다. 머리가 지끈거리는 것 외에는 별다른 아픔이 없었으므로 상체를 쉽사리 일으켜서 곧 앉을 수 있게 되었다.

"……!"

앉아서 전면을 보던 그는 순간 움찔 놀랐다.

'삼향주……'

삼향주 엽방이 눈을 부릅뜬 채 이를 힘껏 깨문 모습으로 자신을 쏘아보고 있는 것을 발견했기 때문이다.

화무린은 어떻게 된 상황인지 빠르게 염두를 굴려보았다.

엽방은 몹시 화가 난 표정이었다.

하지만 화무린은 잘못한 것이 없었다. 그는 엽방이 시키는 대로 했을 뿐이다.

거기까지 생각하던 화무린은 문득 쓴웃음을 지었다.

일이 이미 한참이나 글러 버린 판국에 네 잘못, 내 잘못을 따져서 무엇 하겠는가.

아마도 이번 일의 주모자인 엽방 역시 붙잡혀서 화무린과 같은 장소에 갇힌 모양이었다.

그런데 그게 아니었다.

"이런······."

엽방은 분명히 바로 앞에 앉아서 화무린을 잡아먹을 듯한 표정으로 쏘아보고 있었다. 그러나 그는 얼굴 아래에 붙어 있어야 할 몸뚱이가 없었다.

그는 목이 반듯하게 베어져서 잘린 부위에 횟가루가 묻혀진 채 머리만 탁자 위에 덩그렇게 놓여 있었다.

그런데 실내가 어두컴컴해서 화무린은 그가 자신을 쏘아보고 있다고 착각했던 것이다.

엽방은 이제 더 이상 홍연루가 사들이는 어린 동기들의 순결을 짓밟지 못할 테고, 그것을 술자리에서 자랑삼아 떠들지도 못할 것이며, 돈놀이를 하면서 야금야금 잇속을 챙기는 짓마저도 할 수 없게 되었다.

화무린은 가볍게 눈살을 찌푸렸다.

그는 방주의 재물을 훔치다가 발각됐다.

그리고 엽방이 죽었다. 그런데 왜 자신은 아직 죽지 않고 살아 있는 것인가?

그는 잠시 생각해 봤지만 이유를 알아내지는 못했다.

분명한 것은 그는 아직 살아 있다는 것이고, 이곳은 사방이 가로막힌 어두운 석실이라는 사실이었다.

필경 엽방은 방주 함중의 명령에 의해 죽임을 당했을 것이다. 그런데 무엇 때문에 엽방의 머리를 화무린 자신이 깨어나면 즉시 볼 수 있는 위치에 올려놓은 것인가?

함중의 의도는 화무린이 엽방의 머리를 발견하고 충격이나 공포를 느끼기를 원한 것인가?

화무린은 곧 머리를 흔들었다. 그는 원래 섣부른 짐작이나 예상 따위는 하지 않는다. 닥쳐온 현실이나 자신의 눈으로 본 것만 믿는 분명한 성격이었다.

철컹!

그때 석실 철문이 열리며 일단의 사람들이 들어섰다.

바로 축록방주 함중과 그의 그림자인 두 명의 심복 세 사람이었다.

화무린은 그다지 긴장하지 않았다. 그 이유가 모든 것을 체념했기 때문은 아니었다.

아마도 천하에서 그를 긴장시키거나 절망시킬 만한 것은 그리 흔치 않을 터이다.

엽방이나 축록방주, 아니, 같은 방을 쓰던 상명과 한 명뿐인 친구 현조마저도 화무린의 성격과 기질을 채 십분의 일조차도 알고 있지 못했다.

화무린은 함중이 수하가 내어주는 의자에 앉는 것을 묵묵히 지켜보았다.

함중은 자신의 옆 탁자에 놓여 있는 엽방의 수급에는 눈길 한번 주지 않았다.

이제 그는 굳이 묻지 않아도 어째서 화무린을 살려두었는지에 대해서 말해줄 것이다.

화무린은 그게 궁금했다.

함중은 보통보다 약간 큰 체구에 눈이 깊숙하고 아래턱이 돌출됐으며 얼굴에는 온갖 풍상을 겪은 연륜이 고스란히 새겨져 있는 사십대 중반의 인물이었다.

"금고에는 보물들이 많았는데 너는 왜 금원보 이십 개만 훔쳐 가려 했느냐?"

함중은 곧장 본론으로 들어갔다.

말이 많지 않으며 불필요한 서설이 전혀 없다는 사실이 화무린의 마음에 들었다.

그는 그게 궁금했던 모양이다. 금원보 이십 개는 금고 안에 있는 재물의 천분의 일도 되지 않았다.

그곳에 있던 구슬, 즉 야광주나 금강석 같은 것 하나만으로도 금원보 백 개 이상의 가치를 지니고 있었다.

그러므로 도둑이 겨우 금원보 이십 개만을 훔쳐 가려 했던 것은 충분히 함중의 의구심을 자아내기에 충분했을 것이다.

하긴, 그가 오직 한 가지 목적 때문에 돈귀신, 즉 전귀가 된 화무린을 어찌 알겠는가?

그러니 화무린이 자신에게 필요한 금원보 이십 개만을 가져가려고 했던 이유는 더 더욱 모를 것이다.

"빌려가려고 했소."

화무린은 자신의 말을 이해시키려고 애쓰지도 믿어달라고

열성을 보이지도 않는 담담한 표정과 어투로 말했다.

함중은 그렇게 말하는 화무린을 쳐다보았다.

그리고는 자신이 사십오 년 동안 살아오면서 한 번도 본 적이 없는 아주 무심(無心)한 얼굴을 발견했다.

화무린의 표정만으로 본다면 결코 진심 어린 것이 아니었다. 그런데도 함중은 그의 말을 믿을 수 있었다.

이상한 일이지만 함중은 지금부터 화무린이 무슨 말을 하더라도 그의 말을 모두 믿을 수 있을 것만 같았다.

함중은 자신이 거느리고 있는 축록방 휘하에 화무린이라는 졸개가 있다는 사실을 이번에 처음 알게 됐다.

방의 가장 밑바닥에서 잔심부름이나 하는 소년에 대해서 그가 모르고 있는 것은 당연했다.

화무린 역시 먼발치에서 함중을 몇 번 본 것이 전부였다.

"그래, 왜 금원보 이십 개만 가져가려 했느냐?"

함중은 약간의 자비를 베풀기로 했다. 그래서 '훔쳐'를 '가져'라고 고쳐서 다시 물었다.

그가 필요한 것은 화무린의 솔직한 대답이지 말싸움이 아니었다.

화무린은 입을 굳게 다문 채 대답하지 않았다.

"짐작하겠지만 내가 널 살려둔 이유는 순전히 그것이 궁금해서이다. 그러니 대답하지 않으면 넌 죽어야 한다."

화무린은 그래도 대답하지 않았다.

마치 자신의 목숨이 아닌 타인의 목숨에 대해서 듣는 것 같은 표정을 지은 채.

함중은 가볍게 눈살을 찌푸리며 실망하는 표정을 굳이 감추려고 들지 않았다.

"방금 너의 말을 듣고 뭔가 있는 놈일 것이라고 생각했는데 착각인 게로군. 너는 역시 도둑질이나 하는 벌레 같은 놈이었다."

함중은 고개를 가로저으면서 일어섰다. 쓸데없이 시간을 낭비했다는 말과 행동이었다.

"살무사라는 놈이 개구리의 몸뚱이를 반쯤 삼킨 채 개구리에게 '내가 널 잡아먹지 말아야 할 이유가 있다면 한 가지만 말해봐라'고 자비를 베풀었는데, 개구리는 끝내 입을 다물고 있다. 그 다음에 살무사가 취할 행동이 무엇이겠느냐?"

수하가 철문을 열었고, 함중은 문 쪽으로 걸어가며 대수롭지 않게 중얼거렸다.

순간 화무린은 어떤 깨달음 때문에 몸을 한차례 움찔 떨었다.

일곱 살 때 부모와 가문을 졸지에 잃고 떠돌이 생활을 하게 된 이후 그저 살아남기 위해서 몸부림친 것이 장장 팔 년이었다.

머리보다는 몸으로 겪어야 했던 파란만장한 세월이었지만 그렇다고 해서 그의 머리가 아예 먹통이 된 것은 아니다.

함중의 말은 자기가 살무사고 화무린은 개구리라는 뜻이다.

하지만 살무사가 개구리를 삼키다가 말고 잡아먹지 말아야 할 이유를 말해보라고 묻는다는 자체가 어불성설이다.

우화에서라면 모를까 현실에서 그런 일은 절대 없다. 그 절대로 없는 경우를 함중이 만들어준 것이다.

대답하지 못하면 살무사는 개구리를 잡아먹을 것이고, 더 이상의 우화는 없다.

그것은 반드시 죽어야만 하는 화무린에게 실낱같은 한줄기 희망이었다.

그리고 화무린은 뒤늦게 그 사실을 깨달았다.

"나는 은자 이만 냥이 필요했소."

화무린의 대답은 함중이 방문 밖으로 한 걸음을 내디뎠을 때 들려왔다. 그러나 조급히 서두르는 말투가 아니었다.

"왜?"

살무사는 개구리를 삼키는 것을 조금 더 보류했다.

화무린은 대답을 망설이지 않았다.

그가 은자 만 냥을 모으는 일은 몹시 비밀스러운 것이었지만 죽음 앞에서까지는 아니었다.

세상에 죽음을 극복할 만한 것은 그리 많지 않다. 그는 지금 이 순간 자신이 개구리라는 사실을 인정했다.

"구중천(九重天)에 가려는 것이오."

화무린의 말을 듣는 순간 함중은 방을 나가지 않았다. 아니, 그럴 수가 없었다.

오히려 그는 거칠게 몸을 홱 돌리고 눈을 부릅뜬 채 크게 놀라는 표정으로 화무린을 쏘아보더니 성큼성큼 걸어 들어와 원래의 의자에 다시 앉았다.

앉아 있는 함중의 바지 왼쪽 허벅지 안쪽 부위가 붉게 피로 물들어 있었다.

극도로 긴장하여 몸에 잔뜩 힘을 주다가 화무린에게 찔린 상처가 터진 것이었다.

하지만 그는 지금 상처에 눈길을 줄 정도로 한가한 마음 상태가 아니었다.

구중천.

그 한마디가 던져 주는 의미는 과연 대단한 것이었다.

함중은 의자에 앉아서도 만면에 떠올린 크게 놀라는 표정을 감추지 않고 한동안 화무린을 쏘아보았다.

무림인 중에서도 '구중천'이라는 말을 알고 있는 사람은 그리 많지 않았다.

그러나 그들 중에서 그곳이 어디에 있는지 아는 사람은 전무(全無)했다.

함중은 일각 동안이나 입을 굳게 다문 채 돌처럼 굳은 얼굴로 화무린을 주시하기만 했다.

화무린은 그의 시선을 피하지 않은 채 정면으로 똑바로 마주 쳐다보았다.

두 사람은 침묵하고 있었지만 실상 무언의 많은 대화를 주고받고 있었다.

처음에 함중은 화무린을 엽방의 하수인 정도로만 여겼다.

그런데 화무린은 창밖 아래에서 기다리는 엽방의 수하에게 금고 안의 재물들을 하나도 던져 주지 않았다.

또한 단지 금원보를 이십 개만 훔쳤을 뿐이다. 그것이 함중의 흥미를 유발시켰다.

그래서 그는 화무린을 잠시 살려두었던 것인데, 그의 입에서 '구중천'이라는 말이 나오리라곤 상상조차 하지 못했다.

"어떻게 가는지 아느냐?"

함중은 한참 만에 거북이 등처럼 쩍쩍 갈라지는 목소리로 겨우 말을 뱉어냈다.

그의 목소리에서는 그가 심중에 품고 있는 긴장과 흥분이 뚝뚝 묻어 나왔다.

"아오."

화무린의 대답은 짧고 다부졌다.

그는 큰아버지뻘인 함중에게 반공대를 썼지만 함중은 조금도 개의치 않았다.

그의 대답에 함중은 한차례 움찔 눈에 띄게 몸을 떨었다.

물론 화무린은 '구중천'의 위치를 모를 것이다. 다만 어떻게 가는지를 안다고 했다. 함중 역시 그런 뜻으로 물었다.

함중은 '구중천'이란 말에 대해서 알고 있는 많지 않은 사람 중 하나였다.

그가 무림인이 아니면서도 '구중천'을 알고 있는 것은 순전히 하오문의 방주이기 때문에 가능했다.

구파일방의 하나인 개방(丐幇)이 무림에 대해서 환하게 알고 있는 방파라면 하오문은 무림은 물론이고 천하의 모든 것들을 속속들이 캐내고 있는 좌도방문이다. 그러므로 함중이 '구중천'을 알고 있는 것은 그리 놀라운 일이 못 된다.

바야흐로 살무사는 개구리를 다시 뱉어냈을 뿐만 아니라 개구리에게 자신과 동등한 자격을 부여해야만 하는 시기에 이르렀다.

"은자 이만 냥을 주겠다."

잠시 후 그렇게 말하는 함중의 목소리는 조금 전보다 더 쩍쩍 갈라진 상태였다.

화무린은 가볍게 움찔했다. 하지만 입을 굳게 다물고 아무 말도 하지 않았다.

상대의 의중을 모를 때는 그저 묵묵히 듣고 있는 것이 상책이라고 그의 가볍지 않은 경험이 속삭여 주었다.

"그 대신 조건이 있다."

당연히 조건이 있을 것이다.

그저 공짜로 은자 이만 냥을 줄 멍청이는 없다. 또한 그 조건은 몹시 어려운 것일 게다.

함중은 화무린의 말을 믿었다.

그는 오랫동안 하오문 방주 짓을 해오는 동안 몇 가지 특출한 능력을 갖추게 되었는데, 그중 하나가 사람을 꿰뚫어 보는 심안을 갖게 되었다는 것이다.

그의 심안에 의하면 화무린은 '믿을 수 있는 놈'이었다.

더구나 화무린은 '구중천'을 말하고 있다. 또한 어떻게 가는지를 안다고 한다.

단언하건대 함중의 식견으로는 '구중천'이라는 존재를 놓고 거짓말을 할 수 있는 사람은 전무했다.

"내 아들을 데려가다오."

함중의 말에 화무린의 눈썹이 꿈틀 꺾였다. 전혀 예상 밖의 주문이었다.

함중에게 아들이 있다는 사실은 그의 측근들만 알고 있는 것이었으므로 화무린 같은 졸개가 모르는 것은 당연했다.

"구중천에 가는 데 은자 이만 냥이 필요한 것이냐? 그렇다면 아들 몫까지 사만 냥을 주겠다. 원한다면 더 줄 수도 있다."

화무린으로서는 선택의 여지가 없었다. 받아들이던가 아니면 죽음을 면치 못할 것이다.

"일 인당 은자 만 냥이오. 당신 아들 몫까지 삼만 냥이면 되오. 그런데 조건은 그것뿐이오?"

함중이 말을 할수록 목소리가 갈라지고 있는 것에 반해서 오랜만에 입을 연 화무린의 목소리는 그저 차분했다.

그 한 가지 사실만으로 함중은 화무린이 범상치 않은 놈이라는 사실을 재삼 확인했다.

화무린의 한마디 한마디와 그의 표정 하나하나는 능히 함중을 압도하고 있었다.

그래서 함중은 자신이 장차 천하무림을 질타하게 될 한 마리 잠룡을 대하고 있는 것인지도 모른다는 착각을 은연중에 하게 되었다.

그러나 지금은 그가 칼자루를 쥐고 있었다.

잠룡이든 뭐든 그가 한차례 칼자루를 휘두르기만 하면 여지없이 베어질 것이고, 미래의 잠룡은 사라지게 될 것이다.

"너와 내 아들의 생사를 하나로 묶어라. 그것이면 족하다."

"……"

화무린은 처음으로 표정의 변화를 보이면서 어이없는 듯 함중을 쳐다보았다.

생사를 묶으라는 것은 함중의 아들의 생사에 대해서 화무린이 전적으로 책임을 지라는 뜻이다.

"가는 곳이 구중천이라는 사실을 잊었소?"

화무린의 목소리는 잘 벼려진 칼날 같았다.

"안다. 구중천이 요구하는 것은 두 가지다. 돈과 생사 불문이지."

"그렇다면 당신 아들의 생사가 내 손에 달려 있지 않다는 것쯤은 알 것 아니오?"

함중은 잠시 깊은 생각에 잠겼다가 다시 입을 열었다.

"좋다. 너는 내 아들의 목숨을 지키는 일에 최선을 다해라. 불가항력은 예외라고 해도 네가 할 수 있는 한 최선을 다하라는 말이다. 너는 그것을 약속할 수 있느냐?"

화무린은 입을 다물었다. 그는 이 자리에서는 그저 그러겠노라고 간단하게 대답만 해주고 나중에 가서 그 약속을 지키지 않으면 그만일 수도 있었다.

구중천에서 살아 나온 화무린을 일개 하오문의 방주 따위가 감히 어떻게 할 텐가. 그때가 되면 함중은 화무린의 그림자조차도 밟지 못할 것이다.

구중천을 설명하는 무수한 말 중에서 '입백출일(入百出一)'만큼 유명한 말도 없을 것이다.

즉, 백 명이 들어가면 겨우 한 명이 나온다는 뜻이다. 그 말뜻이 백 명이 들어가서 구십구 명이 죽고 한 명만이 살아서 나온다는 것을 모를 바보는 없다.

그런데 함중은 그런 곳에서 자신의 아들의 생사를 화무린 자신의 일처럼 최선을 다하라고 억지를 부리고 있는 것이다.

그러나 이것 역시 화무린에게는 선택의 여지가 없었다.

그는 무려 반 시진 동안 침묵을 지켰고, 함중은 손가락 하나 까딱하지 않은 채 화무린을 지켜보았다.

쉽게 대답하지 못한다는 것은 그만큼 약속을 무겁게 여긴 다는 의미이다.

함중은 시간이 지날수록 점점 더 화무린에게 믿음이 갔다.

"알겠소."

반 시진 만에 화무린이 여전히 나직한 음성으로 대답하자 함중의 표정이 환하게 밝아졌다.

"핫핫핫! 이것은 너와 내 아들이 서로 인연이 있다는 뜻이 다!"

"내 칼을 돌려주시오."

화무린의 냉정한 말이 함중의 흡족한 기분에 찬물을 끼얹 었지만 판을 깨고 싶을 정도는 아니었다.

함중은 즉시 자신의 품속에서 벽월도를 꺼내 선선히 화무 린에게 건네주었다.

그는 천 년 전에 만들어졌다는 전설상의 벽월도에 대한 소 문은 들어서 알고 있었지만 어떻게 생겼는지는 본 적이 없었 다.

그는 화무린의 칼을 대충 훑어보고는 꽤나 값나가는 소도 라고만 여겼을 뿐 그것이 전설상의 벽월도일 것이라고는 눈 곱만큼도 생각하지 않았다.

물론 그는 소도의 도파에 새겨진 '벽월' 이라는 글을 보았 지만 그것을 화무린 같은 소년이 지니고 있었다는 점으로 미루어 크게 신경 쓰지 않았다.

만약 그것이 진짜 벽월도라는 사실을 알았더라면 그는 아들을 구중천에 보내지 못하는 한이 있더라도 결단코 칼을 화무린에게 돌려주지 않았을 것이다.

함중은 화무린이 벽월도를 품속에 갈무리하는 것을 보며 물었다.

"너는 언제 출발할 생각이냐?"

"이틀 후."

"너무 빠르군."

함중의 얼굴에서 웃음이 사라지는 대신 긴장하는 기색이 역력하게 드러났다.

"너는 금원보 이십 개를 가져가려고 했는데 누굴 데리고 가려던 것이었느냐?"

퍽! 퍽!

"으악!"

"끄악!"

그때 석실의 철문 밖에서 가죽 북을 두드리는 듯한 둔탁한 음향과 함께 처절한 비명이 거의 동시에 터져 나왔다.

쾅!

이어서 철문이 부서질 듯이 거칠게 열리며 한 사람이 실내로 구르듯이 달려들어 왔다.

"무린아, 괜찮느냐?"

들어선 사람, 즉 현조는 피가 뚝뚝 떨어지는 도끼를 오른손에 움켜쥔 채 화무린 옆에 서서 함중과 두 명의 심복을 쏘아보며 으르렁거렸다.

"이놈들, 죽여 버릴까?"

그는 밖에서 기다리다가 예상했던 것보다 화무린이 오랫동안 나오지 않자 그를 구하려고 단신으로 뛰어든 것이었다.

이윽고 화무린은 현조를 가리키며 조용히 대답했다.

"이 친구와 함께 갈 것이오."

第五章

세라공주(細羅公主)

구중천
九重天

　태곳적부터 진정한 의미에서의 '천하(天下)'는 세 곳이었
다.
　천상성계(天上聖界).
　천중인계(天中人界).
　천외신계(天外神界).
　그중 천상성계에는 삼천계(三天界), 즉 천하 전체를 수호하
는 천성족(天聖族)이 산다고 전해진다.
　그리고 천중인계는 바로 인간들이 살고 있는 대륙, 혹은 중
원을 말함이다.
　그곳에서는 수많은 족속들이 끊임없이 전쟁을 벌이기도

하며 질병, 기아, 재앙, 탐욕, 싸움 속에서 허우적거리면서 천
상성계나 천외신계의 벌레보다도 짧은 자신들의 수명을 허비
하고 있다.

*   *   *

오늘은 천외신계의 여황 천녀황(天女皇)이 장장 사십 년 동
안의 폐관을 끝마치는 날이다.

지상에서 십 장 높이로 지어진 거대하고도 장엄한 제단의
맨 꼭대기가 연공관이었다.

연공관 입구 좌우에는 천외신계의 일인지하 만인지상의
신분인 무쌍신(武雙神) 두 명이 무릎을 꿇고 이마를 바닥에 댄
오체투지의 납작한 자세로 부복해 있었다.

무쌍신의 뒤쪽 한 계단 아래에는 육천군(六天君) 여섯 명
이 부복했으며, 그들의 뒤쪽으로 다시 한 칸 아래에는 십이
령후(十二令后) 열두 명이 더욱 납작하게 부복해 있었다.

그런 식으로 십 장 높이의 제단 열 개의 돌 계단에는 천외
신계 이십 계급 중에서 서열 십위 안에 속하는 인물들이 제단
전체를 빙 돌아 휘감고 있는 돌 계단에 형형색색의 모습으로
부복해 있었다.

그리고 제단의 사면 팔방 드넓은 광장에는 천외신계의 무
적강병 십만 명의 천외무적군(天外無敵軍)이 창검을 번뜩이며

제단을 향해 무릎 꿇은 채 얼굴을 바닥에 대고 있었다.

그그긍—

마침내 연공관의 눈처럼 흰 육중한 대리석 문이 사십 년 만에 열리기 시작했다.

모두들 감격과 존경으로 몸을 떨면서 더욱 자세를 낮추고 머리를 조아렸다.

그때 연공관 안에서 눈부신 백광(白光)이 밖을 향해 찬연하게 뿜어져 나왔다.

백광은 바닥에서 석 자 높이, 일 장의 폭으로 길게 융단처럼 깔린 채 잔잔하게 흐르는 시냇물처럼 앞쪽으로 느릿하게 이동했다.

즉, 공중에 놓인 흰 빛의 길이었다.

그리고 찬란한 오색 광휘에 휩싸인 천녀황이 미끄러지듯이 전진하는 백광 위에 우뚝 선 채 연공관 안으로부터 천천히 나서고 있었다.

무쌍신이 고개도 들지 못한 채 겨우 떨리는 입을 열었다.

"여황 폐하의 출관을 경하드립니다!"

뒤를 이어 부복해 있던 십만여 명이 일제히 우레 같은 함성을 터뜨렸다.

"여황이시여! 영원하소서!"

천외신계의 아름다운 여황 천녀황은 천천히 자신의 신하들과 군대를 굽어본 후 입가에 부드러운 미소를 머금었다.

"지금부터 나는 '인계'와 '성계'를 두루 살펴보고 돌아오겠다."

조용한 목소리였으나 모든 사람의 고막을 떨어 울리는 힘이 실려 있었다.

쥐 죽은 듯한 고요가 흘렀다.

문득, 천녀황의 얼굴에 한 겹의 얼음 같은 냉엄함이 깔렸다.

"내가 돌아오는 날 본 계는 천 년 숙원인 삼천계 통일을 개시하게 될 것이다!"

그러자 천지를 집어삼키는 함성이 터져 나왔다.

"와아아! 여황 폐하 만세!"

"와아아! 여황이시여, 영원하소서!"

*　　　*　　　*

툭!

주자운(朱紫雲)이 앞이빨로 힘껏 깨문 입술이 터져서 새빨간 피가 백옥처럼 흰 턱을 타고 주르르 흘러내렸다.

하지만 그녀는 입술이 터진 것 정도는 조금도 개의치 않았다.

아니, 자신의 입술이 터진 줄도 모를 정도로 분노한 표정을 지은 채 휘장 사이로 대전을 뚫어지게 쏘아보고 있었다.

거우 십오 세라는 연치에도 불구하고 벌써부터 옛날 월(越)

나라의 고금제일미녀였던 서시(西施)에 비견되고 있을 정도의 뛰어난 미모를 지닌 당금 황제의 장중주(掌中珠).

바로 세라공주(細羅公主)였다.

"윤허하시지요, 황제 폐하."

"길게 생각할 것 없습니다. 그저 간단하게 옥새만 한번 꾹 누르면 될 일이지요. 헛헛!"

당금 대명의 황제 앞에서는 누구를 막론하고 오체투지를 해야 마땅하거늘 방금 말한 두 사람은 단하에 허리를 곧게 편 채 버티고 서서 황제를 빤히 쳐다보고 있었다.

더구나 말투는 경조부박(輕佻浮薄)함을 넘어서 건방지기까지 했으며 얼굴에는 일말의 조롱의 기색마저 떠올라 있었다.

갸름하고 흰 살결에 학사 같은 풍모를 지닌 황제는 착잡한 표정으로 두 사람을 굽어보았다.

그는 바로 대명(大明)의 제십대 황제인 홍치제(弘治帝)였다.

그는 지난날 어린 나이에 모친을 여의고 십팔 세에 황위에 올라 전대의 폐정(弊政)을 숙정하고 명신현량(名臣賢良)을 선용하여 영명함을 만방에 떨친 현명한 황제로 백성의 존경을 받아왔다.

그러나 작금에 이르러서는 믿고 중용했던 태감(太監:내시들의 장관)과 동창(東廠) 제독(提督)의 지나친 득세로 인하여 불과 이삼 년 사이에 어이없게도 황제의 실권을 모두 잃은 채 허수아비 황제로 전락해 버리는 신세가 되고 말았다.

홍치제는 절치부심하여 몇 차례에 걸쳐서 태감과 동창 제독을 죽이고 기울어진 황권을 바로잡으려고 시도했지만 그때마다 계획이 누설되거나 배신자가 생겨서 번번이 실패하여 입지가 더욱 쇠락해 버려 지금에 이르게 되었다.

황제가 허수아비라는 것은 만조백관 모두가 너무나 잘 알고 있는 사실이었다.

그들 중에는 더러 황제를 진심으로 위하는 충신들이 있어서 몇 번인가 태감과 동창 제독을 제거하려는 계획을 꾸미기도 했었지만, 운이 따르지 않았는지 모두 실행에 옮기기도 전에 발각되어 구족(九族)이 참수당하는 비극만 부르고 말았다.

그리고 그때마다 태감과 동창 제독은 대대적인 숙청을 벌여 충신들을 갖가지 죄목으로 제거해 버렸다.

그리되자 설혹 마음속으로 태감과 동창 제독을 저주하고 황제를 동정하는 신하나 장군이 있더라도 목숨이 아까워 더 이상 함부로 나서지 못하게 되었다.

그러더니 종국에는 그들마저도 하나둘씩 관직을 버리고 낙향하여 지금은 황제 주변에 이렇다 할 충신이 한 명도 남아 있지 않은 형편이었다.

태감 진고(秦雇)와 제독 사마공(司馬供)은 자신들이 바로 대명의 황제라고 공공연히 큰소리를 치고 다닐 정도였다.

"음, 알… 겠소."

홍치제는 무거운 신음을 토했다.

신하나 장군 중에 자신의 편이라곤 한 명도 없는 그는 언제나 그랬던 것처럼 고개를 끄덕일 수밖에 없었다. 대명제국은 이제 더 이상 주(朱)가의 나라가 아니었다.

"하하하! 감사하오이다, 황상!"

"헛헛헛! 잘 결정하셨습니다, 폐하!"

진고와 사마공은 고개를 젖히고 대전이 떠나갈 듯 득의한 웃음을 터뜨렸다.

'죽일 놈들!'

그 광경을 휘장 사이로 보고 있는 세라공주 주자운의 아름다운 두 눈에서 새파란 한광이 쏟아져 나왔다.

철썩!

"여어! 오랜만입니다, 공주마마!"

"앗!"

그때 하나의 손이 그녀의 엉덩이를 두드리는 것과 동시에 우렁우렁한 목소리가 뒤에서 터져 나왔다.

얼마나 세게 때렸는지 주자운은 엉덩이가 얼얼했다. 하지만 아픔보다 수치심과 분노가 더 극심했다.

휘익!

"감히!"

능글거리는 목소리와 포만 무례한 행동만으로도 상대가 누군지 즉시 알아차린 주자운은 몸을 돌리면서 상대의 뺨을 향해 힘껏 손바닥을 날렸다.

척!

하지만 그녀의 손목은 상대의 억센 손에 너무도 간단하게 잡혀 버렸다.

"놓아라! 네놈이 감히!"

주자운은 상대를 쏘아보며 분노에 몸을 떨었다.

그녀의 길고 섬연한 속눈썹이 파르르 떨렸으며, 입술을 더욱 세게 깨물어 한 번 터졌던 상처에서 피가 흘러 턱과 사슴처럼 길고 흰 목을 타고 흘러내렸다.

"이런, 피가 아니오?"

한 명의 헌칠한 금의청년이 주자운의 손목을 놓으면서 품속에서 비단 손수건을 꺼내 그녀의 입술로 손을 뻗었다.

"치워라!"

주자운은 서슬이 퍼레서 금의청년의 손을 쳐냈다.

"하하! 그것참, 앙탈도……."

금의청년은 주자운이 치를 떠는 모습이 오히려 귀엽다는 듯 껄껄 웃었다.

대명 황제의 금지옥엽인 세라공주의 엉덩이를 때리고도 모자라서 '앙탈' 이라는 말을 서슴없이 내뱉는 청년.

그는 태감 진고의 양아들인 진검룡(秦劍龍)이었다.

금년 나이 십칠 세.

원래 무림오대세가 중 하나인 안휘성가(安徽成家)의 장자이면서 구파일방의 하나인 무당파 장문인 옥현 진인(玉玄眞人)의 기명제자였던 그는 십사 세에 태감 진고의 양아들이 되었다.

안휘성가의 장자나 무당파 장문인의 제자라는 둘 중 하나의 신분만으로도 무림에서 앞날이 창창했던 그는 당금 대명의 제일인자인 진고의 양아들이 되어 성까지 성씨에서 진씨로 바꾸면서 날개를 달게 되었다.

육 척의 후리후리한 키에 약간 마른 듯한 체구, 갸름하면서도 흰 피부와 뚜렷한 이목구비는 가히 짝을 찾기 어려울 정도의 준수한 용모를 만들어내고 있었다.

오른쪽 어깨에는 그의 사부인 옥현 진인으로부터 직접 하사받은 태청고검(太淸古劍)을 메었으며, 금테에 두 치 간격마다 묘안석을 박은 허리띠를 둘렀고, 이마에는 영웅건을, 앞코에 영롱한 보석을 박은 수당혜(繡唐鞋)를 신은, 더 이상 부귀로울 수 없는 옷차림이며 행색이었다.

그러나 눈초리가 살짝 올라간 것과 입술 끝이 가늘면서 약간 말려 올라간 듯한 모습이 그를 냉혹하면서도 심계가 깊은 사람으로 보이게 하였다.

진검룡은 빙그레 미소 지으면서 주자운에게 바짝 다가섰다.

두 사람의 몸이 닿을 듯했다.

"왜 이러시오, 공주? 우린 머지않아 부부가 될 사이가 아니오?"

건장한 진검룡에 비해서 가녀려 보이는 주자운은 은근한 목소리에 진저리를 치면서 급히 뒤로 물러서며 날카롭게 외쳤다.

"닥쳐라! 누가 네놈 따위와 혼인한다고 그러더냐?!"

진검룡은 짐짓 의아한 표정을 지으면서 양부 진고를 쳐다 보았다.

"아니, 아버님. 소자는 세라공주와 혼인하는 줄로만 알고 있는데 소자의 착각입니까?"

진고는 뒷짐을 지며 껄껄 웃었다.

"헛헛헛! 검룡아, 너는 공주께서 부끄러워서 그리 말씀하 시는 것을 정말 모르겠느냐?"

"아, 그렇군요! 소자가 우둔했습니다!"

진검룡은 손바닥으로 제 이마를 치며 너스레를 떨었다.

육십삼 세의 나이, 왜소하며 마른 체구, 염소수염을 길렀으 며 움푹 꺼진 눈을 지닌 진고는 흐릿한 미소를 지으면서 황제 홍치제를 쳐다보며 물었다.

"황제 폐하, 소신의 말이 틀렸습니까?"

황제는 어금니를 악문 채 용상의 팔걸이를 힘껏 움켜잡고 있는데 몸이 가늘게 떨렸다.

그러나 아무 말도 하지 못했다.

그의 말 한마디, 행동 하나에 황족들의 생사와 안위가 달려 있기 때문이었다.

황족의 일거수일투족은 태감 진고와 동창 제독 사마공의 철저한 감시하에 있었다.

넉넉한 체구에 호인의 그럴싸한 풍모를 지닌 오십팔 세의 동창 제독 사마공이 어깨를 들썩이며 웃었다.

"허허헛! 태감, 황제께서도 기뻐하시는 것 같으니 이참에 아예 혼인 날짜를 잡는 게 어떻겠소?"

어전에서는 무기를 지녀서는 안 된다는 엄중한 규칙이 있음에도 사마공은 한 자루 보검을 허리에 차고 있었으며, 진검룡 역시 검을 메고 있었다.

그러므로 그들은 언제라도 마음만 먹으면 황제와 공주에게 검을 휘두를 수 있었다.

그러나 대명의 실권을 장악하는 것과 황제와 황족을 모두 죽이고 나라를 뒤엎는 것은 명백하게 다르다. 후자는 반역인 것이다.

하늘 아래 무서운 것이 없는 진고는 자신의 양아들 진검룡을 황위(皇位)에 앉혀볼까도 몇 차례 숙고한 적이 있었다.

그러나 황궁이나 병권은 자신의 수중에 들어 있어서 문제가 없을지 몰라도 지방의 제후나 왕후장상, 그리고 백성들이 들고일어나는 것이 두려웠다.

결국 그는 시기가 더 무르익기를 기다리거나 아니면 이대로도 상관없다는 쪽으로 마음먹었다.

사마공의 말을 들은 진고는 만면에 미소를 감추지 못하며 진검룡에게 물었다.

"검룡아, 네 생각은 어떠냐?"

진검룡은 진고에게 공손히 허리를 굽혔다.

"천하인들이 고금제일의 미녀라고 칭송하는 세라공주와 혼인한다는 것은 천하를 얻는 것이나 다름없는 홍복입니다. 부디 잘되도록 부탁드립니다, 아버님."

주자운은 안타까운 눈빛으로 부친을 바라보았다.

홍치제의 부릅뜬 두 눈이 분노로 이글거렸고, 반백의 수염이 부들부들 떨리고 있었다.

"음……."

주자운은 진고 부자와 사마공에 대한 분노보다도 부친에 대한 걱정과 안쓰러움이 더 컸다.

이런 일이 있을 때마다 부친이 노화를 이기지 못하고 덜컥 잘못되기라도 할까 봐 속이 탈 대로 타는 그녀였다.

대전이 떠나가라고 웃어대는 진고 부자와 사마공을 쏘아보는 주자운의 두 눈에서 새파란 원한이 줄줄이 뿜어져 나왔다.

'내 너희를 정녕코 용서하지 않으리라!'

*   *   *

"이것을 누가 가져왔느냐?"

만무불통(萬無不通)이라고도 불리는 개방 방주 철심협개(鐵心俠丐)는 제자가 공손히 바치는 하나의 물건을 받아 들고는 눈을 휘둥그렇게 뜨며 물었다.

"어떤 청년이 방주께 전하라고 했습니다."

철심협개는 눈을 부릅뜨고 자신의 손에 쥐어져 있는 물건을 다시 한 번 자세히 살펴보았다.

한 번도 본 적이 없지만 그의 식견에 의하면 이것은 틀림없이 황실 신물 중의 하나인 홍봉신패(紅鳳神牌)였다.

바로 대명황실에 하나밖에 없는 공주를 상징하는 지고무상한 신물인 것이다.

"이것을 갖고 온 분은 어디에 계시느냐? 어서 안내해라!"

철심협개는 서둘러 자리에서 일어나며 제자를 재촉했다.

"당신을 만나고 싶어하시는 분이 계시오."

청의 무복을 입은 이십대 중반의 당당한 체구의 청년은 한 자루 도를 오른쪽 허리 약간 뒤쪽에 비스듬히 차고 있는데, 오른손으로 도파를 지그시 누르면서 딱딱한 어조로 입을 열었다.

철심협개는 청의청년이 누군지 묻지 않았다. 그리고 어딜 가느냐고도 묻지 않았다.

그가 안내하는 곳에 누가 있는지 짐작할 수 있기 때문이었다. 아마도 홍봉신패의 주인이 보낸 중요한 인물이 있을 것이다.

"앞장서시오."

청의청년, 즉 공주의 호위무사인 마빈(瑪彬)은 철심협개의 말에 움직일 생각을 하지 않고 한 가지를 더 주문했다.

"동창의 고수들에게 감시당하고 있소."

"나를 만나고 싶다는 분이 말이오?"

철심협개는 가볍게 어이없다는 표정을 지었다.

"그렇소."

"음, 그게 사실이었군."

개방의 정보망은 무림제일이다. 그렇다고 무림 외의 일 또한 이목을 닫고있지 않다.

정보라는 것들은 뭐든지 수집하고 알아내지만 무림에 대해서만 활용하고 영향력을 행사한다는 뜻이다.

그런 개방의 수장인 철심협개가 황궁 내에서 벌어지고 있는 일을 모를 리 없었다.

"쾌(快)야, 잠비당(潛飛堂)을 발동시켜라."

철심협개는 제자에게 조용히 지시한 뒤에 정중히 마빈에게 나가기를 권했다.

"갑시다."

무림 각 대문파가 거느리고 있는 휘하 조직 중에서 가장 신비하고 또 뛰어난 것이 무어냐고 물으면 무림인들은 서슴없이 세 가지를 꼽는데 그중 하나가 개방의 잠비당이다.

모두 몇 명이며 어떤 인물들로 이루어졌는지, 어느 정도의 실력자들이며 어디에서 거처하는지 모든 것이 비밀에 가려져 있는 개방주의 직속당(直屬堂)이 잠비당이었다.

철심협개가 거처를 나서는 순간 잠비당 개방 고수들이 북경 전역에서 귀신처럼 출동했다.

그리고 그때부터 그들은 마빈과 홍봉신패를 보낸 사람을 감시, 미행하러 나온 동창 고수 열 명을 철저하게 봉쇄해 버렸다.

혼잡한 북경성 대로변에는 무수한 고루거각이 처마를 맞대고 늘어서 있는데, 마빈은 그중 하나의 평범한 객잔 이층으로 철심협개를 안내했다.

"아!"

객방에 들어선 철심협개는 한 사람을 발견하고는 그 자리에 얼어붙고 말았다.

그는 지금 자신의 앞에 뒷모습을 보인 채 다소곳이 서 있는 여자를 평생 한 번도 본 적이 없었다.

그녀는 북경 대로에서 흔히 볼 수 있는 비단 녹색의 상의에 바닥에 끌리는 긴 홍상(紅裳:붉은색에 검은 선을 두른 치마)을 입은 평범한 복장이었다.

아마도 변복을 했으리라.

그런데 철심협개는 그녀의 뒷모습을 보는 순간 벼락을 맞은 듯 부르르 몸을 떨었다.

"소인, 무림의 천한 무부(武夫)가 공주마마를 뵈옵니다."

철심협개는 여자를 향해 그 자리에 무릎을 꿇고 두 손으로 바닥을 짚으면서 이마를 바닥에 댔다.

그가 칠십 년 가까이 살아오면서 누군가에게 이렇게 최고의 예의를 갖추기는 처음이었다.

그리고 천하에 두려울 것이 없는 그의 목소리가 이 순간만큼은 가늘게 떨려 나왔다.

황족은 하늘에서 낸다고 하지만 그는 자신이 대하고 있는 사람의 전신에서 은은히 뿜어지는 고귀함과 극상의 신태를 대하는 순간 상대가 누군지 단번에 간파했다. 아마도 그에게 사람을 알아보는 눈이 있어서 가능했으리라.

만약 그가 홍봉신패를 먼저 보지 않았더라도 결과는 마찬가지였으리라.

그가 알고 있는 한 당금 천하에서 저런 위엄과 고귀함을 지닌 여자는 단 한 명뿐일 것이다.

그때 늘씬하고 섬연한 체구의 여자가 천천히 몸을 돌렸다. 비록 간단한 동작이지만 타고난 절도와 우아함이 몸에 배어 있었다.

돌아선 여자는 다름 아닌 세라공주 주자운이었다.

그녀는 철심협개를 잠시 굽어보다가 나직이 한숨 섞인 옥음을 흘려냈다.

"일어나세요."

"소인이 어찌 감히……."

그는 홍봉신패의 주인인 세라공주가 몸소 왕림했을 줄은 꿈에도 예상하지 못했다.

그저 공주가 누군가에게 홍봉신패를 주어 심부름을 시켰을 것이라고만 예상했다.

주자운은 가볍게 아미를 찌푸렸다.

"나는 당신과 긴한 얘기를 나누려고 위험을 무릅쓰면서까지 찾아왔는데 그렇게 부복해 있으면 대화가 어렵지 않겠어요?"

"그럼 결례를 용서하십시오."

철심협개는 주자운의 말이 옳다고 판단했다. 그는 조심스럽게 일어섰지만 그래도 감히 허리를 펴지 못했고, 주자운의 얼굴은 더욱 쳐다보지 못했다.

"당신이 천하에서 모르는 것이 없으며 못할 일이 없다는 개방의 방주라는 사람인가요?"

"소인이 개방주는 맞지만 모르는 것이 없고 못할 일이 없다는 공주마마의 말씀은……."

"부디 지나친 예의를 거두세요, 방주."

주자운이 나직하지만 단호한 음성으로 말을 자르자 철심협개는 가볍게 움찔했다.

그는 꽉 막힌 인물이 아니었다.

대명의 공주가 한낱 거지들의 우두머리인 자신을 몸소 찾아왔다면 필경 중차대한 이유가 있을 것이다.

자신의 지나친 예의 때문에 그것을 그르친다면 그야말로 더 큰 불경이었다.

"하문하십시오, 공주마마."

그는 비로소 허리를 쭉 펴며 정중히 말했다.

"……."

그러면서 자연스럽게 주자운의 얼굴을 보게 되었다.

그 순간 그는 잠시 잠깐 넋을 잃고 말았다.

무림인들은 그가 어떠한 충격적인 일에도 만근 바위처럼 요지부동 끄떡없다고 해서 그의 별호 앞에 '철심(鐵心)'이라는 명예로운 이름을 붙여주었다. 하지만 지금 이 순간의 그의 철심은 여지없이 박살나고 있었다.

부처의 가슴도 녹인다는 주자운의 미모가 아닌가. 철심협개의 두 다리가 후들거리는 것은 당연한 반응이었다.

"당신은 황궁 내의 상황을 알고 있나요?"

주자운이 씁쓸한 얼굴로 조용히 물었지만 정신이 나간 철심협개는 듣지 못했다.

"아……!"

문득 그는 주자운의 옆쪽 뒤에 장승처럼 우뚝 서 있는 마빈이 자신을 쳐다보며 가볍게 눈살을 찌푸리는 것을 발견하곤 퍼뜩 정신을 차렸다.

'이… 런 결례가…….'

그는 황망히 허리를 굽혔다.

"용서하십시오. 소인이 공주마마의 말씀을 듣지 못했습니다…….'

원래 무림과 관(官)은 냇물과 우물물처럼 서로 침범하지도 간섭하지도 않는 것이 오랜 불문율처럼 이어져 왔으나 황궁은 다르다.

황궁은 천하 만민의 최상층에 군림하고 있다.

그들은 대륙의 주인이며 수많은 계파와 인종으로 이루어진 인간들과는 전혀 다른 천족(天族)인 것이다.

그러므로 무림도 황궁의 지배하에 있는 것이 당연했다. 아마도 이 사실에 이견을 달 사람은 전무할 것이다.

역대 황조들은 각기 불교나 도교를 숭상하여 그때마다 소림이나 무당, 화산, 아미, 전진파, 나부파 등과 밀접한 관계를 유지하거나 혹은 배척하기도 해왔다.

하지만 대명황실은 무림을 존중하여 무림의 기둥인 구파일방에게 암암리에 많은 후원을 아끼지 않았다.

개방도 매년 황궁으로부터 적지 않은 재정적인 지원을 받고 있는 실정이었다.

그러나 굳이 그런 게 아니더라도 무림은 황궁을 결코 홀대하지 못한다.

무림도 대명의 백성들로 구성됐으므로 황궁을 하늘이라 여기는 것이 당연했다.

주자운은 괘념치 않고 말을 약간 바꾸었다.

"방주는 황궁이 진고와 사마공 두 역도에게 놀아나고 있다는 사실을 알고 있나요?"

철심협개는 가슴이 철렁 무너져 내렸다.

"죽여주십시오! 소인이 미거하여 황제 폐하와 공주마마를 제대로 보필하지 못했습니다!"

대명황실이 매년 구파일방에게 적지 않은 하사품을 내린다는 사실을 태감 진고와 동창 제독 사마공이 모를 리 없었다.

오히려 근래에 들어서는 진고와 사마공이 자신들의 하사품인 양 생색을 내며 구파일방을 자기편으로 끌어들이려고 여러 수작을 부리고 있는 터이지만 끄떡도 하지 않는 구파일방이었다.

아니, 구파일방은 작금에 황궁이 처해 있는 상황을 잘 알고 있었지만 대명의 전 병권이 진고와 사마공의 수중에 들어 있는 상황인 데다 그들이 혹여 있을지도 모르는 무림인의 발호를 견제하여 황궁, 즉 자금성의 경계를 평소보다 몇 배나 삼엄하게 하고 있는 터라 철옹성이나 진배없었다.

구파일방의 고수가 자금성으로 잠입하는 것 자체가 어려운 일일뿐더러 잠입에 성공한다고 해봤자 어디에서부터 어떻게 황제를 도와야 하는지도 모르고 있는 형편이었다.

철심협개는 자결이라도 하고 싶을 정도로 죄송한 마음이 치밀어 올라 어쩔 줄을 몰라 했다.

"방주, 부탁이 있어요."

주자운은 황궁을 돕지 않는 구파일방을 나무라지 않았다. 대신 차분하게 입을 열었다.

"하명하십시오. 소인의 목숨이라도 내놓겠습니다."

"무공이라는 것을 배우고 싶어요."

"……."

주자운의 말은 철심협개를 놀라게 하기에 부족함이 없었다.

그러나 그녀의 다음 말은 더욱 놀라웠다.

"제가 절정고수가 된다면 진고와 사마공 일당을 죽이고 황궁을 다시 일으킬 수 있을 거예요."

그녀가 세상이나 무림에 대해서 알게 되는 경로는 현재 그녀의 최측근이라고 할 수 있는 호위무사 마빈을 통해서만이 가능했다.

마빈은 화산파의 속가제자였다. 그리고 그는 지금도 가끔 예전의 화산파 시절의 사형제들과 만나 무림의 동향에 대해서 상세하게 듣고 있었다.

그리고 그는 황궁이 몇 년 전부터 처해 있는 처지 때문에 무림이나 무공에 관심이 많아진 주자운을 위해서 무림에 얽힌 많은 얘기를 해주었다.

철심협개는 잠시 놀라움을 가라앉힌 후 어렵사리 입을 열었다.

"어떤 무공을 누구에게 배우고 싶으십니까?"

무공의 종류는 밤하늘의 별처럼 많고도 복잡하다.

어떤 방면의 무공을 선택하느냐에 따라서 훗날 절정고수가 되느냐 평범한 고수가 되느냐가 가려지는 것은 당연했다.

그것은 최초에 들어선 길의 목적지가 나중에 판이하게 달라지는 것과도 같은 이치였다.

또한 제아무리 뛰어난 무림기서가 있다고 해도 혼자 무공을 익힌다는 것은 미꾸라지가 용이 되어 승천하는 일보다 어렵다는 것이 정설인 터.

그러므로 어떤 사부를 모시느냐는 것은 어떤 무공을 선택하느냐는 것만큼이나 중요한 일이었다.

철심협개는 대답이 없는 주자운을 마른침을 삼키면서 조심스럽게 쳐다보았다.

주자운은 잠시 침묵하며 벽을 바라보았다. 짧은 순간 표정이 여러 차례 변했다.

이미 결심을 하고 황궁을 나왔지만 막상 그것을 실행에 옮기려고 하니 황제인 부친의 얼굴이 눈앞에 어른거렸다.

이윽고 그녀는 가볍게 고개를 가로저었다.

그리고 지그시 입술을 깨물면서 품속에서 한 권의 책자를 꺼내 개방주 앞에 내밀었다.

"이것을 배우고 싶군요."

철심협개의 시선이 이끌리듯이 금박을 입힌 한 권의 고서에 적힌 네 글자로 향했다.

천황무록(天皇武錄).

'헉!'

평소에는 하늘이 무너져도 외눈 하나 까딱하지 않는다는 철심협개가 오늘 너무 많이 놀라고 있었다.

오백 년 전, 당시 무림에서 가장 고강하다는 백 명의 절정고수가 황궁으로 불려 들어가 장장 십 년에 걸쳐서 자신들의 무공을 집약시켜 한 권의 무공비서가 탄생했다는 풍문이 있었다.

그러나 사실 그것은 풍문이 아닌 알려지지 않은 비사(秘事)였다.

그들이 만든 무공비서가 바로 '천황무록' 이었으며, 지금 철심협개의 코앞에 있었다.

그리고 주자운이 마침내 청천벽력 같은 선언을 했다.

"제가 배울 무공은 이것이고, 저에게 이것을 가르쳐 줄 사부는 구중천이에요."

"공… 주마마……!"

배울 무공은 천황무록.

사부는 구중천.

철심협개는 혼비백산한 얼굴로 주자운을 쳐다보았다. 그녀의 얼굴은 너무도 단호했다.

그래서 철심협개는 어떤 말로도 그녀의 결심을 돌이키게 할 수 없다는 사실을 깨달았다.

그는 슬쩍 마빈을 쳐다보았다. 아마도 그가 공주에게 구중천에 대해서 알려주었을 것이다.

마빈은 굳건한 표정으로 철심협개에게 가볍게 고개를 끄

덕여 보일 뿐이었다.

'황궁이 그처럼 절박하다는 말인가? 아아, 그러나 공주마마께서 어떻게 구중천에……'

철심협개의 철심은 아까와는 다른 이유 때문에 다시 한 번 허물어졌다.

그의 철심에서 굵은 눈물이 스며 나왔다.

"공주마마, 구중천이 어떤 곳인지 아십니까?"

"죽거나 아니면 살아남겠지요. 만약 살아서 나온다면 그땐 황궁이 지금과 많이 달라질 거예요."

"……"

이어서 주자운의 입에서 철심협개를 옴짝달싹 못하게 하는 말이 흘러나왔다.

"황궁의 안위가 지금은 당신 손에, 그리고 장차는 내 손에 달리게 될 것이에요."

"공주마마, 정녕……"

"대명황실의 존망(存亡)이 지금 당신의 결정 여하에 달려 있다는 것을 모르겠어요?"

"……"

그것으로써 철심협개는 더 이상 주자운의 결심에 대해서 이의를 달 수 없게 되었다.

잠시 무언가 생각하던 그는 공손히 허리를 굽혔다.

"죄송하지만 그쪽과 연결을 해야 하기 때문에 하루 정도는 기다리셔야 합니다."

"알았어요."

철심협개는 품속에서 무언가를 꺼내 열심히 옷에 문질렀다.

주자운에게 줘야 하는데 누더기 거지 옷 속에 있었기 때문에 더러울까 염려해서 딴에는 깨끗하게 닦는 것이었다.

"뭔가요?"

"이… 것은 소인의 신물인 취옥단(翠玉丹)입니다. 그런데… 더러워서 드리기가 좀…….

"이것이 왜 필요한가요?"

그것은 취옥으로 만들어진 모란꽃 모양의 신물이었는데 과연 여기저기 때가 끼고 구린내가 나서 개방의 신물다웠다.

더구나 취옥은 푸른색이고 모란은 붉은 꽃이어서 어울리지 않는 조화를 이루고 있었다.

"이것을 어디에서나 거지들에게 보이기만 하면 도움이 되실 것입니다."

"고맙게 받겠어요."

철심협개는 주자운이 취옥단을 섬섬옥수로 받아 품속에 넣는 것을 보면서 가슴이 뜨끔거렸다.

개방 사람들이 지니고 다니는 것들은 무엇이든 지저분하기 짝이 없었다.

주자운은 새벽 동이 트기도 전에 마빈의 도움으로 자금성을 빠져나왔는데 어느새 정오가 다 되고 있었다. 하루라면 내

일 정오까지 기다려야만 한다.

그때 마빈이 주자운에게 공손히 읍을 올렸다.

"공주마마, 소인도 구중천에 가겠습니다. 윤허해 주십시오."

그러나 주자운은 일언지하에 거절했다.

"네 말에 의하면 구중천은 입백출일이라고 하지 않았느냐? 그토록 위험한 곳에 너와 함께 갈 수는 없다. 안 된다."

마빈은 무릎을 꿇고 머리를 조아리며 간청했다.

"오 년 전 공주마마의 호위무사로 정해지는 순간부터 속하의 목숨은 공주마마의 것이 되었습니다. 속하를 혼자 내버려 두시는 것은 속하더러 자결하라는 말씀과 같습니다."

고개를 든 마빈의 표정은 비장하기 짝이 없었다.

또한 그의 말은 하나도 틀리지 않았기 때문에 드디어 주자운의 마음을 움직였다.

그녀는 나직한 한숨을 토해냈다.

"그렇다면 한 가지만 약속해다오."

"속하의 목숨은 원래 공주마마의 것이온데 부디 무엇이든 마음대로 하소서."

"반드시 구중천에서 살아 나와야 한다. 그것이면 족하다."

쿵!

마빈은 이마를 소리나게 바닥에 부딪쳤다.

"명심하겠습니다!"

第六章

운명적(運命的)

구중천
九重天

　"아무리 개방주라고 해도 구중천과 연결하는 일은 그리 쉽지 않을 것입니다."

　마빈은 주위에 바짝 신경 쓰면서 나직이 설명했다.

　주자운은 낮 동안 종일 객방에서 소일하다가 어두워지자 거리로 막 나서는 중이었다.

　자금성 자신의 거처에 비해서 객방이 너무 초라해서도 아니고 좁아서도 아니었다.

　그저 무언가 짓눌린 듯 가슴이 답답했다. 그래서 신선한 공기를 쐬며 대명의 백성들이 어떤 모습으로 살아가고 있는지 보고 싶은 마음이 생겼다.

마빈은 그녀를 말리지 못했다.

그는 구중천이 어떤 곳인지 대충은 알고 있었기 때문에 그녀가 구중천에 들어가면 오랫동안 이루 설명할 수 없을 정도의 고생을 할 것이라 예상했다.

아니, 어쩌면 그녀는 최악의 경우 그곳에서 나오지 못할는지도 모른다. 나오지 못한다는 것은 곧 죽음을 의미한다. 구중천은 그런 곳이었다.

그래서 마빈은 주자운이 답답하다면서 잠시 동안만 거리를 구경하겠다고 나서는 것을 만류하지 못했다.

지금은 밤중이다.

더구나 철심협개의 말에 의하면 개방의 잠비당이 열 명의 동창 고수들을 완벽하게 묶어두었다고 한다.

그 말을 듣지 못했다면 마빈은 무슨 일이 있어도 주자운의 거리 구경을 만류했을 것이다.

주자운에게 구중천에 대해서 말해준 사람도 개방이 구중천을 연결해 줄 것이라고 말해준 사람도 마빈이었다.

그는 목숨이 열 개라도 열 개 모두 주자운을 위해서 내던질 수 있는 충직한 수하였다.

그런 그가 고심한 결과 현재의 상황으로는 주자운이 구중천에 갈 수밖에 없었다.

그래야 주자운도 황궁도 살릴 수가 있을 테니까.

"꼭 살아서 나와야 한다. 너 혼자 살아 나온다면 황궁 따윈 잊고 너 편한 대로 살아라."

주자운은 휘황찬란한 거리를 천천히 구경하면서 다시 한 번 다짐하였다. 음성에는 간곡함이 진득하게 배어 있었다.

마빈은 황궁으로 돌아가지 못할 것이다.

돌아가는 즉시 동창 고수들에게 붙잡혀 주자운의 행방에 대해서 취조를 받으며 혹독한 고문을 당할 것이다.

그러니 차라리 자신과 함께 구중천에 가는 편이 나을지도 모른다고 생각한 주자운이었다.

마빈은 감동으로 가슴이 콱 막혔다.

그가 구중천에 따라가려는 이유는 순전히 주자운을 보호하려는 목적 때문이지 무공을 배우기 위해서가 아니었다.

만약 구중천에서 주자운에게 무슨 일이 생긴다면 그는 절대로 혼자서 살아 나올 사람이 아니었다.

그래도 그는 공손히 고개를 숙여 내심을 드러내지 않으며 주자운이 원하는 대답을 해주었다.

"꼭 그리하겠습니다."

"그렇다면 안심이야."

주자운은 잠시 걸음을 멈추고 마빈을 바라보았다. 그녀의 눈에 물기가 찼다.

"마빈이 없었으면 난 오래전에 모든 것을 포기했을 거야. 고마워. 전부터 이 말을 꼭 해주고 싶었어."

"공주마마……."

울컥 격동이 대장부의 가슴으로 치밀어 올랐다.

목석 같은 대장부 마빈이 그 말에 금세 두 눈에 뿌옇게 눈물이 차올랐다.

"……!'

하지만 그의 격동은 이어지지 않았다. 그 순간 한줄기 살기를 감지한 것이다.

아직 이른 밤이라 거리는 사람들로 물결을 이루었고, 멈춰서 있는 두 사람의 좌우에서 수많은 행인들이 다가오고 또 멀어지고 있는데, 살기는 아주 가까운 곳에서 강하게 뿜어져 오고 있었다.

그는 재빨리 사방을 둘러보았다.

그러나 막 뿌옇게 차오르기 시작한 눈물 때문에 주위의 사물이 반투명하게 보였다.

치명적인 상황이었다.

그가 눈물을 닦아내려고 한다면 필경 그 순간에 주자운이 무슨 일을 당하고 말 것이다.

주자운은 마빈의 표정과 굳어버린 동작에서 본능적으로 위기를 감지했다.

하지만 그녀는 무공이라곤 모른다. 그래서 그녀가 할 수 있는 일이란 극히 제한적일 수밖에 없었다.

획!

그때 주자운이 갑자기 그 자리에 주저앉았다. 그것이 이 상황에서 그녀가 취할 수 있는 유일한 행동이었다.

그리고 거의 동시에 한쪽 방향의 일 장도 채 안 되는 거리에서 경장 차림의 두 명이 쏜살같이 쏘아왔다.

그들 중 한 명은 주자운을 잡으려고 했고, 또 한 명은 마빈을 향해 검을 그어댔다.

살기는 그 검에서 뿜어졌던 것이다.

'동창 고수다!'

마빈은 그 두 명이 변복을 한 동창 고수라는 사실을 간파했다.

원래 동창은 황제의 직속 예하 조직으로서 조정과 왕후장상, 문무백관들을 감시, 조사하는 것이 주된 임무다. 그러므로 평상시에도 제복보다는 평상복을 더 즐겨 입는다.

개방의 잠비당은 주자운과 마빈을 미행, 감시하던 동창 고수 열 명을 완벽하게 묶어두고 있었다.

하지만 이들은 또 다른 동창 고수였다. 마빈은 거기까진 미처 예상하지 못했다.

쏘아오는 동창 고수 한 명이 그어대는 검이 노리는 부위는 마빈의 정수리였다.

일도양단. 쪼개어 즉사시키려는 것이다.

쩡!

마빈은 번개같이 허리의 도를 뽑으면서 그어져 내리는 검을 쳐내자마자 주자운을 잡으려고 손을 뻗은 자의 목을 향해 가로로 도를 베어갔다.

육안으로는 그 빠르기를 따라잡을 수 없을 정도의 쾌도(快刀).

만약 주자운이 때맞춰 그 자리에 주저앉지 않았더라면 그녀가 중간에 가로막혀서 불가능한 동작이었다.

동창 고수들은 무림의 일류고수 못지않은 실력자들이다.

그러나 화산파 출신인 마빈의 적수로는 많이 부족했다.

그는 화산파 사상 최강 고수라는 벽력패도(霹靂覇刀)의 제자 중 한 명이었다.

서걱!

마빈의 도에 동창 고수의 목이 단번에 베어졌다.

그의 몸뚱이는 덮쳐 오면서 팔을 뻗어 여전히 주자운을 잡으려는 자세를 취하고 있는데, 머리통은 불붙은 폭죽처럼 목에서 피를 뿜으면서 허공으로 반 장이나 솟구쳐 올랐다.

마빈의 도는 거침없이 방향을 꺾어 방금 전 자신의 정수리를 쪼개려던 동창 고수를 향해 그림자처럼 그어져 갔다.

발도(拔刀)한 후 연이어 세 동작을 취하면서도 한 동작처럼 물 흐르듯이 매끄러웠다.

쩌껑!

"캑!"

동창 고수는 자세를 잡기도 전에 마빈의 도가 베어오자 급급히 자신의 검을 들어 막았으나 역부족이었다.

마빈의 도는 검을 두 동강 내고 그대로 동창 고수의 콧등을 갈랐다. 그의 도는 박히거나 찌르는 법이 없다. 적중되면 그것이 무엇이든 일단 자른다.

그래서 동창 고수의 머리는 마치 뚜껑이 열린 솥처럼 콧등에서부터 가로로 반듯하게 잘라져 나갔다.

두 명의 동창 고수를 단 삼 도(三刀)에 죽이고 막 손을 뻗어 주자운을 부축하려던 마빈은 움찔했다.

사사사사—

자신들을 향해 영활한 뱀 떼처럼 수많은 행인들 사이를 헤치면서 대로의 좌우와 맞은편 삼면에서 접근하고 있는 동창 고수들을 발견한 것이다.

그들 역시 경장으로 변복한 모습이었지만 동창 고수 특유의 절도있는 동작과 기민함까지는 감추지 못했다.

빠르게 그들의 숫자를 세던 마빈은 이십에서 포기하고 말았다. 대충 세어도 오십 명은 넘을 듯했다.

주자운이 자금성을 몰래 빠져나온 것은 그녀가 태어나서 처음 있는 일이었다.

진고나 사마공은 필경 그 사실을 보고받았을 테고, 당연히 자금성은 발칵 뒤집혔을 것이며, 그에 따른 가장 빠르고도 합당한 조치가 취해졌을 것이다.

마빈은 최초에 자신들을 미행했던 열 명의 동창 고수가 전부일 것이라고 단순하게 판단했던 것이 너무도 후회스러웠다. 어찌 그렇게 안이하게 생각할 수 있었던 것일까?

마빈은 왼팔로 주자운의 허리를 안고 동창 고수들이 쇄도해 오지 않는 방향, 즉 뒤쪽으로 미끄러지듯이 물러났다.

뒤쪽은 건물과 담으로 가로막혀서 더 이상 물러날 곳이 없었다.

마빈은 빠르게 위를 올려다보았다.

주자운을 안고 솟구쳐서 건물의 지붕으로 도주한다면 사방이 트인 데다 주자운을 안고 있어서 행동에 제약을 받기 때문에 더 위험한 상황이 초래될 것이다. 차라리 행인들과 엄폐물이 많은 지상 쪽이 나았다.

마빈이 허공에서 막 시선을 거두려고 할 때 갑자기 옷자락 펄럭이는 소리가 들리며 그의 머리 위 건물의 지붕에서 검을 쥔 다섯 사람이 떨어져 내렸다.

마빈은 그들을 공격하려다가 급히 멈추었다. 그들은 철심협개가 주자운을 호위하라고 두고 간 제자와 개방 고수들이었다. 멀찍이 떨어져서 사태를 지켜보다가 신속하게 달려온 것이다.

마빈을 중심으로 다섯 명의 개방 고수들이 좌우로 부챗살처럼 펼쳐 섰고, 그 뒤에 주자운이 있었다.

콰차차차창!

그리고 다음 순간 대로상에서 일대 결전이 벌어졌다. 오십 대 육의 싸움이었다.

마빈이 아무리 화산파 장로인 벽력패도의 제자이고, 개방 고수들이 개방에서 손꼽히는 일류고수들이라고 해도 동창 고수 오십여 명을 감당하기에는 역부족이었다.

불과 서너 차례 도검이 맞부딪쳤을 뿐인데 마빈 일행은 금방이라도 와해될 위기에 직면하고 말았다.

주자운은 마빈과 개방 고수들이 자신을 보호하느라 제대로 싸우지 못한다는 사실을 깨달았다.

재빨리 좌우를 살피던 그녀의 시야로 왼쪽 서너 걸음 떨어진 곳에 있는 하나의 골목 입구가 쏘아져 들어왔다.

순간 그녀는 자세를 최대한으로 낮추고 골목을 향해 달려갔다. 태어나서 지금처럼 빨리 달려보기는 처음이었다.

채채채챙!

골목 입구를 등진 채 사력을 다해 싸우고 있는 개방 고수들은 등 뒤의 주자운이 사라지는 것을 눈치 채지 못했다.

하지만 몇 명의 동창 고수들이 그녀를 발견했다.

순간 마빈 등과 싸우고 있는 동창 고수들 뒤편의 동창 고수 칠팔 명이 쏜살같이 허공으로 솟구쳤다가 골목 위쪽 허공으로 분분히 쏘아갔다.

마빈은 그들을 보고 반사적으로 뒤돌아보다가 비로소 주자운이 사라진 것을 깨닫곤 크게 놀랐다.

급히 뒤쪽 좌우를 살피던 그는 골목 입구를 발견하고는 주자운이 그곳으로 달아났음을 간파했다.

"세 분은 골목 입구를 지키고 나머지 두 분은 나를 따르시 오!"

마빈은 골목 입구로 쏘아가면서 외쳤다. 두 명의 개방 고수 는 기다렸다는 듯이 그의 뒤를 따랐다.

마빈이 골목 입구로 들어섰을 때 어찌 된 일인지 골목 안쪽 에서 주자운의 모습은 보이지 않았다.

골목 입구에서 끝까지는 곧게 뻗어 있었으며 대략 이십여 장 거리였는데, 좌우로 대충 봐도 십오륙 개의 작은 골목들이 실핏줄처럼 뻗어 있었다.

마빈은 주자운이 아마도 그 골목 중 하나로 진입했을 것이 라고 판단했다.

그렇다면 당장 그녀를 찾아내는 것은 어렵다.

그는 동창 고수들이 허공에서 골목으로 하강하고 있는 것 을 발견하곤 즉시 비스듬히 허공으로 솟구치며 한꺼번에 세 명의 동창 고수들을 마주쳐 나갔다.

남아 있는 두 명의 개방 고수는 나머지 동창 고수들을 향해 마주쳐 쏘아 올랐다.

파아아—

개방 고수 한 명이 솟구치면서 밤하늘 높이 개방 전용의 신 호용 화통(火筒)을 발사했다.

북경성에는 개방의 총타가 있다. 그러니만큼 북경은 개방 의 세력권이라는 얘기였다.

이제 화통을 발견한 개방 고수들이 벌 떼처럼 몰려들 것이다.

마빈 일행은 그때까지만 버티면 될 터이다.

그 후 개방과 동창은 돌이킬 수 없는 적대 관계가 되겠지만.

주자운은 자신이 빨리 이곳을 벗어나야 한다고 판단했다.

동창 고수들의 목표는 바로 그녀였다. 그러니까 그녀가 그들 눈에 띄지 않는다면 더 이상 싸움이 벌어지지 않을 것이고 마빈도 위험에서 벗어날 수 있을 것이라고 생각했다.

그녀는 황실 사상 최고의 미녀라는 칭송을 듣고 있지만, 또한 황실 사상 최고의 천재라는 칭송도 더불어서 듣고 있는 재색을 겸비한 미녀였다.

골목으로 들어선 그녀는 가장 첫 번째 우측에 있는 골목으로 꺾어져서 오 장쯤 달리다가 또 우측으로 꺾어졌다.

그랬더니 또 다른 골목 입구를 통해서 그녀는 다시 대로로 나오게 되었다.

최초에 그녀가 골목 입구에서 불과 이 장 거리에 있는 우측 골목으로 막 꺾어졌을 때 동창 고수들이 허공으로 떠올랐고, 그녀가 또 한차례 우측으로 꺾어지는 순간 동창 고수들이 골목 입구의 허공에 도달해 있었으므로 그녀를 발견하지 못한 것은 당연한 일이었다. 이른바 등하불명(燈下不明)인 것이다.

주자운이 다시 나온 골목 입구는 인산인해를 이루고 있

었다.

많은 사람들이 모여서 한쪽 방향을 쳐다보고 있었는데, 그 방향에서 요란하게 무기 부딪치는 소리가 들려왔다.

주자운은 구경꾼들 틈으로 파고들어 그쪽을 바라보았다.

오 장쯤 떨어진 거리의 골목 입구를 세 명의 개방 고수가 등진 채 막고 서서 몰려드는 동창 고수들과 치열한 격전을 벌이고 있는 광경이 보였다.

유심히 살폈지만 마빈의 모습은 보이지 않았다. 다만 경장 차림을 한 동창 고수들의 모습이 악귀처럼 보일 뿐이었다.

그녀는 즉시 구경꾼들에게서 빠져나와 싸움 장소를 등진 채 고개를 숙이고 빠른 걸음으로 인파 속으로 파묻혀 들어갔다.

그녀는 자신이 아무리 멀리 벗어난다고 해도 개방 고수들이 어렵지 않게 자신을 발견해 낼 것이라고 굳게 믿었다.

아니면 일단 이곳을 벗어난 후 처음 만나는 거지에게 철심 협개가 준 취옥단을 보여주면 될 일이다. 지금은 어떻게든 이곳에서 멀리 벗어나는 것이 상책이었다.

그녀는 최대한 빨리 걸으면서 재빨리 주위를 살펴보다가 화들짝 놀라 걸음을 멈추었다.

주위의 사람들이 모두 동창 고수들처럼 보였다. 그래서 그녀는 고개를 더 숙이고 거의 뛰듯이 달리기 시작했다.

어두운 한밤중이다.

대로 양쪽의 점포들이 불을 밝히고는 있지만 그 정도 밝기로는 무공을 전혀 모르는 주자운이 행인과 동창 고수를 구별하는 것이 불가능했다.

대륙의 주인인 황제의 외동딸이 두려움에 휩싸인 채 거리를 헤매고 있다는 사실을 아무도 상상하지 못하리라.

그녀는 싸움이 벌어지고 있는 곳에서 이백여 장이나 멀리 벗어났지만 멈추지 않았다.

태어난 이후 처음 숨이 턱에 찼고, 다리가 떨렸다. 이런 경우는 처음이었다.

픽!

"앗!"

그때 주자운은 누군가와 세게 부딪치며 힘없이 땅바닥에 나뒹굴고 말았다.

부딪칠 때의 충격으로 머리와 목이 몹시 아팠고, 넘어질 때 치마가 약간 길게 찢어졌으며, 그녀가 쓰러지는 곳 바닥에 공교롭게도 뾰족한 돌이 있어서 그것을 깔고 앉는 바람에 엉덩이가 찢어지는 듯이 아팠다.

"아아……!"

그녀는 금세 일어나지 못하고 고통스러운 신음을 흘렸다.

"어이, 낭자! 눈은 장식품인가?"

주자운은 마주 오던 건장한 세 명의 사내와 부딪쳤는데 그들이 주위에 둘러서서 그녀를 굽어보며 그중 한 명이 이죽거렸다.

"아……!"

주자운은 손으로 땅을 짚은 채 일어나려고 애썼다. 그때 세 명의 사내가 결국 그녀의 얼굴을 보고 말았다.

그리고 그들은 아연실색한 표정으로 약속이나 한 듯이 말을 잃었다.

"미안해요."

주자운이 겨우 일어나서 사과한 후 비틀거리면서 걸음을 옮기려고 할 때에야 세 사내는 비로소 정신을 수습했다.

비록 십오 세의 어린 나이지만 벌써부터 고금제일의 미녀라는 칭송을 듣는 주자운의 미색을 평범한 사내들이 보았으니 넋이 달아날 정도로 놀란 것은 당연했다.

"이, 이봐! 가면 안 돼!"

"어이! 멈춰!"

"가, 가지 마!"

세 사내는 거의 동시에 소리쳤고, 그중 한 사내가 다급히 주자운의 팔을 붙잡았다.

세 사내는 자신들 같은 밑바닥 하류인생이 이런 기막힌 기회를 놓치면 일생에 두 번 다시 찾아오지 않을 것이라는 사실을 너무도 잘 알고 있었다. 그래서 그 기회를 절대 놓칠 수 없다는 것에 이견이 없었다.

"어딜 감히!"

철썩!

주자운은 자신의 팔을 잡은 사내의 뺨을 후려갈겼다. 그녀로선 당연한 반응이었다.

"이년이!"

짜악!

"악!"

뺨을 맞은 사내가 서너 배는 더 세게 주자운의 뺨을 후려쳤다. 그녀는 비명을 지르면서 빙그르르 몸이 돌더니 일 장가량 떨어진 곳에 풀썩 쓰러졌다.

얼마나 세게 얻어맞았는지 정신이 아득했고, 목 위의 얼굴이 통째로 깨져서 사라져 버린 것만 같았다.

사내들은 보통 여자들 앞에서 곧잘 이성을 잃기 마련이다. 더구나 그 여자가 주자운 같은 절세미녀라면 더할 것이다.

주자운은 정신을 잃지 않으려고 애쓰면서 어떻게든 이 상황에서 벗어나야 한다고 생각했다.

그렇지만 방금 뺨을 호되게 맞은 터라 정신이 없었고, 다리에 힘이 빠져서 일어서지도 못하는 형편이었다. 더구나 세 사내가 음험한 미소를 흘리면서 그녀에게 다가오고 있으니 두려움이 파도처럼 엄습했다.

그녀는 자신이 공주라는 신분을 밝힐 생각은 조금도 하지 않았다.

그래서 만약 다행히 세 명의 사내가 믿어줘서 이 봉변을 모면한다고 해도 난데없는 공주의 출현 때문에 이곳에서는 한 바탕 소동이 벌어질 것이다.

그렇게 되면 동창 고수들이 벌 떼처럼 몰려들 것은 불을 보 듯이 뻔했다.

이곳은 번화가와는 달리 한적한 곳이라 왕래하는 행인이 많지 않았는데, 그들마저도 주자운이 봉변을 당하는 광경을 보고서도 귀찮은 일에 휘말리기 싫다는 듯 오히려 걸음을 빨 리하여 모른 체 지나쳐 가고 있었다.

"아아……!"

주자운은 일어나려고 안간힘을 썼지만 뜻을 이루지 못했 다.

그때 코앞까지 다가온 세 사내 중 한 명이 허리를 굽히며 그녀에게 손을 뻗고 있었다.

황궁을 구하겠다는 굳은 일념으로 구중천에 가겠다고 결 심한 그녀가 뜻을 이루기도 전에 거리에서 욕을 당하고 말 상 황에 처하고 만 것이다.

그녀는 절망 중에서도 자신에게 힘이 없음을 통탄했다.

힘만 있으면 이따위 놈들이나 진고, 사마공 일당을 깡그리 없앨 수 있을 것이다.

"이놈들! 당장 물러나지 못하겠느냐?!"

"흐흐, 고년, 앙탈 부리니까 더 예쁘구나."

"크으! 정말 죽여주는 미모다!"

주자운이 날카롭게 호통을 치자 그들은 오히려 사족을 못 쓰고 온몸을 비꼬며 음심이 더 솟구치는 듯했다.

그녀는 세 사내를 두려워하지 않았다. 그녀에겐 선천적인 담대함이 있었다.

단지 낯선 자들에게 능욕당하는 것과 구중천에 가는 일이 차질을 빚게 될까 봐 그것이 걱정될 뿐이었다.

그때 주저앉아 있던 주자운은 자신의 바로 뒤쪽으로 스치듯 걸어가는 한 사람의 하체를 발견했다.

그것은 마치 그녀가 절박한 심정으로 구중천에 가려고 하는 것처럼 마치 운명인 듯 다가왔다.

순간 그녀는 앞뒤 생각할 것 없이 그 사람의 다리를 부둥켜안으며 소리쳤다.

"도와주세요!"

그 사람은 우뚝 걸음을 멈추고 주자운을 굽어보았다.

문득 주자운도 그 사람을 올려다보다가 얼굴에 실망하는 기색이 완연하게 떠올랐다.

그녀가 다리를 붙잡으며 애원한 사람은 세 사내들에 비해서 키가 한 뼘 정도는 작고 체구도 호리호리해서 전체적으로 왜소하며 나이가 어린 소년이었다.

주자운은 그 소년이 세 명의 건장한 장한들을 물리쳐 줄 것이라곤 상상조차 할 수 없었다.

사내들은 주자운과 소년을 에워쌌다. 그들은 소년 따위는 안중에도 두지 않는 듯했다.

"흐흐, 꼬마야. 그냥 가던 길이나 얼른 가라. 응?"

"어른들 노는 데 참견하면 다친단다. 착하지? 어서 가봐
라."

소년은 주자운을 굽어보며 표정이 여러 차례 복잡하게 변
했다. 주자운의 몸이 떨리고 있는 것이 그녀의 팔을 통해서
그의 다리로 고스란히 전해졌다.

소년은 한가한 사람이 아니었다.

하지만 지금의 이런 광경은 그가 애써 기억하지 않으려고
하는 과거의 어떤 기억을 악몽처럼 일깨워 주고 있었다.

그 당시 소년은 겨우 일곱 살이었으며 그의 누나는 열여덟
살이었다. 나이 차이가 열한 살이나 나는 이모 같은 누나였
다.

하나에서 열까지 모든 면에서 모친보다 더 소년을 챙겨주
고 귀여워해 주던 누나였다.

그런데 가문이 핏물로 씻기던 그날 누나는 살려달라고 발
버둥 치면서 낯선 사내들에게 끌려갔다.

그것이 누나를 마지막으로 본 모습이었다. 그것을 소년은
팔 년이 지난 지금까지도 바로 어제 일처럼 생생하게 기억하
고 있었다.

만약 그런 기억만 아니었다면 소년은 결코 이 일에 참견하
지 않았을 것이다.

소년은 보기와는 달리 평소 몹시 냉정한 성격으로 정평이
나 있는 사람이었다.

하지만 지금 이 순간 그는 자신의 다리에 매달려 살려달라
고 애원하는 소녀가 누나 같다는 생각이 들었다.

아니, 팔 년 전에 자신에게 누나를 구할 힘만 있었더라면
누나는 사내들에게 끌려가지 않았을 것이다.

갑자기 소년은 이런 식으로 여자를 능욕하려는 놈들을 절
대 용서할 수 없다는 생각이 들었다.

그리고 지금 소년은 이 정도 사내들을 물리칠 힘 정도는 지
니고 있었다.

소녀를 누나라고 생각하자 자연히 소녀를 괴롭히는 세 명
의 사내가 누나를 끌고 갔던 사내들처럼 보였다.

소년은 또 한 소녀를 기억해 냈다.

돼지보다 더 살찐 삼향주의 몸뚱이 밑에 깔려서 자신에게
애처로운 눈빛을 보내던 동기의 모습을.

"꺼져."

문득 소년 화무린의 입에서 씹어뱉는 듯한 중얼거림이 흘
러나왔다.

세 사내는 자신들이 뭔가 잘못 들은 것이 아닌가 하는 어이
없는 표정으로 서로의 얼굴을 쳐다보았다.

"이 새끼가 간이 배 밖으로 나왔구나!"

순간 세 사내 중 한 명이 득달같이 화무린의 얼굴을 향해

주먹을 날렸다. 제법 싸움질깨나 해봤음 직한 주먹질이었다.

퍽!

"끅!"

그러나 싸움이라면 이골이 난 화무린이다.

그는 슬쩍 고개를 숙이면서 간단하게 주먹을 피하는 것과 동시에 허리를 비틀어 오히려 사내의 가슴으로 파고들다가 오른 주먹으로 짧고 강하게 옆구리를 찍었다.

그것으로 족했다.

사내는 답답한 신음을 흘린 뒤 옆구리를 쓸어안고 그대로 주저앉아 꺽꺽 숨을 몰아쉬며 일어나지 못했다.

화무린이 마음먹고 갈긴 주먹은 벽돌담을 박살 낼 정도의 위력이 실려 있었다.

삼십 년 내공은 그저 장식품이 아닌 것이다.

사내의 옆구리는 결코 벽돌담보다 강하지 않았다. 그는 주먹 한 방에 갈비뼈 두 대가 여지없이 부러져 버렸다.

"어?"

"저 새끼가?"

두 사내는 자신들의 동료가 눈 깜짝할 사이에 쓰러져서 버둥거리자 어떻게 대처해야 할지를 몰라 일순간 당황했다.

"가자."

화무린은 주자운의 손을 잡고 일으키며 짧게 말했다.

주자운은 자신의 손을 통해서 거센 힘을 느꼈다. 그녀는 아주 간단하게 일으켜졌다.

"이 새끼야! 어딜 가?"

"거기 안 서!"

두 사내는 돌아서는 화무린을 향해 막무가내로 덤벼들며 외쳤다. 쓰러져 있는 사내가 주먹 한 방에 당했다는 사실도, 자신들이 화무린의 적수가 될까 못 될까도 재볼 겨를이 없었다.

퍽! 퍽!

"큭!"

"억!"

그리고는 둔탁한 음향과 두 마디의 신음성이 터지며 그들은 비틀거리다가 그대로 주저앉았다.

화무린은 빙글 돌아서며 좌우 주먹으로 그들의 옆구리를 한 대씩 갈기고는 다시 몸을 돌려 주자운의 손을 잡고 걸음을 옮겼다.

주자운은 화무린에게 손이 잡혀서 거의 끌려가듯이 걸어가며 쓰러져 있는 세 사내를 돌아보았다.

그녀가 처음 화무린을 보면서 실망했던 마음은 어느새 씻은 듯이 사라진 상태였다.

"어디까지 가지?"

어느 정도 걸어가던 화무린이 걸음을 멈추고 주자운을 보며 무뚝뚝하게 물었다.

"나는……."

주자운은 즉시 대답하지 못했다.

대신 그녀는 화무린의 행색을 빠르게 훑어본 후 품속에서 하나의 물건을 꺼내 그에게 내보였다.

"뭐야, 그건?"

화무린은 가볍게 눈살을 찌푸렸다.

"취옥단이에요."

주자운은 화무린의 행색이 초라한 것을 보고 그가 거지일 것이라고 추측했다.

고귀하게 태어난 그녀는 초라한 행색이라는 것과 거지를 구별하지 못했다.

"그런데?"

"당신… 거지 아닌가요?"

화무린은 가볍게 눈살을 찌푸렸지만 화를 내지는 않았다.

"아냐."

주자운은 다시 한 번 화무린의 전신을 살펴보았다. 그러나 그녀는 여전히 초라한 행색과 거지의 차이점을 알 수 없었다.

"거지를 찾나?"

"네."

화무린은 왜냐고 묻지 않았다.

그런 친절함은 그의 성미에 맞지 않는 일이었다. 대신 그는 주위를 두리번거렸다.

거지를 찾으려는 것이지만 눈에 띄지 않았다.

그는 주자운의 손을 놓고 몸을 돌렸다.

위험에 처한 소녀는 누나로 보였지만 위험에서 벗어난 소녀는 그저 남일 뿐이었다.

그러므로 그의 친절은 거기까지였다.

"이제 네가 가고 싶은 데로 가라."

그러나 그는 곧 걸음을 멈추어야만 했다. 주자운이 다급히 두 손으로 그의 팔에 매달리듯이 붙잡았기 때문이다.

"나는 아직 위험해요."

화무린은 사방을 두리번거리는 주자운의 눈에서 두려움 외에 낯익은 무엇을 발견했다.

'집념', 혹은 '한(恨)'이라고 불리는 것이었다.

"거지를 찾아야 하는 것이라면 도와줄 수 있다."

그는 그것 때문에 한 걸음 더 양보했다.

"부탁해요."

주자운은 두 손을 앞에 모으고 가볍게 고개를 숙였다.

그 동작에서 화무린은 또 낯익은 것 하나를 발견했다.

그것은 '기품'이었다. 십여 년 전에 화무린 가족에게도 그런 것이 존재했었다.

"가자."

"아……!'

화무린이 주자운의 손을 끌자 그녀는 쓰러질 듯 비틀거리다가 끝내 주저앉고 말았다. 너무 많이 달리고 긴장이 풀려서 다리에 힘이 빠져 버린 것이었다.

"…난 걸을 힘이 없어요. 안 되겠어요. 그냥 두고……."

주자운은 더 이상 화무린을 귀찮게 하는 게 미안해서 씁쓸하게 말하다가 가볍게 놀라는 표정을 지었다.

화무린이 말없이 웅크리고 앉더니 그녀 앞에 자신의 등을 내민 것이다.

주자운은 잠시 망설이다가 조심스럽게 화무린의 등에 업혔다.

대명의 공주가 일개 평범한 소년에게 업힌다는 사실은 꿈도 꿀 수 없는 일이지만 그녀는 이미 꿈도 꿀 수 없는 일을 시작했으며, 현재 벌어지고 있는 중이었다.

화무린은 그녀를 업고 가뿐하게 일어섰다.

그는 낯선 소녀, 그리고 고금제일의 미녀를 업었지만 별다른 감흥을 느끼지는 않았다.

그가 원래 여자에겐 별다른 감정이 없기도 했지만, 오늘 밤 자정에 구중천으로 떠난다는 사실 때문에 극도로 긴장하고 있는 탓이기도 했다.

주자운은 어릴 때 숙부와 부친에게 가끔 업혀본 적이 있었지만 타인에게, 그것도 또래의 남자에게 업혀보기는 처음이었다.

그녀는 자신의 봉곳한 젖가슴과 복부, 그리고 하체의 은밀한 부위가 화무린의 널찍한 등과 허리에 고스란히 닿거나 눌리는 것을 느끼곤 몸을 약간 뒤척였으나 업힌 상태에서는 어쩔 재간이 없어서 곧 체념했다.

그런데 기이하게도 화무린의 등은 아주 편안했다.

숙부나 부친에게 업힌 것과는 또 다른 느낌이었다. 게다가 숙부나 부친에겐 다섯 살 이후로는 업혀본 일이 없었다.

주자운은 두 팔로 화무린의 목을 꼭 끌어안고 그의 어깨에 뺨을 댄 채 아예 눈까지 감아버렸다.

그렇게 하니까 더 편해서 잠이라도 올 것만 같았다. 그녀의 기억으로는 이렇게 편해본 적이 다섯 살 이후로 한 번도 없는 것 같았다.

그렇게 운명은 두 사람을 최초로 만나게 해주었다.

第七章

옥체(玉體)

九重天
구중천

　지금부터 팔 년 전 화무린은 일곱 살 어린 나이에 천애고아
가 되어 거리로 나서야만 했다.

　그러나 먹고살기 위해서 일곱 살짜리가 할 수 있는 보통의
일이란 거의, 아니, 하나도 없었다.

　한겨울에 거리 한구석에서 추위와 굶주림으로 죽어가고
있는 일곱 살짜리 사내아이를 품에 안고 자신의 집으로 데
려가 가족처럼 키운다든지, 따뜻한 온정의 손길을 내미는
따위의 미담(美談) 같은 일은 화무린에게 결코 일어나지 않
았다.

　결국 그를 발견하여 데려간 사람은 거지 왕초였다.

그러나 온정의 손길이 아니라 일곱 살짜리 어린아이에게 구걸을 시키면 웬만한 장정보다 더 나은 효과를 거둘 것이라는 교활한 목적 때문이었다.

그렇게 화무린은 일곱 살 때부터 열 살까지 거지 생활을 했다.

동이 트면서부터 어둠이 깔릴 때까지 거지들 중에서도 가장 더럽고 남루한 누더기를 걸친 채 한겨울에도 솜옷은커녕 신발도 없이 맨발로 거리 한 귀퉁이에 웅크리고 앉아 구걸을 했다.

그런 처참한 행색이어야 행인들의 동정심을 조금이라도 더 얻어낼 수 있다는 거지 왕초의 지론 때문이었다.

그러나 화무린은 열 살 때 거지 패거리로부터 도망을 쳤다.

그때부터 그는 거지 생활에서 얻은 경험을 토대로 혈혈단신 혼자 살아갔다.

그렇다고 계속 거지 노릇을 하지는 않았다. 그의 몸은 열 살이지만 비천하며 혹독하기 이를 데 없는 삼 년여 동안의 거지 생활은 그의 정신을 어른 이상으로 만들어놓았다.

거리의 점포나 거리에서 행해지는 수많은 일거리들은 열 살짜리 소년을 필요로 하지는 않았지만 어른을 찜 쪄 먹을 만한 머리를 지닌 소년은 인기가 좋았다.

화무린의 목적은 오직 무공을 배우는 것이었다. 그것은 가문이 몰락하여 한겨울에 거리로 내몰려야 했던 일곱 살 때부터 가슴속에 품고 있던 숙원이었다.

하지만 그가 원하는 무공은 아무 곳에서나 배울 수 있는 시시한 무공이 아니라 절정의 무공이었다.

그래야만 가문을 몰살시킨 자들을 찾아내어 백배천배로 복수를 할 수 있을 것이기 때문이었다.

또한 어딘가에 살아 있을지도 모르는 누나를 찾아낼 수도, 그래서 몰락한 가문을 다시 일으켜 세울 수도 있을 것이라는 믿음 때문이었다.

그 목표는 세월이 흐르면서 화무린의 신앙으로 자리 잡았다.

부모를 무참히 죽이고 가문을 피로 씻었던 흉수 중에서 기억에 남아 있는 몇몇 인물의 얼굴을 잊지 않기 위해서 하루에도 수십 번씩 그 얼굴들을 떠올리며 되새기면서 지금으로서는 어쩌지 못하는 복수심에 몸부림쳤던 그다.

그래서 그는 몇 달 동안 밤낮으로 일을 하여 얼마간의 여비가 마련되면 무림명가들을 찾아 나섰다.

그는 평범한 문파 따위는 거들떠보지도 않았다. 무림 전체를 좌지우지할 만한 명문 중의 명문만 찾아다녔다.

하지만 명문대파 중에서 그를 받아주는 곳은 한군데도 없었다.

명문가는 명문의 후예나 왕후장상의 자손들만 제자로 받아들이는 것이 관례였다.

재수없다면서 그를 전문 밖으로 내던지는 곳도 있었고, 하인들을 시켜서 죽지 않을 만큼 두들겨 패서 내다 버리는 곳도 있었다.

그렇게 이 년여 동안 화무린은 강북의 명문대파 열일곱 곳을 찾아갔었고, 열일곱 곳에서 모조리 내쳐졌으며, 그중 여섯 군데에서는 모진 매를 맞았고, 그 가운데에서 두 번은 거의 숨이 끊어질 뻔도 했다.

그는 강북을 전전하는 동안 무림에 구파일방이라는 곳이 있다는 사실을 알게 됐지만 그곳들을 찾아가서 사문으로 삼을 생각은 하지 않았다.

구파일방은 대부분 불가(佛家) 아니면 도가(道家)라서 엄한 문규로써 살인을 금지시킨다고 들었다.

그렇다면 오직 복수만을 위해서 무공을 대성하려는 그의 목적과는 근본적으로 배치되기 때문이었다.

지금으로부터 삼 년 전,

그가 마지막 열일곱 번째 산동 제남의 명문 악가장(岳家莊)을 찾아갔을 때의 일이다.

그 당시 그는 벼랑 끝에 서 있는 심정이었으며, 악가장은 강북무림의 가장 빛나는 다섯 개의 큰 별 중 하나였다.

그는 웬만하면 악가장만은 찾아가지 않으려고 했었다. 예전에 자신의 가문과 조금이라도 친분이 있던 가문은 괜히 꺼려져서 일부러 찾아가지 않은 그였다.

사실 악가장은 화무린의 가문과 깊은 관계를 맺고 있었다.

그가 일곱 살 어린 나이에 천애고아가 됐을 때 가장 먼저 생각난 곳이 악가장이었을 정도이니 더 이상 말해서 무엇 하랴.

만약 '린아, 너 자신 외에는 절대 아무도 믿지 마라'고 당부했던 부친의 말이 아니었다면 그는 앞뒤 가릴 것 없이 곧장 악가장으로 찾아갔을 것이다.

그만큼 악가장은 어린 화무린의 뇌리에 혈족 이상의 존재로 각인되어 있었다.

어린 화무린에게 부친의 말은 절대적이었다.

부친이 그 몇 마디 말을 남긴 직후 어린 아들이 지켜보고 있는 가운데 처참한 죽음을 당했기 때문에 그때 이후 화무린에게 부친의 죽음은 곧 그 말들을 의미하게 되었다.

그러나 화무린은 더 이상 찾아갈 곳이 없었다. 그가 알고 있는 강북무림의 명문가 중에서 마지막 한군데 남은 곳이 악가장이었으며 또한 가장 강한 곳이었다.

가문이 멸문당하기 전 어린 그의 눈으로 봤을 때에도 악가장은 자신의 가문과 거의 대등한 수준이었다.

화무린의 가문도 멸문당하기 전에는 강북무림의 다섯 개의 큰 별 중에 하나였던 것이다.

그래서 그는 결국 악가장의 입문을 결정했다.

악가장만은 다른 명문들과는 달리 겉모습만 보고 사람을

무조건 내쫓지는 않을 것이라고 판단했다.

그는 악가장을 자신의 가문과 함께 천하에서 가장 정의로운 명문이라고 생각하고 있었다.

물론 그는 절대 자신의 신분을 밝히지 않고 악가장에 입문할 생각이었다.

또한 악가장에의 입문이 허락된다고 해도 철저하게 끝까지 자신의 신분을 숨길 생각이었다.

악가장의 가주나 그의 형제들이 화무린을 마지막으로 본 것은 그가 여섯 살 남짓이었을 때였으므로 설혹 얼굴을 본다고 해도 열두 살이 된 그를 쉽게 알아보진 못할 것이다.

그러나 화무린의 그런 단순한 생각은 완전히 빗나가고 말았다.

그는 그전의 열여섯 곳에서처럼 악가장의 전문 안으로 한 발자국도 들여놓지 못한 채 쫓겨나야만 했다.

그는 악가장마저도 다른 명문들과 똑같다는 사실을 받아들일 수가 없었다.

그래서 또다시 전문을 두드렸다. 또 쫓겨났다. 포기하지 않고 또 두드렸다.

그렇게 다섯 번을 두드렸을 때 한 무리의 하인이 몰려나와 그를 전문 밖 으슥한 곳으로 끌고 가더니 몰매를 놓기 시작했다.

맞는 도중에 그는 여러 차례 자신의 신분을 밝혀야 한다는 유혹에 빠졌지만 끝내 입을 다물었다.

부친이 '아무도 믿지 마라'고 한 데에는 필경 중요한 이유가 있을 것이다.

그러므로 설사 목숨이 끊어지더라도 신분을 밝히는 짓은 하지 말아야만 했다.

그것이 바로 그가 두 번째이자 마지막으로 죽음에 직면한 때였다.

피투성이가 되어 풀숲에 버려졌던 열두 살의 화무린은 반나절이 지난 한밤중이 돼서야 겨우 정신을 차렸다.

그리고 소리 죽여 한없이 울고 또 울었다.

어금니를 악물고 우는 그의 기억 속으로 자신보다 한 살 적은 귀여운 어린 소녀의 얼굴이 어렴풋이 떠올랐다.

"린아, 이 여자 아이의 이름은 악소(岳素)란다. 이제부터 '소매(素妹)'라고 불러라. 하하! 소아는 너의 정혼녀, 장차 너의 부인이 될 아이란다!"

부친의 유쾌한 음성도 귓가에서 쟁쟁거렸다.

화무린은 정혼녀의 집 전문에서 멀지 않은 풀숲에 쓰러져 죽지 않으려고 필사적으로 버둥거려야만 했다.

그러면서 그는 깨달았다.

악가장은 더 이상 예전의 악가장이 아니며 자신의 가문이

멸문당한 순간부터 악소와의 정혼도 자연히 파기되었음을.

"큭큭큭……."

그는 풀숲에서 피를 토하면서 심장을 조각내어 뱉어내듯
이 숨죽여 웃으며 그렇게 악소와의 인연을 놓아주었다.

그리고 그가 그 괴이한 인물을 만난 것은 그로부터 두 시진
후 관도상에서였다.

화무린은 자정이 훨씬 넘은 시간에 관도에서 피를 흘리면
서 비틀거리며 걷다가 쓰러지기를 반복하고 있었다.

그가 관도 변에 엎드린 채 헐떡이면서 입으로는 피를 꾸역
꾸역 흘리고 있을 때 그의 뒤통수 위에서 땅속에서 흘러나오
는 듯한 나직한 음성이 흘러내렸다.

"살고 싶으냐?"

죽음의 경계에 몸을 절반쯤 걸쳐 놓고 있던 화무린은 아무
것도 두렵지 않았다.

그는 얼굴을 땅에 처박은 채 헐떡였다.

"아니… 강해지고 싶어요……."

괴인물이 다시 물었다.

"얼마나 강해지고 싶으냐?"

화무린은 입속으로 들어온 흙과 피를 으적으적 씹으면서
대답했다.

"으으… 누구든… 마음먹기만 하면 죽일 수 있을 만
큼……."

화무린은 정말 그렇게 강해지고 싶었다.

가문을 몰살시킨 자들뿐만 아니라 그 잘난 무공을 근본도 없는 놈에게 가르쳐 줄 수 없다면서 문전박대하던 자들까지도 깡그리 죽여 버리고 싶었다.

화무린은 사력을 다해서 몸을 뒤집으려고 버둥거렸지만 뜻을 이루지 못했다.

그저 숨을 쉬고 있는 것조차도 힘든 상태였다.

괴인물은 말이 없었다. 화무린을 살펴보는 것인지, 아니면 사라져 버린 것인지 알 수가 없었다.

그래서 화무린은 그가 갔거나, 아니면 자신이 너무 고통스러운 나머지 잠시 무언가 착각했을지도 모른다고 생각했다.

그때 괴인물의 말이 다시 들려왔다.

"구중천에서 살아 나올 수 있다면 가능한 일이다."

"구… 중천이 어디에 있나요?"

"은자 만 냥이 준비되면 나를 불러라."

"당신을 어떻게……?"

툭 하고 화무린의 머리 위 땅으로 무언가 던져졌다.

"네가 어디에 있건 이것을 그 지방에서 가장 큰 객잔의 주인에게 보여라."

그것으로 괴인물의 말은 더 이상 들려오지 않았다.

화무린이 반 시진 뒤에 겨우 몸을 추스려 일어나 앉았을 때 주위에는 아무도 없었고, 자신의 옆 땅바닥에는 세모꼴의 작은 물건 하나가 놓여 있었다.

천신만고 끝에 겨우 제남성으로 돌아온 그는 일단 객잔에 한 칸의 방을 빌려 들어간 후 쓰러져서 닷새 내내 시체처럼 잠만 잤다.

닷새 후 깨어나서 제일 먼저 한 일은 구중천이라는 곳에 대해서 알아보는 것이었다.

대부분의 사람들은 구중천이 그저 누구나 알고 있는 상식 '아홉 개의 하늘'이라고만 알고 있을 뿐 화무린이 원하는 대답을 해주지는 못했다.

결국 그는 갖고 있는 돈 은자 여섯 냥을 하오문에 바치고서야 구중천에 대한 짧은 정보를 얻을 수 있었다.

은자 만 냥을 내면 원하는 무공은 무엇이든 가르쳐 주는 곳이다. 그러나 살아서 나올 수 없는 곳이지.

바로 그날부터 화무린의 목표는 은자 만 냥을 모으는 것으로 정해졌다.

*   *   *

"무린아, 왜 이리 늦었어?"

자신의 거처 골목 입구에까지 나와서 기다리고 있던 현조가 저만치 어둠 속에서 달려오는 화무린을 발견하곤 마주 뛰어오며 걱정스레 물었다.

"이 계집애는 또 뭐냐?"

평소 말이 없는 것으로 유명한 현조는 자신보다 더 말이 없는 화무린이 대답없이 골목 안으로 들어가자 뒤따르며 그가 업고 있는 주자운을 가리키며 가볍게 인상을 썼다.

"아는 거지 없냐?"

화무린은 골목 안으로 들어서서 막다른 집 안으로 곧장 들어가며 물었다.

현조는 왜냐고 묻지 않았다. 화무린은 그런 식으로 묻는 것은 좋아하지 않았다.

"한 놈 있어."

"불러와."

화무린은 삐걱거리는 낡은 의자에 주자운을 내려놓으며 명령하듯 말했다.

그는 현조가 수하를 불러 뭔가를 지시하는 동안 숨을 돌리며 집 안을 둘러보았다.

주방 겸 접객실로 사용하는 곳 한쪽 탁자 앞에 앉아서 열심히 오리 고기를 뜯고 있던 한 명의 소년이 눈을 뒤룩거리면서 화무린 쪽을 쳐다보았다.

시선이 주자운의 얼굴에 닿는 순간 그는 입을 쩍 벌렸는데 씹다 만 고기 조각의 찌꺼기가 줄줄 흘러내렸다.

함도(咸渡).

축록방주의 아들이다.

데려다 놓기만 하고 한마디 말도 나누지 않았는데 이제야 화무린의 눈에 들어왔다.

놈을 보면 그저 '살찐 돼지'라는 생각밖에 들지 않았다. 키는 화무린과 비슷한데 몸무게는 화무린과 현조를 합쳐 놓은 것보다 더 나갈 것 같았다.

축록방주 함중의 아들이라기보다는 죽은 삼향주 엽방을 더 닮은 놈이었다.

"아아⋯⋯!"

그때 주자운이 얼굴을 찡그리면서 몸을 뒤틀었다.

"아까 넘어지면서 다친 것 같은데 많이 아파요."

화무린이 눈짓으로 왜 그러느냐고 묻자 주자운이 의자에서 일어나며 손으로 오른쪽 허벅지 뒤쪽을 돌아보았다.

"의원을 불러주겠어요?"

그녀가 미안한 표정으로 조심스럽게 부탁하자 화무린은 가볍게 눈살을 찌푸렸다.

그 자신이나 현조 등은 이날까지 살면서 한 번도 의원 신세를 진 적이 없었다.

아프거나 다친 적이 없었다는 게 아니라 죽을 정도로 아파도 돈이 아까워서 의원에 가지 않았다는 뜻이다.

"웬만한 거면 내가 치료할 수 있다. 어디 좀 보자."

화무린이 말하자 주자운은 살찐 돼지 함도를 보면서 쭈뼛
거리며 망설였다.

그러고 보니 함도는 주자운이 들어서면서부터 먹기를 멈
추고 그녀에게서 시선을 떼지 못하고 있었다.

"고개 돌려."

화무린은 축록방주의 하나뿐인 아들이 열네 살 때부터 축
록방이 운영하는 기루의 기녀들을 무수히 건드려 왔다는 현
조의 얘기를 상기해 내곤 냉랭하게 내뱉었다.

"이 새끼! 아버지가 넌 내 하인이라던데, 하인 새끼가 너무
버릇이 없구나! 죽고 싶으냐?"

함도는 천하절색의 미녀 앞에서 뻐길 수 있는 절호의 기회
를 잡았다는 듯 거세게 호통을 쳤다.

그 바람에 여태까지 씹고 있던 고기 조각이 입에서 와르르
튀어나왔다.

화무린은 함도에게 똑바로 걸어가서 앉아 있는 그의 만삭
의 임산부 같은 배를 냅다 걷어찼다.

퍽!

"우왁!"

함도는 박살난 의자와 함께 바닥에 나뒹굴었다.

"이… 이 새끼! 너, 울 아버지한테 이른다!"

퍽! 퍽! 퍽!

"으악! 어이쿠! 나 죽는다!"

화무린은 쓰러져 있는 함도를 아무 말 없이 마구 걷어찼다. 얼굴이고 옆구리고 가리지 않았다.

함도는 순식간에 얼굴이 피투성이가 되어 처절하게 돼지 멱 따는 소리를 내질렀다.

주자운은 눈을 동그랗게 뜬 채 크게 놀라서 바라보았고, 그 옆에서 현조는 팔짱을 낀 채 말릴 생각도 하지 않으며 지켜보았다.

"내가 아직도 네 하인으로 보이느냐?"

화무린이 발길질을 멈추고 나직이 묻자 함도는 그의 발 앞에 무릎을 꿇고 머리를 조아리며 우는 소리를 냈다.

"아, 아닙니다! 당신은 저의 주인님이십니다! 제발… 목숨만은 살려주세요!"

"틀렸다. 나는 너 같은 놈의 주인이 아니다."

퍽퍽퍽퍽!

"으아악! 어구구! 그, 그만!"

화무린은 다시 발길질했다.

그는 발길질에 내공을 싣지 않았다.

내공을 실었다면 이 살찐 돼지는 벌써 온몸의 뼈가 부러지고 내장이 터져서 죽었을 것이다.

화무린은 발길질을 멈추고 함도를 굽어보며 차갑게 중얼거렸다.

"나한테 인간은 두 가지 유형뿐이다. 친구, 아니면 적이지."

그는 현조에게 금창약을 받아 들고 주자운을 데리고 한 칸의 방으로 들어갔다.

"허벅지라고 그랬지? 치마 올려봐."

그가 약통에서 약을 꺼내며 말하는 데에도 주자운은 쭈뼛거리면서 그냥 서 있기만 했다.

"치료하지 않아도 된다는 뜻인가?"

"여… 여기……."

주자운은 조심스럽게 치마를 조금 걷어 올렸다.

탁!

"앗!"

갑자기 화무린이 밀치자 그녀는 침상으로 풀썩 엎어졌다.

확!

"무, 무엄하다!"

그가 치마를 단번에 걷어 올리는 것과 주자운의 입에서 뾰족한 외침이 터져 나온 것은 거의 동시였다.

"너 같은 계집애 몸뚱이 따위에는 관심없다."

화무린의 말에 주자운은 막 일으키려던 동작을 뚝 멈추고 그를 바라보았다.

그의 표정은 그가 방금 했던 말의 내용보다 더 냉정해 보였다. 만약 저런 표정을 짓는 사람이 음심을 품는다면 옥황상제도 여자를 탐할 것만 같았다.

그녀는 세 사내와 부딪쳐서 넘어질 때 땅에 있던 뾰족한 돌을 깔고 앉는 바람에 허벅지 뒤쪽과 엉덩이의 경계 부위에 가볍지 않은 상처를 입고 말았다.

그녀는 치마가 자신의 상처 부위보다 더 위쪽 허리까지 걷혀 올라갔지만 그대로 가만히 있었다.

최초에 하나의 부끄러움을 견딜 수 있다면 그 후로는 열 개도 견딜 수 있는 법이다.

대명의 세라공주는 치마를 걷어 올리고 엉덩이와 우윳빛 뽀얀 허벅지, 곧게 뻗은 두 다리를 고스란히 드러낸 채 처분만 기다리는 신세가 되어 있었다.

화무린과 삼 년 동안 같은 방에서 살았던 기녀 상명은 고삐 풀린 망아지 같은 화무린을 무슨 일이 있어도 사흘에 한 번씩은 꼭 목욕을 시켰었다.

커다란 목욕통에 상명 자신도 알몸이 되어 화무린과 함께 들어가 자신의 몸과 그의 몸을 닦았다.

그래서 화무린은 어쩔 수 없이 상명의 나신을 질리도록 봐야만 했다.

화무린이나 상명이 서로를 이성으로 여기지 않은 이유를 꼽으라면 백 가지도 넘을 것이다.

상처는 겉보기보다는 그리 심하지 않았다.

이제 막 풍만해지기 시작한 희디흰 엉덩이가 손가락 한 마디 길이로 찢어져 있었다.

분홍색의 비단 속곳이 소중한 부위와 엉덩이 사이의 계곡을 가로질러 가느다란 허리에 묶여 있었지만 그런 것은 화무린의 눈에 들어오지 않았다. 그는 아주 능숙한 솜씨로 간단하게 상처를 치료한 후 몸을 일으켰다.

"됐다. 하지만 흉터는 좀 남겠다."

화무린이 약통을 들고 방문 쪽으로 걸어가는 데에도 주자운은 쉽사리 일어나지 못했다.

화무린은 아무렇지 않을지 몰라도 알몸을 시녀에게만 보여왔던 그녀는 그러지 못했다.

"이름이 뭐죠?"

화무린이 막 문을 열려고 할 때 그녀는 치마를 내리며 일어나면서 물었다.

그를 다시는 만나지 못할 것이라고 생각하면서도 이름만은 꼭 알아두고 싶었다.

"화무린."

"나는 주자운이에요."

그렇게 화무린이란 이름을 알게 된 사람은 세 명이 되었고, 화무린은 주자운이 세상에 나온 이후 그녀의 이름을 알게 된 최초의 사람이 되었다.

"무슨 일이야?"

현조의 수하가 데리고 온 개방 제자는 앉으려고도 하지 않은 채 급히 물었다.

세라공주가 사라졌기 때문에 북경의 개방 총타가 발칵 뒤집힌 상태였다.

개방 제자는 누더기를 입지 않은 백의개(白衣丐)였다.

개방에 처음 입문하면 의결(衣結)이 없는 백의를 입고서 온갖 궂은일을 하는데, 그렇게 삼 년이 지나야만 비로소 일결(一結)이 된다.

그는 이십대 초반이었으며, 이름은 전오태(田午兌)고, 평소 현조와 친구로 지내는 사이였다.

"내 친구가 좀 보잔다."

현조가 방에서 걸어오는 화무린을 턱으로 가리켰다. 화무린과 개방 제자 전오태는 겨우 안면이나 트고 지내는 정도였다.

화무린은 전오태 앞에 서서 무표정하게 중얼거렸다.

"내가 아냐."

전오태의 얼굴이 보기 싫게 일그러졌다.

"우라질! 너희들, 장난하는 거냐? 지금 방주를 비롯해서 북경성의 모든 개방 제자들이 눈에 핏발이 곤두서서 한 명의 계집애를 찾아다니느라 정신이 없는……."

그는 말을 끝맺지 못하고 두 눈을 찢어질 듯이 부릅뜬 채 자신의 코앞에 떠 있는 하나의 물건을 쏘아보았다.

"으으……."

그는 얼마나 경악했는지 자신의 입에서 침이 질질 흘러나

오는 것도 느끼지 못했다.

주자운은 취옥단을 손에 쥐고 전오태의 얼굴 앞에 내민 채 조용히 입을 열었다.

"그 계집애가 바로 저예요."

화무린 때문에 조금쯤 용감해진 그녀의 나직한 말이었다.

쿵!

"…제… 자가 장문영부(掌門令簿)를 뵈… 옵니다……!"

평소에 표정 변화가 거의 없는 현조와 그보다 더 심한 화무린도 이 순간만큼은 적잖이 놀라는 얼굴로 주자운과 전오태를 번갈아 쳐다보았다.

전오태의 연락을 받고 가장 가까운 곳에 있던 개방 제자 다섯 명이 반 각도 지나지 않아서 현조의 거처에 당도했다.

"가시지요."

그중 기골이 장대한 한 명의 거지 노인이 주자운에게 정중히 허리를 접었다.

화무린과 현조는 거지 노인이 칠결의(七結衣)를 입고 있는 것을 보곤 안색이 크게 변했다.

칠결의는 개방의 장로를 나타낸다.

구결인 방주와 팔결인 방주의 제자를 제외하곤 개방에서 최고의 배분인 것이다.

또한 개방의 몇 안 되는 장로가 무림이라는 곳에서 어느 정도의 영향력을 행사하고 있는지 두 사람은 어렴풋이나마 알고 있었다. 게다가 장로를 따르고 있는 네 명의 인물은 오결의(五結衣), 즉 당주급이었다.

현조는 눈을 씻고 주자운을 다시 쳐다봤지만 그저 눈이 번쩍 뜨일 정도로 아름다운 절색미녀라는 사실 외에는 그녀의 신분 내력에 대해서 도무지 짐작조차 할 수가 없었다.

"서두르셔야 합니다."

원래 개방 장로는 주자운을 보는 순간 바닥에 납작하게 엎드려서 투지례(投地禮)를 취해야 마땅하지만 그럴 경우 화무린과 현조, 전오태에게 주자운의 신분을 노출시킬 수도 있기 때문에 깊숙이 허리만 굽히며 재차 종용했다.

주자운은 화무린을 바라보았다.

그녀의 얼굴에는 그녀가 이날까지 한 번도 지어보지 않았을 복잡한 표정이 떠올라 있었다.

그러나 그 표정도 그녀의 눈빛만큼 복잡하지는 않았다.

반면에 화무린의 얼굴은 무표정했다. 게다가 그의 눈빛은 얼굴보다 더 무심했다.

그의 그런 표정과 눈빛이 복잡한 주자운의 마음을 어느 정도 냉정하게 만들어주었다.

그녀는 화무린에게 가볍게 고개를 끄덕여 보인 후 곧장 밖으로 걸어나갔다.

"누… 구냐? 그 계집… 아, 아니, 소녀."

주자운과 개방 장로 등이 떠나고 잠시 후에야 정신을 차린 현조가 얼떨떨한 얼굴로 물었다.

"주자운이래."

그녀에 대해서 모르기는 화무린도 마찬가지였다.

주자운의 엉덩이가 어떻게 생겼는지에 대해서는 누구보다 잘 알지만 말이다.

그래도 그는 볼 건 다 봤다.

"조야, 그 자식 끌고 나와라. 어서 출발하자."

화무린과 현조는 비곗덩어리 함도의 양팔을 잡고 거처의 뒷문으로 빠져나와 나는 듯이 달렸다.

채 삼십 장도 못 가서 함도가 숨이 턱에 차서 길바닥에 주 저앉으며 더 이상 못 가겠다고 버텼지만 곧 해결됐다.

화무린이 칼을 뽑은 후 아예 죽여서 길거리에 버리고 가겠다면서 으르렁거리자 믿을 수 없게도 함도는 화무린과 현조보다 더 빨리 달려나갔다.

주자운을 태운 지붕이 덮인 사인교(四人轎)가 대로로 들어섰을 때 사인교 전면에서 쏘아가던 개방 장로가 전음을 보냈다.

"추명당주(追命堂主), 조금 전 그 두 놈과 방 안에 있던 한 놈을 처치하고 오너라."

사인교의 좌우와 후방을 경계하면서 따르고 있는 네 명의 당주 가운데 한 명인 추명당주가 즉시 몸을 돌려 방금 전에 나왔던 골목을 향해 쏘아갔다.

주자운이 대명의 공주라는 사실은 개방주와 네 명의 장로, 개방주의 제자만이 알고 있을 뿐 당주들도 모르고 있었다.

사인교는 개방의 사결제자들이 멘 채 대로 한복판을 유성처럼 빠르게 진행하고 있었다.

문득 앞서 쏘아가던 개방 장로는 왼쪽 밤하늘에 작은 녹황색의 불꽃 하나가 아주 잠깐 번쩍였다가 사라지는 것을 놓치지 않았다. 그것은 개방 제자들만이 사용하고 또 식별할 수 있는 암호였다.

이경(二更)이 지난 시간.

북경성 전역은 인적이라곤 찾아볼 수 없는 침묵 속에 빠져 있었지만 사실 곳곳에서 황궁의 동창 고수들과 개방 제자들이 보이지 않는 팽팽한 대치를 이루고 있는 상태였다.

동창 고수들은 주자운을 찾아내기 위해서였고, 개방 제자들은 그것을 방해하려는 것이었다.

개방 장로가 즉시 오른쪽 골목으로 접어들자 사인교도 그림자처럼 뒤를 따랐다.

추명당주가 골목 막다른 곳에 위치한 현조의 집에 되돌아왔을 때 그 집은 텅 비어 있었다. 그는 집 안팎을 샅샅이 뒤졌지만 결과는 마찬가지였다.

하지만 시간이 얼마가 걸리든 장로가 명령을 철회하지 않는 한 추명당주는 무슨 일이 있어도 그 명을 완수해야만 할 것이다.

그는 즉시 추명당만이 사용하는 작고 가느다란 화전을 쏘아 올려 추명당 소속 제자들을 불렀다.

같은 시각.

화무린과 현조, 함도 세 사람은 잠시도 쉬지 않고 달려 북경성 동문인 조양문(朝陽門)을 벗어나 성벽에서 멀지 않은 관도상의 홍교(紅橋)에 이르렀다.

"하아악! 학학학!"

함도는 도착하자마자 그대로 다리 입구에 쓰러지더니 큰대 자로 뻗어서 거친 숨을 몰아쉬는데 안색이 새하얗고 입에서는 게거품이 흘러나왔다.

평소에 손가락 하나 까딱하지 않은 채 먹을 것과 색욕만 밝히는 놈이 장장 십여 리를 쉬지 않고 달렸으니 허파가 터지지 않은 것이 오히려 이상한 일이었다.

내공이 있는 화무린은 조금도 숨찬 모습이 아니었지만 현조는 가볍게 어깨를 들썩거렸다. 둘은 긴장된 표정으로 빠르게 다리 주변을 살펴보았다.

밤이라고는 하지만 만월에 가까운 달이 휘영청 떠 있어서 시계가 좋은 편이었다.

그런데 이렇다 할 만한 것이 눈에 띄지 않았다.

사방이 탁 트인 홍교 주변 오십여 장 이내에는 아무것도 없는 것이 분명했다.

하지만 현조는 화무린에게 한마디도 묻지 않았다. 일을 하지 않으면 모를까 일단 무슨 일인가 손을 대면 백무일실(百無一失) 틀림없는 화무린이었기 때문이다.

그가 자신과 함도를 이곳으로 데리고 왔다면 바로 이곳이 구중천으로 가는 입구인 것이다.

어제 화무린은 북경성 내에서 가장 큰 주루인 통천각(通天閣)에 다녀왔다.

그는 그곳 주인, 즉 통천각주에게 하나의 물건을 보여주었다. 삼 년 전 그에게 '구중천'에 대해서 최초로 가르쳐 주었던 괴인물이 남기고 간 물건을.

그 물건을 본 통천각주는 화무린을 자신의 방으로 안내하더니 무언가를 알아본 후 다음날 유시(酉時:6시)에 다시 오라고 했다.

그래서 화무린은 다음날 유시에 다시 통천각주를 찾아갔고, 그날 밤 자정에 북경성 조양문 밖 홍교에서 기다리라는 최후 통고를 받았다.

그리고 돌아오는 길에 주자운을 만난 것이다.

"헥헥헥! 나 죽을 거 같아……."

함도가 땅에 쓰러진 채 몸을 심하게 떨면서 죽는소리를 했지만 아무도 신경 쓰지 않았다.

"어떻게 된 거지?"

현조는 홍교 주위를 샅샅이 살펴보고 온 후에도 무언가를 발견하지 못하자 화무린에게 다가오며 초조한 얼굴로 물었다.

화무린이 하는 일이라면 무엇이든 철석같이 믿는 현조였지만 이 일에는 화무린뿐 아니라 현조까지도 인생을 걸었다. 결코 잘못될 수도, 잘못돼서도 안 되는 일이었다.

화무린은 홍교 너머의 관도를 쏘아보기만 할 뿐 입을 굳게 다물고 있었다.

그는 삼 년 전, 악가장 하인들에게 몰매를 맞고 거의 죽어가고 있을 때 만났던 괴인물이 자신의 운명을 바꿔줄 사람이라는 사실을 지난 삼 년 동안 단 한 번도 의심해 본 적이 없었다.

괴인물이 했던 말은 토씨 하나 빼놓지 않고 기억하고 있으며, 괴인물이 남기고 간 물건은 행여 잃어버릴까 봐 몸에 지니고 다니지도 않고 자신만 아는 곳 땅속 깊이 묻어두었다.

그러면서 그는 몇 번이나 가슴을 쓸어내렸었다.

자신이 강북의 여러 명문가들을 찾아다니면서도 끝내 입문하지 못했던 것이 얼마나 다행스러운 일이었는가를 말이다.

그곳에 입문하지 못했기 때문에 구중천이라는 어마어마한

곳을 목표로 삼을 수 있었다.

그리고 이제 그 입구에 서 있는 것이었다.

뎅— 뎅— 뎅— 뎅— 뎅— 뎅— 뎅—

그때 성안에서 은은한 종소리가 들려왔다. 도합 일곱 번.

오야(五夜) 중에 세 번째 병야(丙夜:삼경. 밤 11시~새벽 1시)
의 두 번째인 자시(子時:자정)를 알리고 있었다.

"뭐가 잘못된 거 아냐?"

목이 칼에 찔려도 외눈 하나 까딱하지 않는 현조가 다시 초
조한 얼굴로 화무린을 쳐다보았다.

함도 놈도 어느새 일어나 일그러진 얼굴로 두 사람 가까이
에 다가와 있었다.

"기다려. 반드시 우릴 데리러 올 거야."

화무린은 홍교 너머에 시선을 못 박은 채 중얼거렸다. 오지
않을 리 없다.

그는 오지 않을 경우를 한 번도, 그리고 잠깐도 생각해 본
적이 없었다.

반드시 온다.

펄럭.

그때 무언가 옷자락 펄럭이는 소리 같은 것이 머리 위에서
들려오자 세 사람은 동시에 고개를 들고 위를 쳐다보았다.

"……."

그 순간 그들은 똑같이 경악지색을 떠올렸다. 함도는 털썩

주저앉아서 오줌을 벌벌 쌌으며, 현조마저도 두려움 때문에
안색이 해쓱하게 변했다.

그러나 화무린은 달랐다.

그는 처음에 잠깐 놀랐다가 곧 얼굴이 환해졌다.

그 표정은 '그래! 구중천이라면 저 정도는 되야지!' 라고 말
하는 것 같았다.

第八章

구중천으로

구중천
九重天

무언가 거대하고 시커먼 물체가 밤하늘을 온통 덮은 채 세 사람 머리 위에 떠 있었다.

그 위로 푸르스름한 빛을 흩뿌리는 달이 아스라이 보였다.

파파아아—

옷자락 펄럭이던 소리는 거센 바람 소리로 변했다.

밤하늘에는 네 개의 커다란 검은 물체가 날개를 퍼덕인 채 네 방위에서 하강하고 있었다.

그 네 물체의 복판에는 커다란 검은 마차 같은 것이 있었는 데 그것 역시 육중하게 하강했다.

눈이 빠른 화무린이었지만 그조차도 그것이 무엇인지 금

세 식별할 수가 없었다.

세상에 그런 물체가 있으리라고는 상상조차 하지 못한 이들 세 사람이었다.

콰아아!

"우웃!"

"와아앗!"

그 물체들이 점차 지상과 가까워질수록 거센 바람은 태풍으로 변하고 있었다.

바닥에 주저앉아 있던 가장 뚱뚱한 함도의 몸뚱이가 데구루루 둑 아래로 굴러 떨어질 정도였다.

현조는 날아가지 않으려고 안간힘을 썼지만 끝내 몸이 붕 떠올랐다가 삼 장 밖으로 내팽개쳐졌다.

화무린만이 두 발에 내공을 집중시킨 채 우뚝 서서 그 놀라운 광경을 지켜볼 뿐이었다.

쿵!

철그렁!

검은 마차가 육중하게 홍교의 다리 한복판에 내려앉는 순간 돌로 만든 다리 전체가 무너질 듯이 잠시 동안 요란하게 흔들리다가 멈추었다.

"아!"

앞을 쳐다보던 화무린의 입에서 저절로 경탄성이 터져 나왔다.

그의 대여섯 걸음 앞에 날개를 접은 채 웅크리고 있는 것은 분명 독수리였다.

잡티 한 점 섞이지 않은 흑 일색(一色)의 흑붕(黑鵬).

게다가 송아지보다도 조금 더 큰 엄청난 크기였으며 깃털 하나가 쟁반 하나 크기였다.

또한 흑붕의 두 눈에서 뿜어지는 눈빛은 가히 뇌전(雷電)을 방불케 할 정도로 강렬했다.

그런 흑붕이 한 마리도 아니고 전후좌우에 네 마리나 내려앉아 고개를 꼿꼿하게 세운 채 순한 말처럼 묵묵히 있었다.

조금 전 현조와 함도를 날려 보냈던 태풍은 네 마리 흑붕이 하강하면서 날갯짓을 한 때문이었다.

화무린의 놀란 눈길이 앞쪽에 있는 흑붕의 등으로 향했다.

복륜(覆輪:갑옷이나 안장의 장식)으로 치장한 안장 위에 한 명의 흑포인이 한 자루 검고 긴 창을 움켜쥔 채 늠연히 앉아 있었다.

그는 얼굴에 눈구멍만 두 개 뚫린 금면(金面)을 썼는데 눈빛은 조금도 흘러나오지 않고 깊숙이 가라앉아 있었다.

흑포에 금면, 그리고 흑색 창.

그리고 금면의 이마 부분에 '라(羅)'라는 한 글자가 금빛으로 새겨져 있었다.

아마도 그 '라' 자가 그를 나타내는 표시인 듯했다.

화무린은 그를 보는 순간 동시에 두 가지를 느끼고 깨달왔다.

본 적은 없지만 그의 외모가 지옥에 산다는 야차(夜叉) 같다는 것과 그가 바로 삼 년 전에 화무린 자신에게 구중천에 대해서 말해주었던 괴인물이라는 사실이었다.

화무린은 이 상황에서 추호의 두려움도 낯섦도 느껴지지 않았다. 아니, 오히려 괴인물을 다시 만났다는 사실이 그지없이 반가울 뿐이었다.

그는 금면인을 향해 단지 가볍게 고개를 끄덕이는 것으로 삼 년 만의 재회를 대신했다.

물론 금면인이 삼 년 전의 그 괴인물이라고 단정했기 때문에 가능한 행동이었다.

예상했던 대로 금면인은 화무린의 아는 체에도 아무런 응대를 하지 않았다.

그 즈음 현조는 화무린 뒤에 서 있었는데 만면에는 그가 지금껏 한 번도 지어본 적이 없는 경악지색을 가득 떠올린 채 눈앞에 펼쳐진 광경에서 시선을 떼지 못했다.

"돈은 준비했느냐?"

그때 무슨 일이 있어도 입을 열 것 같지 않을 듯한 모습의 금면인의 금면 사이로 나직한 음성이 흘러나왔다.

화무린의 입가에 미소가 피어났다.

깊디깊은 지저(地底)에서 땅거죽을 뚫고 흘러나오는 듯한 금면인의 음성은 삼 년 전의 그 괴인물의 음성과 같았다.

과연 화무린의 짐작은 틀리지 않았다.

이상한 일이지만 그는 금면인에게서 묘한 친밀감을 느꼈다.

그것은 같은 방을 썼던 기녀 상명이나 삼 년 동안 우정을 나누었던 현조에게서는 결코 느끼지 못한 감정이었다.

화무린에게 금면인은 은인이고 구세주였다.

그가 아니었다면 화무린은 아직도 어느 명문가의 문전을 기웃거리고 있거나 마음이 급한 나머지 성에 차지도 않는 문파에서 시답잖은 무공을 익히고 있을지도 몰랐다.

화무린은 현조를 쳐다보며 가볍게 고개를 끄덕였다. 가지고 온 금원보를 금면인에게 주라는 뜻이었다.

하지만 현조는 머뭇거리다가 금원보가 담긴 가죽 주머니를 화무린에게 내밀었다.

그의 해쓱해진 얼굴은 돈을 자신이 직접 금면인에게 갖다주는 것이 엄두도 나지 않는다는 뜻을 대신하고 있었다.

금면인도 금면인이지만 금원보를 갖다주려면 그가 올라타고 있는 흑붕 앞으로 다가가야만 하는데, 가까이 가기만 하면 흑붕이 세상에 존재하는 그 어떤 기형무기보다 더 섬뜩한 모습의 강철 같은 부리로 당장이라도 쪼아댈 것만 같았다.

아니, 쪼기도 전에 그 뇌전 같은 흑붕의 눈빛을 마주치는 것이 더 소름 끼쳤다.

현조는 가죽 주머니를 화무린에게 내밀면서 슬쩍 그의 얼굴을 보다가 부끄러운 표정을 지었다.

그러나 화무린은 겁을 먹기는커녕 오히려 밝은 얼굴에 미소까지 짓고 있었다.

마치 오랜 방황 끝에 그리운 집으로 돌아가는 사람의 표정이 그럴 것이다.

그래서 언제나 느끼는 것이지만 현조는 이 순간에도 화무린이 모든 면에서 자신보다 월등하다는 사실을 다시 한 번 절감하지 않을 수 없었다.

"조야, 저 자식 데리고 와라."

화무린은 그런 사실을 증명이라도 하는 듯 냇가 둑 아래 풀밭에 엎어져 혼절해 있는 함도를 턱으로 가리키고는 서슴없이 흑붕을 향해 성큼성큼 걸어갔다.

그르르—

흑붕은 낮은 울음을 흘리면서 고개를 약간 숙이고 가까이 다가오는 화무린을 쳐다보았다.

흑붕의 눈에서 뿜어지는 눈빛은 강철이라도 녹여 버릴 듯 강렬했다.

현조는 조마조마한 마음으로 화무린을 쳐다보고 있다가 낯빛이 해쓱하게 변하고 말았다.

화무린이 흑붕 앞에 멈춰 서더니 손을 들어 아무렇지도 않은 듯이 흑붕의 강철 같은 부리를 부드럽게 쓰다듬는 것을 발견했기 때문이다.

마치 집에서 기르는 개를 쓰다듬는 듯한 모습이었다.

그런데도 흑붕은 비단 화무린을 쪼아대지 않을뿐더러 오히려 그의 어깨에 부드럽게 부리를 비비면서 마치 오래전부터 잘 알고 있는 사람을 대하듯 친근하게 굴었다.

그 광경을 굽어보는 금면인의 깊숙이 가라앉은 눈이 가볍게 일렁였다가 사라졌지만 아무도 발견하지 못했다.

'무린 저놈은 정말…….'

현조는 자신이 죽을 때까지도 화무린의 간담은 당해내지 못할 것이라고 다시 한 번 자인해야만 했다.

화무린은 흑붕 옆에 우뚝 서서 금면인을 향해 가죽 주머니를 가볍게 던져 올렸다.

척!

금면인은 가죽 주머니를 받아 든 뒤 확인도 하지 않고 자신이 깔고 앉은 안장처럼 생긴 곳의 주머니에 던져 넣은 후 짧게 말했다.

"타라."

그는 삼 년 전 화무린에게 주었던 물건을 달라고 하지 않았다.

화무린이 앞서고 혼절한 함도를 어깨에 들쳐 멘 현조가 뒤따르며 흑붕 곁을 스쳐 지나갔다.

그르르—

현조가 아랫배에 잔뜩 힘을 주고 옆을 스쳐 갈 때 흑붕이 낮게 울음을 흘리자 그는 자신도 모르게 깜짝 놀라 하마터면 함도를 떨어뜨릴 뻔했다.

현조가 열일곱 살이라는 어린 나이에 북경성 십삼 개 소귀파의 도두령 노릇을 하고 있다면 실력으로나 두뇌 회전, 용감무쌍함이 어느 정도인지 가히 짐작할 수 있는 일이다.

하지만 겉으로 드러나 있는 그의 그런 점들도 선천적으로 타고나 안으로 깊디깊게 감추어져 있는 화무린의 그것에는 결코 미치지 못했다.

화무린과 현조는 검은 마차 옆에 이르러 그것을 보면서 경이롭다는 표정을 지었다.

검은 상자는 전체가 시커먼 흑색이며 폭이 일 장가량인 정사각형의 작은 집 모양이었다.

무엇으로 만들어졌는지 재질은 알 수 없었는데, 지붕의 네 귀퉁이에 날아갈 듯한 비첨(飛檐:번쩍 들린 처마)이 하늘을 향해 솟아 있었으며, 좌우 양쪽에 조그만 창문이 하나씩 있었고, 사면 어딜 봐도 문은 없었다.

그리고 전후좌우에 네 개의 굵은 쇠사슬이 달려 있으며, 그 끝은 각기 전후좌우에 있는 네 마리 흑붕의 몸통과 연결되어 있었다.

스르릉!

'문이 없는데 어떻게 타라는 말이오?' 라는 표정으로 화무린이 금면인을 쳐다보려고 할 때 흑색 집에서 작은 음향이 들려왔다.

화무린이 쳐다보자 흑색 집의 그들 쪽에 방금 전까지만 해도 없었던 위로 길쭉한 사각의 입구가 생겨 있었다.

화무린 등이 허리를 굽히며 입구로 들어가는데 금면인의 음성이 들려왔다.

"함구하라."

쿵!

화무린 등이 흑색 집 안으로 들어서자 등 뒤에서 묵직한 소리를 내며 입구가 닫혔다.

하지만 화무린은 돌아보지 않았다. 그는 지나온 것보다는 앞에 펼쳐져 있는 것에 더 관심있었다.

집, 아니, 이동하는 기구이므로 가마라고 하는 편이 옳았다.

그것도 날아다니는 가마이니 비행교(飛行轎) 정도의 이름이 어울리는 그 안은 뜻밖에 어둡지 않았다. 천장에 주먹만한 야명주가 하나 박혀 있었기 때문이다.

먼저 그곳에 있던 다섯 쌍의 눈이 막 들어선 화무린 일행을 쳐다보고 있었다.

아니, 그중 한 쌍의 눈은 화무린의 얼굴에 못 박혀 있는데 눈동자에는 놀라움과 반가움이 역력했다.

화무린은 재빨리 실내를 살피다가 그 한 쌍의 눈을 발견하고는 적잖이 놀라서 하마터면 금면인의 함구하라는 말을 잊고 탄성을 터뜨릴 뻔했다.

그 한 쌍의 눈의 주인은 놀랍게도 주자운이었다. 그녀는 말끔한 녹의 경장으로 갈아입은 모습이었다.

'너?'

'당신!'

두 사람은 무언중에 눈빛으로 뜻을 주고받았다.

화무린은 가마 안에 주자운이 타고 있다는 사실 때문에 분명히 크게 놀랐다.

세 시진 전에 처음 만나서 두어 시진 전에 헤어진 그녀가 구중천으로 향하는 가마에 타고 있을 줄은 상상조차 하지 못했다.

화무린은 주자운이 자신을 보고 놀라고 있는 것을 봤지만 그녀와의 해후(?)를 뒤로 미루었다.

일단 이 안이 어떻게 생겼는지, 어떤 사람들이 타고 있는지부터 확인하는 게 순서였다.

가마 안은 사각이었으며, 바닥에서 두 자 높이에 걸터앉을 수 있는 의자가 벽면으로 빙 둘러 돌출되어 있었다.

화무린 일행이 들어선 입구 맞은편에 각기 다른 행색의 남자 두 명이 앉아 있었다.

그리고 그 좌측에 한 명의 청년과 주자운이 앉았으며, 그 맞은편에 한 명의 청년이 앉았고 나머지 한 면은 비어 있었다.

한 가지 희한한 것은 방금 화무린 일행이 들어온 입구가 감쪽같이 사라져 버린 대신에 그곳에도 어느새 벽면에서 돌출한 의자가 생겼다는 사실이었다.

화무린은 일단 입구가 사라진 후에 생긴 쪽의 의자에 앉았다.

현조는 화무린의 왼편에 나란히 앉았고, 그 둘이 앉은 왼쪽 면으로 한 명의 청년이 혼자 앉아 있는 의자에 함도를 앉혀놓았는데, 정신을 잃은 상태인 함도가 자꾸 자기 쪽으로 쓰러지듯이 기대자 청년은 인상을 쓰면서 함도를 현조 쪽으로 밀쳤다.

철컹!

그때 가마가 심하게 출렁거리더니 갑자기 바닥이 푹 꺼지는 듯하면서 벼랑 아래로 내던져진 느낌이 온몸으로 확 끼쳐왔다.

마침내 허공으로 떠오른 것이다.

주자운과 현조의 얼굴색이 노랗게 변했다.

조각배를 타고 풍랑이 몰아치는 바다에 떠 있는 것 같은 출렁임이었기 때문에 어지러움을 느낀 것이다.

함도는 옆에 앉은 청년의 어깨에 눕듯이 비스듬히 기댄 자세에서 입으로 꾸역꾸역 토사물을 흘려내고 있었다.

혼절한 중에도 멀미를 하는 것 같았다. 그 바람에 청년의 상의는 금세 더러운 토사물투성이가 되었고, 시큼한 냄새가 삽시간에 실내에 퍼졌다.

확!

청년은 오만상을 쓰면서 함도를 다시 밀쳐 내고는 때리려는 듯이 주먹을 들어올렸지만 끝내 때리지는 않았다.

쿡쿡쿡!

그때 현조의 맞은편이며 함도와 함께 앉은 청년 왼편에 앉은 사람이 재빨리 팔을 뻗어 함도의 목과 어깨, 턱의 세 군데 혈도를 가볍게 찔렀다.

가마가 여전히 심하게 흔들리고 있는 중인데도 그의 동작은 민첩했으며 또 정확했다.

그러자 신기하게도 함도의 구토가 즉시 멈췄다.

구토뿐 아니라 때맞추어 가마의 흔들림도 멈추었다. 가마가 제 궤도에 상승하여 비행을 시작하는 것 같았다.

화무린은 주자운이 자신을 쳐다보고 있다는 것을 느꼈지만 마주 쳐다보지 않았다. 그는 그녀보다 실내의 다른 인물들에게 더 흥미를 느꼈다.

화무린은 함도 옆에 앉은 청년을 쳐다보았다.

그는 갈색 경장 차림에 오른쪽 어깨에는 한 자루 장검을 메었으며 눈매가 매섭고 턱이 뾰족한, 강파르게 생긴 외모에 나이는 이십대 초반으로 보였다.

그는 오만상을 쓰면서 손수건으로 상의에 묻은 토사물을 닦아내느라 여념이 없었다.

그러다가 그는 문득 누군가의 시선을 느끼고 고개를 들었다가 그 시선의 주인이 화무린이라는 것을 깨닫고는 잡아먹을 듯 인상을 쓰며 뭐라고 입술을 달싹였다.

말이 되어 입 밖으로 나오지는 않았지만 화무린은 입 모양을 보고 그 말이 '개새끼'라는 것을 즉시 알아차렸다.

재수없는 놈.

화무린은 이번에는 방금 전 함도가 토하는 것을 멈추게 한 사람에게 슬쩍 시선을 주었다.

그 사람은 평범한 청의 유삼을 입은 십오륙 세가량의 소년인데 머리를 수건으로 겹겹이 묶은 모습이었다.

모자나 두건은 머리에 쓰거나 없는 것이 보통인데 그 소년은 귀 윗부분을 온통 수건으로 감쌌다는 것이 특이했다.

그러나 특이한 점은 단지 그것뿐 아담한 체구에 아담한 용모, 누가 보더라도 보는 순간 마음을 턱 놓을 것 같은 선하디선한 인상의 소유자였다.

마침 유삼소년도 화무린을 보고 있다가 눈이 마주치자 수줍은 듯 얼굴을 붉히면서 가볍게 고개를 숙여 보였다.

목례였지만 화무린은 화답하지 않았고, 오히려 시선을 그 옆에 앉은 사람에게 옮겼다.

보통 사람 같으면 기분이 나쁠 텐데도 유삼소년은 현조를 보며 역시 목례를 해 보이고 있었다.

그러나 현조도 화무린만큼 뚝뚝한 성격이라 '뭐야?' 하는 표정으로 인상을 확 쓰고는 외면해 버렸다.

그런데도 유삼소년은 조금도 기분 나빠하는 얼굴이 아니었다.

유삼소년 옆에 앉아 있는 사람은 홍의를 입었으며 체구가 현조와 거의 맞먹을 정도로 장대했다.

한 자루 붉은 도를 어깨에 메었는데, 시커먼 구레나룻이 턱까지 뻗어 내렸다.

부리부리한 눈과 우뚝 솟은 큰 코, 한일 자로 굳게 다물려 있는 입. 이제 막 소년에서 청년이 되려는 나이로 보였으며, 외모에서부터 영웅호걸의 기상이 물씬 풍겨져 나왔다.

홍의청년은 화무린이 자신을 쳐다보자 무표정한 얼굴로 잠시 마주 쳐다보다가 고개를 돌려 버렸다.

그 작은 행동에서 그가 자신 외의 것에는 무관심한 성격이라는 것을 알 수 있었다.

화무린의 시선이 다시 좌측으로 흘러 주자운 옆에 앉아 있는 청년에게 옮겨졌다.

그는 주자운의 호위무사인 마빈이었다.

마빈은 꼿꼿하게 앉아서 정면을 주시하고 있는데 추호도 흔들림이 없는 모습이었다.

문득 그는 화무린의 시선을 느꼈는지 마주 쳐다보았다.

두 사람의 눈길이 허공에서 정면으로 부딪쳤다.

순간 화무린은 마빈의 쏘는 듯한 눈빛 때문에 동공이 파열

되는 듯한 충격을 받았다.

'웃!'

그는 급히 시선을 거두었다.

누군가의 눈길을 피한 것은 태어나서 처음이었다. 그런데도 한참이나 눈이 찌릿찌릿 아팠다.

화무린이 다시 마빈을 쳐다보았을 때 그는 처음처럼 정면을 주시한 채 아무 일도 없었다는 듯한 표정을 하고 있었다.

화무린이 한동안 쳐다보고 있었지만 두 번 다시 그에게 눈길을 주지 않았다.

화무린은 그가 보통 이상의 내공을 소유한 무림고수일 것이라고 확신했다.

방금 자신의 눈이 파열될 것처럼 고통스러웠던 이유는 상대가 안광에 내공을 실었기 때문이라고 짐작한 것이다.

이윽고 화무린은 실내의 모든 사람들을 둘러본 후 마지막으로 마빈의 옆, 그러니까 화무린 자신과 가장 가깝게 앉아 있는 주자운에게 시선을 던졌다.

그녀는 멀미 때문에 가만히 눈을 감고 있었는데, 잠시 후 무언가를 느꼈는지 사르르 눈을 뜨고는 화무린을 바라보았다.

눈이 마주치자 주자운은 엷은 미소를 지어 보였다. 그러나 누구에게서나 볼 수 있는 흔한 미소가 아니었다.

"……!"

그러자 화무린은 가벼운 현기증을 느꼈다. 이런 종류의 어지러움은 난생처음이었다.

현기증이라니…….

그는 다시 눈에 힘을 주고 주자운을 쳐다보았다.

그녀는 여전히 미소를 보내고 있었지만 어찌 된 일인지 방금 전 같은 현기증은 느껴지지 않았다.

화무린은 무엇 때문에 그녀를 보는 순간 현기증을 느끼게 된 것인지 영문을 몰랐다.

그 의문은 그 후로도 몇 년 동안이나 풀리지 않았다.

그녀를 한 명의 여자로 받아들이게 되는 그날까지.

그우우―

그때 가마의 한쪽이 크게 기울었다.

허공중에서 선회를 하는 모양인데 선한 얼굴의 유삼소년 쪽이 위로 올라가고 화무린 쪽이 급격하게 아래로 기울었다.

그 바람에 주자운이 중심을 잃고 엉덩이가 의자에서 떨어져 앞쪽으로 한 자가량 밀려 나왔다가 급기야 몸의 균형을 잃고 화무린 쪽으로 쓰러져 왔다.

그 와중에도 그녀는 비명을 지르지 않으려고 두 손으로 힘껏 자신의 입을 틀어막고 있었다.

마빈이 급히 손을 뻗어 그녀를 잡으려고 했지만 간발의 차이로 늦고 말았다.

화무린은 자신을 향해 쓰러지는 주자운을 안으려고 급히

두 팔을 뻗었다.

다행히 그녀는 바닥에 넘어지지도 않았으며, 화무린과 부 딪치기 직전에 그가 허리를 안는 바람에 자연스럽게 그의 무 릎에 앉는 자세가 되고 말았다.

더구나 주자운은 엉겁결에 두 팔로 화무린의 목을 끌어안 고 말았다.

기우우—

가마가 방금 전과 같은 방향으로 한차례 더 크게 기울었다. 그 바람에 두 사람의 몸은 더욱 밀착되면서 얼굴이 정면으로 맞부딪쳤다.

"……!"

"……!"

순간 두 사람 다 눈을 동그랗게 뜨며 놀라고 말았다. 두 사 람의 입술이 정면으로 딱 붙어버린 것이다.

하지만 다른 사람들은 주자운의 뒤통수만 볼 수 있었을 뿐 입술이 붙은 것은 볼 수가 없었다.

현조도 균형을 잡으면서 멀미를 이겨내느라 눈을 질끈 감 은 채 몸을 잔뜩 뒤로 밀착시키고 있는 중이어서 화무린과 주 자운을 보지 못한 듯했다.

게다가 그 순간 함도가 기어코 의자에서 미끄러져 바닥에 내동댕이쳐지는 작은 소동이 벌어졌다.

이상한 일이었다.

가마가 화무린 쪽으로 잔뜩 기울어져서 주자운의 몸과 얼굴이 그의 몸과 얼굴을 짓누르고 있다고는 하지만 그녀가 얼굴만 약간 돌리면 두 사람의 붙어 있는 입술은 즉시 떼어질 수 있는 상황이었다. 그런데도 그녀는 그러지 않았다.

아니면 그러지 못한 것일까?

하지만 더 모를 것은 화무린이었다. 그 역시 얼굴을 돌리지도 주자운을 밀치지도 않은 채 가만히 있었다.

이유도 목적도 없었다.

그저 주자운의 입술이 자신의 입술에 맞붙는 순간 정신이 그대로 멈춰 버렸다.

그저 아주 부드럽고 촉촉하다는 느낌만 입술을 통해서 전해질 뿐이었다.

그렇게 입술이 붙어버린 남녀는 서로의 허리와 목을 끌어안은 채 억겁 같기도 하고 일수유(一須臾) 같기도 한 시간 동안 최초의 경험을 하고 있었다.

마침내 가마가 요동을 멈추었다.

그와 동시에 화무린과 주자운은 같은 순간에 정신을 차리고 급히 입술을 뗐다.

그때 화무린은 주자운 뒤에 마빈이 우뚝 서 있는 것을 발견했다.

마빈은 바윗덩이 같은 표정으로 예의 쏘는 듯한 눈빛으로 화무린을 굽어보고 있었다.

그가 언제부터 그곳에 서 있었는지는 알 수 없지만 두 사람의 입술이 붙은 것을 보지는 못했을 것이다. 그에게 사람의 몸을 투시하는 신통한 재주가 없다면 말이다.

마빈이 주자운의 팔을 잡아 원래의 자리로 인도하는데, 그 행동이 얼마나 극진하고 공손한지 그것을 보고서도 그가 주자운의 아랫사람이라는 사실을 단번에 알아차리지 못하는 사람은 함도를 제외하곤 아무도 없었다.

하지만 정작 당사자인 마빈은 그런 것을 조금도 개의치 않았다.

"연놈들, 이런 데까지 와서 부둥켜안고 지랄이냐?"

그때 갈색경장청년이 화무린과 주자운을 번갈아 보면서 인상을 쓰며 이죽거렸다.

화무린과 마빈의 칼날 같은 눈빛이 동시에 갈색경장청년의 얼굴에 꽂혔다.

척!

"뭘 봐, 이 새끼들아?! 눈깔을 뽑아주랴?!"

갈색경장청년은 어깨의 검을 잡으면서 눈을 부라렸다.

마빈의 굵고 짙은 눈썹이 꿈틀하고 꺾였다.

그는 자신의 모욕 따위로 쉽게 발작하는 사람이 아니었다.

그가 참지 못하는 것은 갈색경장청년이 '연놈' 이라고 한 말 중에 '연' 이 주자운에게 한 욕이기 때문이었다.

그긍!

그때 천장 한복판이 열리더니 곧 사각의 넓은 구멍이 생겼다.

그 구멍으로 가마의 지붕에 한 사람이 우뚝 서 있는 것과 그 사람의 어깨 너머로 밤하늘에 떠 있는 하얀 달이 보였다.

지붕에 서 있는 사람은 금면인이었다.

모든 사람의 시선이 일제히 금면인에게 집중되었다.

슈욱!

순간 금면인에게서 하나의 흑색 빛살이 가마 안을 향해 번갯불처럼 뿜어졌다.

"캑!"

흑색 빛살은 순식간에 갈색경장청년의 목을 휘감아 버렸다.

가마 안의 사람들이 놀라는 것도 잠시, 더 놀라운 일이 직후에 벌어졌다.

금면인이 팔을 슬쩍 잡아당기는 시늉을 하자 갈색경장청년의 몸이 천장의 구멍을 통해 쏜살같이 밖으로 쏘아 올라갔다.

화무린이 앉아 있는 위치에서는 위로 끌려 올라간 갈색경장청년의 모습이 보였다.

그는 가마를 벗어나 달 쪽 허공으로 조금 더 솟구쳐 오르다가 아래로 쑥 꺼지면서 화무린의 시야에서 사라져 버렸다.

그리고는 지붕 밖에서 가마 아래쪽 지상으로 길게 이어지는 처절한 비명이 있었다.

"으아아—!"

쿵!

천장이 다시 닫혔다.

실내에는 괴괴한 적막이 흘렀다. 그러나 그 적막은 최초의
적막과는 의미가 달랐다.

사람들은 갈색경장청년이 가마에서 까마득한 지상을 향해
추락했다는 사실과 금면인이 왜 그를 죽였는지에 대해서 이
유를 고심할 필요는 없었다.

—함구하라!

가마에 있는 모두는 타기 직전에 금면인으로부터 그런 짧
은 명령을 들었었다.

그리고 갈색경장청년은 그것을 위반했다.

금면인의 말은 구중천의 법이었다. 그것을 어기면 곧장 죽
음으로 이어진다.

구중천으로 가려는 것이 처음부터 장난은 아니었지만 이
것은 정말 장난이 아니었다.

가마의 사람들은 비로소 구중천이 지니고 있는 '공포'라
는 것의 만분의 일쯤 경험하게 되었다.

화무린은 방금 전에 갈색경장청년의 목을 휘감았던 흑색

빛살이 무엇인지 알지 못했다.

하지만 세 사람, 마빈과 홍의청년, 유삼소년은 그것이 흑색의 채찍이었다는 사실을 한 박자 늦게 깨달았다.

최소한 그들 세 사람은 화무린보다 눈이 빠르다는 뜻이었다.

또한 까마득한 밤하늘을 날아가는 흑붕의 등에서 가마의 지붕으로 옮겨 탄 후 갈색경장청년에게 징벌을 가한 금면인의 놀라운 재주는 모두의 가슴에 작은 두려움을 새기기에 충분했다.

화무린은 부지중 주자운을 쳐다보았다.

그녀는 쓰러지듯이 마빈의 어깨에 기대어 있었다.

그리고 마빈은 굵고 긴 팔로 주자운의 가녀린 몸을 굳게 안아주고 있었다.

화무린의 시선이 바닥에 널브러져 있는 함도에게 향했다.

함도는 혼절해 있었기 때문에 '함구하라' 는 명령을 듣지 못했다. 만약 비행 중에 함도가 깨어나 자칫 한마디라도 뱉어낸다면 그것으로 그의 인생은 끝날 것이다.

화무린은 함도의 부친 축록방주 함중이 '네가 할 수 있는 한 내 아들에게 최선을 다하라. 그것이면 족하다' 라고 했던 말을 기억해 내곤 가볍게 인상을 썼다.

화무린은 눈살을 찌푸린 채 함도를 물끄러미 굽어보다가 한 가지 방법을 생각해 내고는 유삼소년을 쳐다보았다.

이어서 자신의 입을 가리키고 나서 함도를 가리키며 쿡쿡 혈도를 찌르는 시늉을 해 보였다.

혹시 말을 못하게 할 수는 없느냐는 뜻이었다.

유삼소년은 화무린의 의중을 즉시 간파하고 미소를 지으면서 함도의 턱밑과 인중의 혈도 두 군데를 가볍게 찔렀다. 아혈을 제압한 것이다.

이어서 유삼소년은 거구인 함도를 어린아이 다루듯이 가볍게 번쩍 들어올려 의자에 눕혔다. 갈색경장청년이 사라졌기 때문에 자리는 넉넉했다.

화무린은 유삼소년과 홍의청년, 그리고 마빈이 무공을 익혔다는 사실을 짐작했다.

하지만 그런 것은 아무짝에도 쓸모가 없었다.

중요한 것은 구중천에서 살아 나와야 한다는 사실이었다. 그리고 그때 일신에 지니고 있는 무공이 어느 정도냐 하는 것이다.

가마 안은 다시 적막을 되찾았다.

그렇게 화무린을 비롯한 일곱 명은 구중천으로 가고 있었다.

第九章

팔대지옥(八大地獄)

구중천
九重天

무(武)에 관한 한 어떤 요구든 이루어준다.

단, 두 가지 조건이 충족될 경우에만 가능하다.

첫째는 은자 일만 냥.

마지막에는 살아서 나올 것.

그리하면 원하는 무공을 얻을 수 있을 것이며 구중천의 실체를 볼 수 있다.

이상이 구중천에 대해서 무림에 알려져 있는 소문의 전부였다.

아마도 그 소문은 구중천에서 살아서 나온 누군가의 입에서 흘러나왔을 것이다.

'아!'

화무린은 의자를 딛고 서서 한껏 키를 높이고는 조그만 창 밖으로 아래를 굽어보다가 속으로 탄성을 터뜨렸다.

아래에 펼쳐져 있는 것은 끝없는 망망대해였다.

보이는 것은 온통 바다뿐이었다.

그리고 아스라한 수평선 끝에서 막 시뻘건 불덩이가 모습을 드러내고 있었다.

태양이었다.

그가 보고 있는 중에도 일출은 빠르게 진행되어 어느새 태양의 밑 부분이 수평선 위로 둥실 떠올랐다.

가마의 좌우 높은 곳에 있는 두 개의 조그만 창을 통해서 햇살이 스며들자 가마 안의 사람들은 비로소 몸을 일으켜 창으로 모여들기 시작했다.

문득, 화무린은 누군가 자신의 옷자락을 가만히 잡아당기는 것을 느끼고 아래를 쳐다보다가 자신을 빤히 올려다보고 있는 주자운을 발견했다.

그녀도 바깥이 보고 싶은 모양이었다.

화무린이 그녀에게 손을 뻗자 그녀 뒤에 서 있던 마빈이 그녀의 허리를 잡고 가볍게 들어올려 화무린의 옆에 올려놓았다.

이후 마빈은 화무린에게 비키라는 눈짓을 해 보였지만 화무린은 모른 체했다.

오히려 화무린은 주자운을 자신의 앞에 세운 후 두 손을 그녀의 겨드랑이에 낀 후 번쩍 들어올려 그녀가 창밖을 내다볼 수 있게 해주었다.

마빈의 인상이 어떻게 일그러졌는지는 알지 못했고 궁금하지도 않았다.

어쨌든 그는 뒤에 있었으므로 보이지 않았다.

자연히 주자운의 엉덩이가 화무린의 가슴에 얹힌 듯한 자세가 되고 말았다.

그리고 화무린의 두 손이 그녀의 겨드랑이 안쪽 봉긋한 젖가슴을 절반쯤 덮는 형국이 돼버렸다.

하지만 화무린도 주자운도 그것을 크게 인식하지 못했으며 전혀 개의치 않았다.

화무린은 옆으로 고개를 틀어 주자운을 쳐다보았다.

그녀의 얼굴은 태양 빛에 붉게 물들어서 신비한 아름다움을 자아내고 있었다.

맞은편 창에는 유삼소년과 현조가 서로 어깨를 부대껴 가면서 창밖을 내다보고 있었다.

철컹! 철컹!

그때 갑자기 두 개의 창이 닫혀 버렸다.

누가 설명해 주지도 않았지만 사람들은 그 순간 깨달았다.

마침내 목적지인 구중천에 도착했다는 사실을.

가마는 낭떠러지에서 추락하는 것처럼 수직으로 쑥 하강했다가 한차례 크게 진동한 후 멈추었다.

이후 양쪽의 입구가 열렸기 때문에 가마 안에 타고 있던 일곱 명은 가마 밖으로 쏟아지듯이 나갔다.

그곳은 어느 건물 안인 듯했으며, 팔각형의 드넓은 광장이었다. 광장 한복판에 가마가 놓여 있었는데, 가마를 끌던 네 마리 흑붕은 보이지 않았다.

일곱 명이 금면인 앞으로 모여드는 짧은 시간에 화무린은 재빨리 주변을 둘러보았다.

광장 전체는 검은 윤기가 도는 흑오석으로 이루어졌으며 지름이 삼십여 장에 이를 정도로 거대했다.

팔각의 각(角)마다 육중한 철문이 광장 둘레에 도합 여덟 개가 있었으며, 바닥에서 오 장 정도의 높은 천장 곳곳에는 굵은 야명주가 박혀서 광장 전체를 밝혀주었다.

한마디로 광장은 사방과 위아래가 완벽하게 막혀 있었다.

조금 전에 가마는 위에서 아래로 수직으로 하강했었다.

그러니 사방이 막혀 있더라도 천장이 뚫려 있어야 이치에 맞았다.

그런데 천장은 무쇠인지 돌덩이인지 모를 것으로 물샐틈

조차 없이 막혀 있지 않은가.

일곱 명은 금면인 앞에 나란히 늘어섰다.

화무린의 오른쪽에는 현조와 함도가 섰고, 왼쪽에는 주자운과 마빈, 그리고 유삼소년과 홍의청년은 뒤에 섰다.

함도는 도착하기 얼마 전에 깨어나서 목소리가 나오지 않는다며 목을 움켜잡고 지랄 발광하는 것을 유삼소년이 손짓 발짓으로 끈기있게 상황을 설명하고는 절대 말하지 말라고 신신당부한 뒤에 혈도를 풀어주었다.

함도에게 신경 쓰는 사람은 유삼소년뿐이었다. 정작 함께 온 화무린과 현조는 아예 함도를 거들떠보지도 않았다.

유삼소년이 함도에게 친절한 것은 특별히 그가 마음에 들어서가 아니라 누구에게나 친절한 그의 선한 성품 때문인 것 같았다.

함도는 거구에 어울리지 않게 현조의 팔을 꼭 붙잡은 채 얼굴과 두 눈에 공포가 가득했다.

"이곳은 팔대지옥(八大地獄)의 입구다."

금면인의 자욱한 어둠 같은 음성이 모두의 뼛속으로 스며들더니 뇌를 쥐어뜯으며 뒤흔들었다.

그 말을 듣고 모두의 안색이 급변한 것은 두말할 나위도 없다.

"아미타불, 이곳은 구중천이 아닙니까?"

그때 유삼소년이 나직하게 불호를 외면서 모두의 의문을

대표하여 물었다.

그는 함구하라는 명령을 깼다.

하지만 그것이 가마 안에서만 국한된 것인지 이곳에서도 유효한 것인지 아무도 자신하지 못했다. 아직까지도 유효하다면 유삼소년은 죽음을 면키 어려울 것이다.

더구나 유삼소년이 중들처럼 불호를 외웠다는 사실을 중인들은 상황이 너무 중차대해서 별로 신경 쓰지 않았다.

"아직은 아니다. 너희가 팔대지옥을 모두 통과한다면 구중천에 오를 수 있을 것이다."

금면인의 대답에 이번에는 홍의청년이 물었다.

"우린 구중천에 들고자 왔소. 팔대지옥 따위는 아니오."

그는 금면인을 두려워하는 것 같지 않은 표정이었다. 아니, 구중천 자체를 두려워하지 않는 것 같았다.

"구중천에 들려는 자는 누구든 팔대지옥을 거쳐야 한다. 예외는 없다. 번복할 수 있는 기회는 지금뿐이다. 선택해라."

주자운이 질문을 이었다.

"본격적인 무공 수련을 위해서 팔대지옥이라는 관문이 필요한 것인가요?"

"그렇다."

"원래 불가(佛家)에서는 팔한지옥(八寒地獄) 여덟 곳과 팔열지옥(八熱地獄) 여덟 곳을 합친 열여섯 개의 지옥을 통칭해서 팔대지옥이라고 하는데, 이곳의 팔대지옥은 모두 열여섯 곳인가요?"

"그렇다."

"우리가 팔대지옥을 통과했다는 것을 어떻게 증명하죠?"

"팔대지옥 열여섯 곳은 모두 연결되어 있으며 연결 지점의 모처에 팔대지옥 각각을 나타내는 신물(信物)이 있다. 팔대지옥 열여섯 개의 신물을 모두 취하면 즉시 과옥자(過獄者)가 되어 구중천에 오르게 된다."

과옥자, 즉 팔대지옥을 모두 통과한 자를 일컬음이다.

구중천에 오는 자는 평등하다.

그러므로 금면인이 하대를 하는 것은 당연했고, 주자운이라고 해서 예외가 아니다.

만약 그것이 불만이라면 이곳까지 오지 않거나 지금이라도 돌아가면 된다.

금면인은 선택하라고 했지만 돌아갈 것 같았으면 여기까지 오지도 않았을 것이다.

그러므로 당연히 돌아가겠다고 나서는 사람은 아무도 없었다.

"구중천에서 죽은 자들의 뼈 칠 할이 팔대지옥에 묻혀 있다. 각 지옥은 야차(夜叉)와 나찰(羅刹)들이 관장하는데, 너희는 살아남기 위해서 무엇이든 할 수 있다."

구중천을 일컬어 입백출일이라고 했다.

즉, 백 명이 들어가서 단 한 명만 살아서 나온다는 뜻인데, 팔대지옥에서 칠 할이 죽는다는 것이다.

항거할 수 없는 공포와 전율이 갈대 숲에 이는 미풍처럼 광장을 스치며 모두를 전율에 떨게 만들었다.

이 순간 금면인 앞에 서 있는 일곱 명은 언제 꺾일지 모르는 일곱 개의 갈대가 되었다.

그때 홍의청년이 중얼거렸다.

"무엇이든 할 수 있다… 라고 하면 야차와 나찰을 죽여도 된다는 뜻이오?"

"물론이다. 오히려 그들을 죽이면 상이 주어진다."

모든 것이 악법(惡法)만은 아니었다.

구중천에 드는 자들에게 유리한 규칙도 있었다.

"야차 한 명을 죽이면 팔대지옥 절반을, 야차 둘을 죽이면 팔대지옥 전체를 통과한 것으로 간주하며, 야차 네 명이나 나찰 한 명을 죽이면 팔대지옥 전체 통과는 물론 원하는 무공 한 가지를 더 배울 수 있도록 해준다. 또한 팔대지옥을 통과한 자에게서 그가 지니고 있던 물건을 탈취해도 무방하다."

놀라운 사실이었다. 그 말은 또 나찰의 능력이 야차 네 명과 맞먹는다는 뜻이기도 했다.

"호오~! 이제야 말이 좀 되는군."

홍의청년은 눈에서 새파란 안광을 폭사시키며 살기 어린

미소를 지었다.

"내가 알기로는 구중천이 생긴 지 삼십 년쯤 됐는데 여태 야차나 나찰을 죽인 인물이 있었소?"

"일곱 명이 죽었다."

"죽은 것은 야차요, 나찰이오? 몇 명이나 죽었소?"

"야차 다섯 명과 나찰 두 명이다."

"……."

홍의청년은 말도 안 된다는 표정을 지었다.

삼십 년 동안 구중천에 든 자는 셀 수도 없을 것이다. 그런데 고작 일곱 명이라니…….

하지만 그 정도로 기가 죽을 홍의청년이 아니었다. 그는 금면인 앞으로 다가가 우뚝 서서 그의 금면을 쏘아보았다.

"당신은 어떻소? 만약 당신을 죽이면 어떤 혜택이 주어지느냐는 것이오."

금면인은 나직이 중얼거렸다.

"팔대지옥 전체를 통과한 것으로 간주하여 즉시 구중천으로 올라갈 수 있을 뿐만 아니라 일 갑자의 내공을 주며 한 가지 무공을 더 선택할 수 있다."

그 순간 모두의 얼굴에 커다란 놀라움과 한줄기 희망의 표정이 동시에 피어났다.

그때 유삼소년이 금면인의 금면 미간에 새겨져 있는 '라'라는 글을 가리키며 낮게 외쳤다.

"혹시 당신은 모든 야차와 나찰들의 우두머리인 '금비라(金比羅)'가 아닌가요?"

금면인은 대답하지 않았다. 그러나 중인은 그의 무답(無答)을 시인으로 받아들였다.

모두의 시선이 금면인의 미간에 새겨진 금빛의 한 글자 '라'에 집중됐다.

화무린은 어릴 때부터 신동이라는 소리를 귀가 따갑게 들을 정도로 고금의 수많은 책들을 두루 섭렵했다.

글을 깨우친 두 살부터 일곱 살까지 그가 읽은 책은 수천 권에 달했으며 언제나 손에서 책을 놓은 적이 없었다. 그런 그가 금비라가 무엇을 뜻하는지 모를 리 없었다.

문득 유삼소년이 떨리는 목소리로 중얼거렸다.

"설마… 구중천에 팔부중(八部衆)이 모두 있는 건가요?"

"그렇다."

금면인의 무심한 짧은 대답에 중인의 안색이 백지장처럼 새하얗게 변했다.

팔부중은 불법(佛法)을 수호한다는 팔신장(八神將)을 가리킨다.

즉 천(天), 용(龍), 야차, 건달바(乾達婆), 아수라(阿修羅), 가루라(迦樓羅), 긴나라(緊那羅), 마후라가(摩睺羅迦) 등인데, '천'과 '용'이 포함됐기 때문에 '천룡팔부(天龍八部)'라고도 부른다.

그중 금비라는 야차들의 왕, 즉 야차왕인 것이다.

중인이 사색이 된 이유는 팔부중 여덟이 이곳 구중천에 모두 있다는 것이다.

구중천의 뿌리가 불교적인지 어쩐지는 알 수 없고 또 알 필요도 없는 일이다.

하지만 금면인 금비라가 수많은 야차와 나찰들을 거느리고 있다면 다른 일곱도 그럴 것이라는 사실은 매우 중요했다.

원래 불교에서의 팔부중의 우두머리 격인 '천', 즉 제석천(帝釋天)을 제외하면 나머지 칠신중은 신분의 상하가 없다.

또한 각각의 경이로운 능력으로 제석천을 도와 불법을 수호하는데, 그 능력이 하나같이 인간의 상상을 초월한다.

천하에 신비와 공포의 대명사로 자자하게 알려져 있는 구중천이 불교의 팔부중을 본떴다.

그렇다면 그들 각자의 능력 또한 무시무시할 것이라는 아련한 추측에 중인은 자신도 모르게 오금이 저렸다.

그때 홍의청년의 푸르스름하던 눈빛이 한순간 혈광으로 변하는 것을 사람들은 발견하지 못했다.

차앙!

순간 홍의청년이 벼락같이 어깨의 도를 뽑는 것과 동시에 금비라의 정수리를 쪼개어갔다.

어느새 홍의청년은 이것저것 물으면서 금비라의 앞 일곱 자 거리까지 바짝 접근해 있었던 것이다.

팔만 뻗어도 닿을 정도의 가까운 거리에서 팔이 아니라 칼을 그어 내리는 것은 촌음(寸陰)을 열로 쪼갠 찰나지간.

더구나 홍의청년의 일도(一刀)는 결코 평범하지 않은 유명한 도법의 일초식이었으며 최소한 오십 년의 공력까지 실려 있었다.

그 일도가 얼마나 빨랐는지 일류고수인 마빈과 유삼소년이 막 고개를 돌려 쳐다보았을 때 이미 결말이 나버렸다.

껑!

뻐억!

"으악!"

각기 다른 세 마디 소리가 거의 동시에 터져 나왔다.

마빈과 유삼소년이 고개를 돌려 쳐다봤을 때에는 홍의청년이 원래 서 있던 자리에서 뒤쪽으로 빨랫줄처럼 일직선으로 쏜살같이 날아가고 있었다.

홍의청년은 상체가 뒤로 젖혀져서 완전히 누운 자세로 바닥에서 반 장 높이에서 오 장쯤 곧장 날아갔다가 바닥에 떨어져서는 칠팔 장이나 더 밀려가서야 간신히 멈추었다.

중인은 금비라를 쳐다보다가 크게 놀라고 말았다.

그의 왼손에는 절반으로 부러진 도가 쥐어져 있었고, 오른손은 손바닥을 펼쳐서 앞으로 밀어낸 자세를 취하고 있었다.

금비라는 자신의 정수리를 향해 무섭게 그어져 내리는 도를 맨손으로 잡았고, 또 부러뜨렸다.

그리고는 다음 순간, 아니, 동시에 오른손 일장을 홍의청년 가슴에 작렬시킨 것이었다.

사람들이 놀란 표정으로 쳐다보니 부러진 도를 쥐고 있는 금비라의 왼손은 말짱했다.

그렇다고 무슨 외문무공을 익힌 검고 투박한 무쇠 같은 손이 아니라 보통 사람의 손과 다를 바 없었다.

홍의청년은 밀려가던 것이 멈추자마자 벌떡 일어섰기 때문에 중인은 그를 보고 적잖이 놀랐다.

금비라가 홍의청년의 가슴에 일장을 적중시켜서 무려 십이, 삼 장이나 날아가게 했을 정도라면 당연히 즉사하거나 극심한 중상을 입어야 마땅했다.

그런데 홍의청년은 비단 일어섰을 뿐만 아니라 아무 일도 없었다는 듯이 중인 쪽으로 성큼성큼 걸어오고 있지 않은가.

겉모습뿐만 아니라 그는 정말 아무렇지도 않았다.

아니, 바닥에 떨어지고 밀려가면서 팔다리를 약간 긁힌 정도의 상처가 고작이었다.

일격을 가하여 사람을 죽이거나 상하게 하는 것은 무공을 익힌 사람이라면 누구라도 가능하다.

그러나 십이, 삼 장이나 퉁겨져서 날아가게만 하고 전혀 다치지 않게 하는 재주는 결코 쉬운 일이 아니었다.

마빈과 유삼소년은 금비라가 무슨 수법을 사용했는지는 여전히 모르지만 한 가지만은 분명하게 깨달았다.

금비라가 최소한 자신들의 사부와 비슷하거나 한 수 위의 절정고수라는 사실을.

중인은 홍의청년이 무슨 이유로 금비라를 죽이려고 했는지 알 수 있었다.

금비라를 죽이면 팔대지옥 전체가 면제되고 즉시 구중천에 오를 수 있을 뿐만 아니라, 일 갑자의 내공과 한 가지 무공을 더 배울 수 있는 혜택이 주어진다고 했다.

자신이 원하는 한 가지 무공을 얻기 위해서 이곳까지 온 사람들에게 그것은 뿌리치기 어려운 유혹이 분명했다.

하지만 금비라가 어째서 자신을 죽이려고 했던 홍의청년을 죽이지 않았는지에 대해서는 중인들도 이해할 수가 없었다.

그는 함구하라는 명을 어긴 갈색경장청년을 아무렇지도 않게 가마에서 떨어뜨려 죽이지 않았는가.

여태껏 한번도 표정의 변화가 없던 홍의청년이었지만 지금만큼은 얼굴을 붉히면서 머쓱한 표정으로 걸어와 중인 속에 섞여들었다. 수치를 느끼는 것을 보면 역시 그도 인간이었다.

유삼소년은 옆에서 홍의청년의 얼굴을 유심히 주시했다.

'아직 미숙했지만 틀림없는 혈마참(血魔斬)이었어. 그렇다면 이 사람은 마련(魔聯)의 인물인가?'

그러자 홍의청년이 방금 전의 머쓱함을 싹 지우고는 자신을 쳐다보고 있는 유삼소년에게 슬쩍 위협적으로 눈을 부라렸다.

유삼소년은 그저 배시시 미소 짓고 나서 고개를 돌렸다.

"다시 말하지만 팔대지옥에서는 무엇을 해도 허용된다. 단, 그 행위가 실패했을 경우에 대한 책임은 결코 만만하지 않을 것이다."

중인은 금비라의 말을 들으면서 이제 그의 설명이 거의 끝났으며 자신들이 팔대지옥으로 진입할 시기가 다가왔다는 사실을 체감하기 시작했다.

금비라는 홍의청년을 쳐다보았다.

"흑!"

그토록 자신만만하던 홍의청년은 금비라의 눈빛을 접하는 것만으로도 가볍게 숨을 몰아쉬며 움찔했다.

금비라의 무서움은 직접 당해본 홍의청년이 가장 잘 알 터이다. 과연 백문이 불여일견이었다.

"운이 좋았다. 이곳은 구중천도 팔대지옥도 아닌 중립 지대다. 살인이 불허된 지역이지."

그것이었다, 금비라가 홍의청년을 죽이지 않은 이유가.

마침내 금비라의 입에서 최후의 말이 떨어졌다.

"각자 문 앞에 한 명씩 서라."

그러나 아무도 움직이지 않았다.

마치 발바닥에 뿌리가 내린 것 같았다.

금비라의 말이 모두의 귀에 '각자 자신이 뛰어들 불구덩이 앞에 서라'고 들린 것이 분명했다.

주자운과 마빈은 서로의 얼굴을 마주 쳐다보았다.

현조와 함도는 화무린을 쳐다보았다.

유삼소년과 홍의청년은 광장 둘레에 펼쳐져 있는 여덟 개의 철문을 빠르게 쓸어보았다.

마빈은 주자운을 보호하기 위해서 이곳에 왔다. 그녀와 헤어져야 한다면 이곳까지 온 보람이 없었다.

그의 표정이 착잡하게 변할 때 주자운이 고개를 돌려 화무린을 바라보았다.

저벅저벅—

그때 누군가의 발자국 소리가 질식할 듯한 적막과 사람들의 갈등을 가만히 깨뜨렸다.

사람들의 시선이 한곳으로 집중됐다.

그리고 그들은 화무린이 고를 것도 없다는 듯 자신의 정면으로 보이는 철문을 향해 곧장 뚜벅뚜벅 걸어가고 있는 광경을 발견했다.

화무린의 뒷모습을 응시하는 여섯 명의 표정은 제각각이었다.

현조는 어금니를 힘껏 악물었고, 함도는 몸을 와들와들 떠는 바람에 비곗덩이가 멋대로 흔들렸다.

주자운은 잘근 입술을 깨물었다.

그녀의 눈빛이 무언가를 결정하고 있었다.

사박사박―

두 번째 발자국 소리는 주자운의 앙증맞은 발밑에서 흘러나왔다.

나머지 다섯 명의 시선이 일제히 주자운에게 쏠리며 움찔 그들의 몸이 떨렸다.

그중 마빈의 표정이 가장 복잡했다.

주자운의 발길은 화무린을 따라가고 있었다.

네 명의 시선도 주자운의 발길을 따라갔다.

아니, 주자운은 화무린을 따라가는 것이 아니었다.

그녀가 향한 철문은 화무린이 가고 있는 바로 왼쪽 철문이었다.

마빈이 세 번째로 걸음을 옮겼다. 그가 향하는 곳은 주자운의 왼쪽 철문.

후다닥!

뒤이어 현조와 함도가 서로 경쟁이라도 하듯이 달렸다. 그들이 향한 철문은 화무린의 오른쪽.

그러나 달리는 것에서 함도가 현조를 이길 수는 없었다.

결국 현조가 화무린의 오른쪽 철문, 함도가 그 오른쪽 철문을 차지했다.

홍의청년은 가볍게 어이없는 표정을 지었다.

일곱 명 중에서 자신이 가장 특출하다고 여겼던 그는 졸지에 다섯 명에게 뒤처지는 꼴이 되자 이런 상황에서도 자존심이 확 상했다.

'빌어먹······.'

인상을 찌푸리던 그는 어느새 유삼소년이 화무린과는 반대 방향을 향해서 이미 절반이나 걸어가고 있는 것을 발견하고는 아예 얼굴이 밟아놓은 만두처럼 변해 버렸다.

결국 그는 일곱 명 중에서 꼴찌가 되고 말았다. 팔대지옥이 얼마나 무서우며 그곳에서 꼭 살아남아야 한다는 것보다 그는 자신이 철문을 선택하는 과정에서 꼴찌가 됐다는 사실 때문에 머리를 벽에 들이받고 자살하고 싶은 심정이 되었다.

금비라가 홍의청년을 쳐다보았다. 자신과는 비교할 수도 없이 무심한 그 눈빛 속에 비웃음이 섞여 있다고 판단한 홍의청년은 자존심이 무참하게 짓이겨져 버렸다.

물론 금비라의 눈빛에 비웃음이 담겨 있을 리 없다. 사람이란 자신이 현재 품고 있는 감정 상태에 따라서 상대의 감정까지 좌우하기 마련이다.

"당신은 살아서 구중천을 떠날 거예요."

화무린이 철문 앞에 섰을 때 왼쪽에서 주자운의 조용한 음성이 들려왔다.

그가 쳐다보자 주자운은 극심한 두려움을 이기려는 듯 애써 미소를 지어 보였다.

그런 모습은 마치 잔뜩 찌푸린 하늘의 먹구름 사이 좁은 틈을 비집고 한줄기 햇살이 지상으로 비추는 광경 같았다.

달리 말하면 서기(瑞氣) 같은 것이었다.

"날 믿어요."

주자운은 역대 황궁 최고의 재녀였으며 숱한 학문 중에서도 특히 관상에 일가견이 있었다.

그녀는 화무린을 처음 만났을 때 이미 그의 관상을 자세히 보았다.

하지만 그녀는 한마디 말을 아꼈다.

그것은 '장차 우린 긴밀한 관계가 될 거예요' 라는 것이었다.

화무린은 빙긋 웃었다.

"엉덩이는 괜찮나?"

정신 나간 놈.

거의 죽을 것이 확실한 팔대지옥에 들어가기 직전에 한다는 말로는 적절하지 않았다.

"덕분에 괜찮아요."

주자운은 가볍게 얼굴을 붉혔다.

그런데 희한했다.

화무린의 엉뚱한 말 덕분에 방금 전까지만 해도 온몸과 정신을 짓누르던 공포가 한순간에 말끔히 사라져 버린 것이다.

그녀는 조그만 주먹을 힘껏 쥐었다.

'맞아! 심생즉종종법생(心生卽種種法生)이라고 했으니 같은

조건이라도 마음먹기에 따라서 크게 달라지는 거야!'

즉, 마음이 일어나면 모든 법도 따라서 일어난다는 뜻이다.

화무린은 철문을 쳐다보았다.

전체가 흑색이었다.

구중천이라는 곳은 무엇이든 죄다 흑 일색이었다.

그는 철문에 손을 댔다.

서늘한 감촉이 팔을 타고 삽시간에 온몸으로 퍼졌다.

그긍!

그저 살짝 손을 댔을 뿐인데 순간 거대한 철문이 기름 위를 미끄러지듯 안쪽으로 활짝 열렸다.

순간 모든 사람의 시선이 화무린의 앞에 열려 있는 철문으로 집중됐다.

그러나 광장이 밝음이라면 철문을 경계로 그 안쪽은 먹물 같은 흑암이었다.

마치 흑색의 벽이 가로막힌 듯해서 앞에 서 있는 화무린이나 다른 사람들 눈에 아무것도 안 보이기는 마찬가지였다.

화무린은 자신도 모르게 몸이 가늘게 떨리는 것을 느꼈다.

그리고 입 안이 바싹 말랐으며 마른 모래를 한입 가득 문 것처럼 퍼석퍼석했다.

부인하고 싶지만 그것은 틀림없는 공포였다.

'제길! 여기까지 오느라 얼마나 고생했느냐구!'

만약 '지금 포기해도 된다'라고 말하는 자가 있다면 그자의 입을 찢어버리고 말 것이다.

구중천에 들어오는 것이 목적이 아니다. 이것은 수단이고 시작에 불과할 뿐이다.

화무린은 목젖을 울리면서 꿀꺽 마른침을 삼키고는 걸음을 떼어놓아 먹물 같은 어둠 속으로 성큼 들어섰다.

쿵!

그가 들어서자 괴물의 아가리 같은 철문이 등 뒤에서 육중한 음향을 내면서 닫혔다.

화무린은 생각을 반대로 했다.

방금까지 자신이 서 있던 곳이 '사지(死地)'이고 지금 들어선 이곳이 바로 '생로(生路)'라고.

그는 자신이 어떤 무공을 익힐 것인지 지난 삼 년 동안 고심에 고심을 거듭해서 결국 정해놓았다.

팔대지옥에서 살아 나와 구중천에 들어가야만 비로소 자신이 희망하는 무공을 요구할 수 있을 것이다.

무슨 무공을 익힐 것인지 말조차 꺼내지 못하고 죽는다는 것은 개가 웃을 일이었다.

'간다!'

저벅저벅—

그는 주먹을 굳게 움켜쥐고 걸음을 옮겼다.

"……."

다음 순간 그는 발밑이 허전한 것을 느꼈다.

그러나 느꼈을 때는 이미 늦었다. 그의 몸이 탄환처럼 아래를 향해 쏘아져 내렸다.

그는 어금니가 부서질 정도로 힘껏 악물었다.

'우웃! 해보자! 나는 죽지 않는다!'

第十章

알부타(頞部陀)의 공포(恐怖)

구중천
九重天

팔대지옥이라는 곳에 들어온 지 얼마나 지났는지 알 방법
도 없었고 알고 싶지도 않았다.

또한 다른 사람들이 어떻게 됐는지 궁금해할 여유도, 아니,
이곳에서는 촌각이라고 해도 남을 염려한다는 것 자체가 사
치였다.

화무린 자신의 일각 후 생사 여부조차도 장담할 수 없는 판
국에 남을 생각할 겨를이 어디에 있겠는가.

지금 그는 심장이 터질 것, 아니, 찢어질 것만 같았다.

하지만 헐떡거릴 수도 없었다.

그랬다가는 지금 그가 숨어 있는 위치가 즉시 발각되고 말 것이다. 발각되면 십중팔구 죽게 될 것이고, 고작 십중일이(十中一二)가 생존이다.

조금 전에 그는 주위를 지나치게 경계하면서 걷던 나머지 미처 아래를 제대로 살피지 못하고 발을 헛디뎌 커다란 흰개미 웅덩이에 빠지는 바람에 거의 죽음 직전까지 갔었다.

그는 그전에 흰개미 떼에게 뜯어먹혀서 뼈조차 남기지 못하고 죽은 자를 목격하고 치를 떤 적이 있었다.

그 광경을 보면서 흰개미 떼의 무서움을 뼈저리게 실감했으면서도 한순간의 실수로 그런 위기에 처하게 되다니 자신의 부주의를 뼈저리게 후회했다.

게다가 그 큰 구덩이의 겉면은 온통 얼음 벽이어서 미친 듯이 발버둥을 쳐서 웬만큼 올라왔나 싶으면 주르르 미끄러져 내리기를 반복했다.

그는 그곳에서 불과 일다경의 사분의 일 정도의 시간 동안만 빠져 있었을 뿐인데도 흰개미 떼에게 수백 군데나 물어뜯겼다.

만약 구덩이를 벗어나지 못했다면 화무린이라는 한 인간은 팔대지옥 어느 구덩이 속에 원한과 서러움만을 남긴 채 흔적도 없이 사라져 버렸을 것이다.

덜덜덜덜—

죽기 살기로 구덩이에서 벗어나려고 발악할 때는 몰랐는데, 잠시 시간이 흐르자 거친 숨을 고르느라 가만히 엎드려 있는데도 몸이 떨려오기 시작했다.

염병할 놈의 추위.

화무린이 광장에서 처음 철문을 열고 들어섰다가 추락한 이곳은 정말 추운 곳이었다.

아니, 추위도 그냥 추운 것이 아니라 지독하게 추웠다.

침을 흘리면 그대로 얼어버렸으며, 무엇엔가 쫓기느라 사력을 다해서 도주하다가 땀이라도 조금 날라 치면 잠시 후엔 바로 온몸에 얼음 가루가 버석거릴 정도였다.

화무린이 떠나오기 전까지 살았던 북경 일대의 한겨울은 춥기로 유명했다.

그러나 이곳의 추위에 비하면 북경은 뙤약볕이 이글거리는 한여름이라고 할 수 있을 정도였다.

이곳을 한마디로 표현하자면 '극빙 지대(極氷地帶)'였다.

'으으으… 이 지독한 알부타(頞部陀)의 추위를 견디기보다는 차라리 죽기 살기로 뭔가에 쫓기는 편이 낫겠군.'

화무린은 이제 온몸이 너무 떨려서 제대로 엎드려 있을 수도 없는 상황이 되고 말았다.

불교에 대해서 웬만큼 지식이 있는 화무린은 이곳이 알부타와 흡사하다고 생각하여 나름대로 알부타라는 이름을 붙였다.

팔한지옥의 알부타는 너무도 혹독하게 추워서 끝내 몸이 얼어서 터져 버린다는 곳이다.

이곳이 바로 그랬다. 그는 이름 하나만큼은 제대로 갖다 붙인 것 같았다.

화무린은 이제 호흡도 어느 정도 가라앉았으니 운공을 해야 한다고 생각했다.

그나마 아직껏 이곳에서 얼어 죽지 않고 버틸 수 있었던 것은 조화무극을 운공했기 때문이다.

그런데 운공을 하려고 일어나 앉으려는데 몸이 말을 듣지 않았다. 벌써 몸이 얼어붙기 시작한 것이다.

이곳에 도착하여 엎어질 때 그는 심하게 땀을 흘리고 있었는데, 땀이 어느새 얼음으로 변하여 그의 온몸에 얇은 빙막(氷幕)을 덮어씌운 상태였다.

흰개미 떼에게 수백 군데 살점을 뜯어먹혔으나 추위 때문에 살이 얼어버려서 조금도 고통을 느끼지 못했다.

흰개미 구덩이를 겨우 빠져나온 후 어딘지도 모르는 채 사력을 다해서 달리다가 끝내 넘어져서 헐떡거렸던 이곳에서 엎어진 채 너무 오래 지체한 것이 문제였다.

그 바람에 알부타의 극빙한기가 그의 몸을 움직이지 못하도록 반쯤은 얼음으로 만들어 버린 것이다.

'이, 일어나 앉아야… 한다……..'

운공이란 일어나 앉아서 가부좌의 자세를 틀어야만 가능하다.

그래야만 기혈의 흐름이 원활하고 모든 혈도의 위치가 올

바르며, 그렇게 해서 생긴 진기가 아래쪽 단전에 응집되는 것이다.

단전이 똑바로 선 자세가 아니면 운공 자체가 불가능했다.

어금니가 부서져라 악물고 기를 썼지만 몸이 가볍게 들썩이며 얼어붙은 몸에서 버석거리는 소리만 날 뿐 꼼짝도 할 수가 없기는 마찬가지였다.

그렇게 얼마나 용을 썼을까.

화무린은 자신의 온몸이 빠르게 얼어가고 있는 것을 느꼈다. 극빙지기가 뼈와 오장육부까지 스며들고 있었다.

그러더니 차츰 추위가 느껴지지 않으면서 심신이 편안해지기 시작했다.

그리고 스르르 눈이 감겼다.

이대로 잠이 들면 너무도 편할 것만 같았다.

사는 게 무엇이고 죽는 것이 다 무엇이란 말인가?

내가 없으면 복수도 없다.

이대로 눈을 감고 깊디깊은 심연으로 빠져들면 모든 것은 그냥 끝나 버릴 것이다.

떨쳐 버리기 힘든 유혹이 그를 지배했다.

아니, 그것은 유혹이 아니었다.

지금 그가 할 수 있는 유일한 일은 눈을 감고 잠인지 죽음인지 모를 깊은 안락함 속으로 빠져드는 것뿐이었다.

그럼 끝이다.

이따위 추위도, 고통도, 그리고 부질없는 복수 따위도 죽음과 함께 사라져 버릴 것이다.

얼마 전에 흰개미 떼에게 물어뜯긴 수백 군데 상처에서는 피도 흘러나오지 않았다.

피가 나오다가 얼어버렸기 때문이다.

그의 몸 전체에 허연 서리가 뒤덮여서 얼핏 보면 주위의 바위와 구별이 가지 않았다.

"당신은 살아서 구중천을 떠날 거예요."

광장에서 철문에 들어서기 직전에 주자운이 했던 말이 먼 산의 소쩍새 소리처럼 아련하게 들려왔다.

'웃기는 소리.'

화무린은 속으로 쿡쿡 웃었다.

살아서 구중천을 나가?

지가 무얼 안다고.

그는 편안함, 흐려져 가는 정신, 노곤함 속에서도 기이하게도 '이제 죽는구나'라는 생각이 들었다.

그런데도 별다른 저항감이나 반발을 느끼지 못했다.

그렇듯 생사의 경계는 별것 아니었다.

"……."

그때 그는 이상한 느낌을 받았다.

오른쪽 어깨 바로 아래의 팔이 가늘게 떨렸다.

우우우―

그리고 그곳에서 나직한 소리가 울리기 시작했다.

팔이 떨리고 또 울다니…….

이런 일은 한 번도 없었다.

'벽월도!'

그는 오른팔에 벽월도를 차고 있었다.

그런데 지금 그 벽월도가 가늘게 떨면서 울고 있는 것이다.

"아들아, 앞으로 네가 지켜야 할 것은 두 가지다. 네 목숨과 바로 이 칼이다."

그때, 팔 년 전 부친이 일곱 살짜리 어린 아들을 마당의 석등(石燈) 속에 숨기면서 비감한 표정으로 했던 말이 고막을, 아니, 심장을 울리면서 되살아나고 있었다.

사실 전설의 보도인 벽월도는 여러 가지 신비한 능력과 전대의 비밀을 지니고 있었다.

그중 하나가 주인의 위험을 경고하는 것이었다. 어째서 벽월도에 그런 능력이 있는지는 아무도 몰랐다.

다만 벽월도는 자신을 오랫동안 지니고 있는 사람을 자신의 주인으로 인정한다고 전해진다.

그래서 그 주인의 몸에서 생기(生氣)가 빠져나가는 것을 감지하여 경고하는 것이었다.

벽월도의 도명(刀鳴)에는 부친의 안타까운 울음도 깃들어 있었다.

죽은 부친의 원혼이 울고 있는 것이었다.

이대로 허무하게 죽어서는 안 된다면서 벽월도를 빌어 아들의 사로를 막아선 것이다.

'아버님……'

화무린은 죽음의 땅에 한 발을 내밀었다가 천천히 힘겹게 거두기 시작했다.

그는 눈에 힘을 주어 뜨려고 애썼다. 하지만 눈꺼풀이 얼어서 좀체 밀려 올라가지가 않았다.

몸이 얼어붙어서 손가락 하나 까딱할 수 없는 것은 여전했지만 벽월도, 아니, 벽월도를 빌린 부친의 음성 덕분에 정신은 그 어느 때보다도 명료해졌다.

'운공을 해야 한다! 무슨 일이 있어도!'

하지만 움직일 수 있어야 일어나 앉아 운공을 할 수 있을 텐데 몸이 거의 얼음 덩어리로 변해 버려서 그럴 수도 없는 상태였다.

하지만 이대로 있다간 잠시 후 몸이 완전히 얼어버릴 것이고, 운공을 해야 한다는 정신마저도 정지해 버릴 것이다.

그래서 그는 엎드린 채 그대로 운공을 시도해 보기로 했다.

그러나 역시 운공의 시작 단계에서부터 잘 되지 않았다.

단전, 즉 기해혈이 똑바로 자세를 잡고 있어야 단전에서부터 진기를 끌어내 전신에 최초의 일 주천을 시킬 수 있을 텐데 이런 자세로는 역시 무리였다.

절망이 엄습했다.

조금 전까지만 해도 이대로 편하게 죽는 것도 나쁘지 않다고 여기던 그이지만, 이제는 살기 위해서 몸부림치다가 절망을 느끼고 있었다.

'반드시 대로(大路)로만 가야 하는 것은 아니지 않는가!'

문득 절망 중에 하나의 작은 깨달음이 샘물처럼 솟아났다.

아니, 그것은 깨달음이 아닐는지도 모른다.

그저 최후에 발악하는 심정으로 되지도 않는 편법을 떠올린 것일 수도 있었다.

하지만 무턱대고 일으켜지지도 않는 진기를 단전에서 끄집어내려고 무익한 노력을 계속 시도할 수는 없는 노릇이었다.

그는 어떤 근거도 없이 마구잡이로 다른 방법을 시도하려는 것이 아니었다.

이가 없으면 잇몸이라고 했다. 튼튼한 이로 음식물을 잘게 씹는 것만은 못하겠지만 잇몸이라도 있으면 그냥 삼키는 것보다는 나을 터이다.

하지만 그냥 삼킨다면 필경 음식이 목구멍에서 걸릴 것이고, 억지로 삼킨다고 해도 탈이 나고 말 것이다.

화무린은 부친이 그 옛날 조화무극의 구결을 전수하고 나서 했던 말을 아직까지도 생생하게 기억하고 있었다.

"무린아, 조화무극을 꾸준히 운공해서 생성되는 내공은 단전에 칠 할이 축적되고 나머지 삼 할은 전신 십이 원혈(原穴)에 나누어 축적된단다. 이것을 잘 기억해 두어라."

화무린의 단전에 축적된 칠 할의 내공이 이빨이라면 십이 원혈에 나누어 축적된 삼 할의 내공은 잇몸이었다.

이윽고 그는 평소 운공할 때보다 몇십 배나 더 좋지 않은 악조건 속에서 운공을 하기 시작했다.

더구나 단전 운공이 아닌 원혈 운공이었다.

세 번… 다섯 번… 아홉 번…….

처음에는 아예 모여들지도 않던 십이 원혈의 내공이 무려 열다섯 차례의 시도 끝에 미약하게나마 느낄 수 있을 만큼 모아졌다.

그것은 다 꺼져 가는 잿더미 속에서 건져 낸 하나의 불씨였다. 만에 하나 그것을 꺼뜨린다면 그는 다시는 운공을 시도할 수 없을 것이다.

겨우 한 움큼의 진기, 즉 일국기(一掬氣)가 발생한 원혈은 오른손 손목 안쪽 윗부분에 위치한 태연혈(太淵穴)이었다.

원혈이란 원래 오장육부에서 발생된 원기(原氣)가 경과하고 또 머무는 곳이다. 그러므로 십이 경락과 함께 인간 생명의 근본이라고 할 수 있었다.

십이 원혈은 완관절(腕關節)과 족관절(足關節)에 산포해 있으며, 전신 삼백육십 요혈과 각 경락의 기를 주관하고 있다.

또한 몸에 이상이 있거나 병이 생기면 그 징후가 자연히 십이 원혈에 나타나게 되어 있다.

지금 진기가 모인 태연혈은 수삼음(手三陰), 족삼음(足三陰), 수삼양(手三陽), 족삼양(足三陽)으로 이루어진 십이 경락(十二經絡) 중 수삼음에 속하는 수태음폐경(手太陰肺經)의 원혈이다.

이렇듯 십이 경락의 각 경락에서 가장 중요한 혈도, 즉 원혈로 이루어진 것이 십이 원혈인 것이다.

수태음폐경은 태연혈을 중심으로 오른손 엄지손가락 끝 소상혈(少商穴)에서 시작하여 팔 안쪽 윗부분 능선을 타고 오르며 어깨의 운문혈(雲門穴)까지 도합 열한 개.

그리고 왼 어깨와 왼팔로 이어져 내리면서 똑같은 위치에 열한 개, 그래서 도합 이십이 개의 혈도가 뻗어 있다.

화무린은 필사적으로 진기를 오른쪽 어깨 운문혈로 끌어올렸다가 역순으로 다시 왼팔의 수태음폐경을 타고 내리게 했다.

현재 그의 내공은 삼십 년 수준이다. 그중 삼 할이 십이 원혈에 나누어 축적되어 있는데, 지금 그가 살려낸 불씨는 그

십이 개 중 겨우 하나에 불과했다.

그러므로 그 진기를 다음 원혈에 축적되어 있는 진기와 합치면 조금 더 커질 것이라는 것이 그가 궁여지책으로 생각해낸 잇몸의 방법이었다.

현재 그의 몸은 오장육부까지도 얼어붙기 시작한 상태였다. 이 상태로 조금만 더 지체한다면 돌이킬 수 없는 상황, 즉 죽음에 이르고 말 것이다.

그는 몸의 기능이 거의 정지되어 있었다.

최상의 몸 상태라야 더없이 명료한 정신력을 발휘할 수 있을 텐데 지금과 같은 상황에서 그의 정신력은 거센 바람 앞에 언제 꺼져 버릴지 모르는 등잔불 같은 신세였다.

만약 그가 지난 팔 년 동안 혹독한 시련을 겪지 않았더라면 지금과 같은 강인한 정신력을 발휘하지 못했을 것이다.

그의 정신력은 왼손 엄지손가락 소상혈을 마지막으로 양팔의 수태음폐경을 끝내고, 이어서 진기를 다음 경락 수양명대장경(手陽明大腸經)의 시작 혈인 검지 끝 상양혈(商陽穴)로 넘기기 위해서 사력을 다했다.

그리고 마침내 천신만고 끝에 성공했다.

상양혈에서 시작된 진기가 이간혈(二間穴)과 삼간혈(三間穴)을 지나 네 번째에 위치한 수양명대장경의 원혈인 합곡혈(合谷穴)에 이르자 마침내 진기가 두 배가 됐다.

그때부터는 여태까지보다 조금 더 수월해졌으며 운공하는

속도도 두 배로 빨라졌다.

그렇게 얼마나 시간이 흘렀을까.

그의 잇몸 방법은 피나는 노력 끝에 마침내 성공을 거두고 말았다.

십이 경락, 십이 원혈을 두루 거치면서 모아진 삼 할의 내공이 드디어 단전으로 진입해 그곳에 얼어붙어 있던 칠 할의 내공을 용해시키면서 합류했다.

그때부터 하나의 얼음덩이에 불과했던 화무린의 몸이 빠르게 녹기 시작했다.

이로써 그는 운공 방법의 새로운 지평을 열게 되었다. 여태까지는 가부좌를 취해야만 운공이 가능했지만 앞으로는 어떤 자세로든 운공이 가능하게 된 것이다.

이윽고 그의 온몸을 뒤덮었던 얼음 막이 녹았다가 수증기가 되어 사라졌다.

그는 엎드린 자세를 유지한 채 약간 고개만 들어올린 상태에서 빠르게 주변을 훑어보았다.

그제야 자신이 여태껏 몇 개의 커다란 바위가 우뚝 솟아 있는 곳 안쪽 바닥에 엎드려 있다는 사실을 깨달았다.

불행 중 다행으로 바위가 그를 적절하게 은폐해 주고 있었다.

그 덕분에 이곳 알부타를 관할하는 야차나 나찰에게 들키지 않을 수 있었다.

흰개미 떼에게서 도망치느라 정신이 반쯤 나간 상태에서도 본능적으로 안전한 장소를 찾아든 것 같았다.

평소보다 서너 배나 오래 걸린 긴 운공을 끝내고 나니 그의 온몸에는 삼십 년 공력이 팽배하게 물결치고 있었다.

그는 비로소 몸을 일으켜 앉은 후 자신의 몸을 이리저리 살펴볼 수 있었다.

흰개미들이 그의 살점을 뜯어먹으려고 옷을 뚫고 들어갔던 터라서 옷은 걸레나 다름없이 너덜너덜해진 상태였다.

그가 북경을 떠나올 당시 그곳은 겨울이었기 때문에 그가 입고 있는 옷은 안에 솜을 넣은 누비옷이었다.

하지만 지독한 흰개미 떼나 알부타의 극빙지기에는 아무런 소용이 없었다.

여러 차례 얼었다가 녹기를 반복한 옷은 이미 많이 삭아서 누더기로 변해 있었다.

옷을 걷어 팔과 다리를 일일이 살펴보니 수십 군데에 살점이 움푹움푹 뜯겨져 나간 것이 보였다.

그가 흰개미 떼에게 당한 것은 처음이었다.

아니, 운이 좋아서 아직 야차나 나찰에게 들킨 적도 없었으며, 다른 곤충이나 짐승들에게 공격을 당한 적도 없었다.

그러나 알부타에 흰개미 외에도 여러 종류의 짐승들이 살고 있는 것을 그는 눈으로 직접 목격했다.

바로 그때 그는 왼쪽 어깨 뒤에 무언가 스멀거리는 것을 느끼고 옷 속으로 손을 뻗었다.

무언가 손에 잡혔다. 껍질이 단단하며 손가락 절반 크기의 물체가 손 안에서 꿈틀거렸다.

흰개미였다.

한 마리가 여태껏 그의 어깨에 달라붙어서 살을 파먹고 있었던 것이다.

그는 흰개미를 어깨에서 떼어냈다. 흰개미가 깨물고 있던 살점이 뭉텅 어깨에서 떨어져 나갔다.

추위가 사라진 상태라 살점이 떼어지는 아픔이 고스란히 느껴졌지만 그 정도로는 눈 하나 까딱하지 않았다.

그의 손바닥 위에서 흰개미는 물고 있던 손톱 크기의 살점을 강한 턱과 집게처럼 생긴 입으로 게걸스럽게 먹어대고 있었다.

원래 바깥 세상의 흰개미는 파리보다 더 작은 데다 머리는 적갈색이고 몸뚱이는 유백색이다.

더군다나 더운 지방이나 장강 이남 지역의 한정된 지역에서만 서식한다.

그런데 이놈의 흰개미는 머리까지도 눈처럼 새하얀 색이었으며 크기는 바깥 세상의 흰개미보다 열 배는 더 컸다. 더구나 공격성과 식욕이 대단하여 닥치는 대로 먹어치웠다.

화무린으로서는 한 번도 본 적이 없는 곤충이었다. 그저 흰개미와 약간 비슷하게 생긴 구석이 있어서 흰개미일 것이라고 생각하고 있을 뿐이다.

화무린은 오동통하게 살이 오른 흰개미가 열심히 살 조각을 먹고 있는 것을 보다가 문득 자신이 북경의 현조네 집에서 식사를 한 이후로 아무것도 먹지 않은 것을 기억해 냈다.

이곳에는 해도 달도 뜨지 않았다.

다만 땅거미가 깔릴 때와 같은 어슴푸레한 밝기와 칠흑 같은 암흑, 이 두 가지가 번갈아 바뀔 뿐이었다.

그래서 굳이 주야를 나눈다면 어슴푸레할 때가 낮이고 암흑 천지일 때가 밤이라고 할 수 있었다.

화무린은 이곳에 떨어진 후 그 낮과 밤이 몇 번이나 바뀌었는지 제대로 계산할 여유가 없었다.

하지만 대충 사나흘쯤 지났을 것이라고 어렴풋이 짐작하고 있는 중이었다.

지금은 어슴푸레하니까 낮이었다.

문득 지독한 허기가 느껴졌다.

그는 두 번 생각할 것도 없다는 듯 그 즉시 흰개미를 입속에 털어 넣었다.

으적!

흰개미가 입 속에서 꿈틀거렸지만 두 개의 어금니가 간단하게 으깨어 버렸다.

흰개미의 몸뚱이가 터지면서 진득한 액체와 내장이 혀에

느껴졌으며 비릿하고 역겨운 냄새가 입 안에 가득 찼다.

하지만 그는 천천히 씹는 것을 멈추지 않았다.

원래 인간은 먹지 못하는 게 없다.

바깥 세상에서도 인간들은 살아서 움직이는 것이라면 모조리 먹어치우지 않는가.

그러므로 흰개미라고 먹지 못하란 법이 없을 것이다.

오래 씹으니까 역겨움과 비릿함이 점차 사라지고 오히려 제법 고소한 맛이 느껴졌다.

그것은 다행스럽고도 중요한 일이었다.

그렇지 않아도 그는 먹을 것에 대해서 내심 걱정하고 있었다. 야차와 나찰에게 걸리지 않고 온갖 무서운 짐승들의 위협으로부터 현명하게 잘 대처한다고 치자. 그러나 인간은 먹지 않고는 살 수 없는 법이다.

앞으로는 흰개미를 먹을 수 있을 거라고 생각하자 아사(餓死)할지도 모른다는 걱정을 약간은 털어버릴 수가 있었다.

"으으… 제발 살려줘……."

그때 어디선가 겁에 질린 듯한 사람의 애원하는 소리가 흐릿하게 들려왔다.

화무린은 급히 씹기와 호흡을 멈추고 소리가 들려온 곳이라고 생각되는 방향의 바위틈에 눈을 갖다 붙였다.

십오륙 장 전면에 도를 움켜쥐고 있는 한 사내가 다리를 쓸어안은 채 쓰러져 있는 모습이 시야로 쏟아져 들어왔다.

그가 이곳에서 사람을 본 것은 이번이 두 번째다.

처음은 흰개미 떼에게 뜯어먹히던 자였다.

그자는 그전에 어디에서 심하게 부상을 입었는지 몸 여기 저기에서 피를 흘리고 있었다.

그는 흰개미 떼에게 온몸이 뜯어먹히면서도 행동이 무척이나 굼떴다.

그러더니 결국 잠시 후에는 뼈도 남기지 못한 채 알부타에서 사라져 버렸다.

그리고 이번이 두 번째다. 그리고 두 번째 인물도 사경에 처해 있는 것 같았다.

흰개미 떼에게 뜯어먹힌 자나 저기 보이는 저자 역시 가슴 속에 무림 최고의 고수가 되겠다는 부푼 꿈을 품은 채 은자 만 냥을 내고 구중천에 온 사람들이다.

화무린의 눈동자가 피를 흘리고 있는 사내의 주변을 재빠르게 살펴보았다.

그리고 다음 순간 그의 동공이 확장되면서 한곳에 정지됐다.

상처 입은 사내에게서 멀지 않은 하나의 뾰족한 바위 위에 한 인물이 표표히 서 있었다.

온몸에 피를 뒤집어쓴 듯 혈포를 입었으며, 얼굴에도 혈면(血面)을 썼다.

소매 밖으로 드러난 두 손도 핏빛이었으며, 그 손에 쥐어져 있는 도(刀)인지 창인지 륜(輪)인지 모를 기문병기도 핏빛이었고, 두 눈에서 은은히 뿜어지는 눈빛도 섬뜩한 혈광이었다.

모든 것이 핏빛 일색인 인물.

혈면의 미간 한복판에는 '십사야(十四夜)' 라는 세 글자가 새겨져 있었다. 십사야차라는 뜻이었다.

'야차다!'

화무린은 속으로 날카롭게 외쳤다. 심장이 쿵쾅거렸으며 입 안이 바짝 말랐다.

그는 호흡을 멈춘 것은 물론이고 눈도 깜빡이지 않은 채 야차를 쏘아보았다.

입 안에는 아직 삼키지 못한 흰개미의 저작물(詛嚼物)이 남아 있는 상태였다.

하지만 그걸 삼키다가 목젖이 울리는 소리 때문에 발각될까 봐 엄두도 내지 못했다.

그런데 기이하게도 두려움보다는 걷잡을 수 없는 적의와 살의(殺意)가 가슴 밑바닥에서부터 뭉클뭉클 솟구쳐 올랐다.

반사적으로 금비라의 말이 떠올랐다.

"야차 한 명을 죽이면 팔대지옥 절반을, 야차 둘을 죽이면 팔대지옥 전체를 통과한 것으로 간주하며, 야차 네 명이나 나찰 한 명을 죽이면 팔대지옥 전체 통과는 물론 원하는 무공 한 가지를 더 배울 수 있도록 해준다."

저기 있는 야차 한 명을 죽이면 이곳 저주받은 알부타를 벗어날 뿐만 아니라 발특마(鉢特摩), 아파파(阿婆婆), 호호파(虎虎婆), 이라부타(尼喇部陀) 등으로 이어지게 될 팔대지옥의 절반인 팔한지옥을 벗어날 수 있을 것이고, 거기에다 야차 한 명을 더 죽이게 되면 염열지옥(炎熱地獄), 흑승지옥(黑蠅地獄), 극열지옥(極熱地獄) 등의 나머지 팔대지옥의 절반인 팔열지옥까지 모조리 면제받게 되는 것이다.

화무린의 두 눈에서 살광이 번들거렸다.

저 상처 입은 사내는 곧 야차에게 죽음을 당할 것이다.

화무린은 사내에 대한 동병상련 따위의 하찮은 동정심은 추호도 느끼지 않았다.

대신 야차가 무슨 수법으로 사내를 죽이는지, 야차에게 어떤 약점이 있을 것인지가 더 큰 관심사였다.

"으으으… 나… 나는… 이제 구중천 따위 관심이 없어……. 다 포기할 테니… 제발 이곳에서 나가게 해줘……."

사내는 자신에겐 저항할 의사가 없다는 것을 증명하려는 듯이 손에 쥐고 있던 한 자루 검을 저만치 내던지기까지 하면서 눈물을 흘리며 애원하고 있었다.

지금 이 순간 그는 자신이 어째서 헛된 망상을 품고 이곳에 온 것인지 심장이 터지도록 후회하고 있을 것이다.

그러나 후회라는 것은 아무리 빨라도 늦다.

그리고 야차의 기형무기는 그보다 더 빠르게 허공을 세로로 쪼개고 있었다.

결국 화무린은 야차가 어떻게 사람을 죽이는지 그 수법을 견식해 보겠다는 뜻을 이루지 못했다.

그저 다만 한줄기 혈광이 반원을 그으면서 바위 위에서 번쩍하고 뿜어져 사내의 몸을 세로로 가르는 것만 찰나지간에 착각처럼 보았을 뿐이다.

촌각을 백으로 쪼갠 듯한 순간에 반원형의 혈광이 무릎 꿇은 자세로 야차에게 애원하고 있던 사내의 정수리에서부터 사타구니까지 정확하게 절반으로 쪼갰다.

"우… 라질……."

사내는 간신히 그 한마디를 일그러진 입술 사이로 흘려냈을 뿐이다.

다음 순간 그의 몸은 세로 두 조각으로 소리없이 쪼개졌고, 피와 내장이 주변으로 확하고 뿜어졌다.

"……."

화무린은 눈을 한껏 부릅뜬 채 야차를 쏘아보았다. 이 순간 그의 눈에는 야차가 정말 지옥의 야차로 보였다.

바위 위에 표표히 서 있는 야차.

아래로 비스듬히 숙여진 채 그의 오른손에 쥐어져 있는 기형무기의 칼날에서 방금 이승, 아니, 알부타 지옥을 떠난 사내의 신선한 피가 뚝뚝 떨어져 내렸다.

딱딱딱─

갑자기 흐릿한 소리가 들렸다.

어금니가 맞부딪치면서 내는 소리였다.

확실히 화무린은 가늘게 떨고 있었다. 그것이 지독한 살의(殺意) 때문인지 공포 때문인지는 알 수 없었다.

딱딱딱딱─

이빨 마주치는 소리가 더 크게 흘러나왔다.

화무린은 있는 힘을 다해서 어금니를 악물었다.

딱딱딱딱딱─

"흐으으……."

그런데도 이빨 마주치는 소리는 계속됐고, 아예 공포에 질린 신음성까지 흘러나왔다.

그 순간 야차의 시선이 이쪽으로 향했다.

화무린은 심장이 그대로 멎어버리는 것 같았다.

또한 야차의 두 눈에서 뿜어지는 섬뜩한 혈광에 화무린은 눈이 멀어버리는 듯했다.

그리고 거의 같은 순간 화무린은 다급히 바위틈에서 눈을 떼며 고개를 돌렸다.

'빌… 어먹을!'

차디찬 바위에 등을 댄 채 그는 속으로 욕을 짓씹었다.

발각된 것 같았다.

아니, 발각된 것이 틀림없었다.

야차가 있는 방향에서는 아무런 기척도 나지 않았다.

하지만 그가 이곳으로 오고 있다는 것을 꼭 눈으로 확인해야만 알 수 있는 것은 아니었다.

이제 어떻게 할 것인가?

찰나지간에 수십, 수백 가지 생각이 화무린의 머릿속에서 폭죽처럼 명멸했다.

지금 화무린이 야차와 싸운다면 백전백패할 것이 분명했다.

길고 짧은 것은 대봐야 안다지만 구렁이와 지렁이가 비슷한 점은 둘의 이름에 '렁이'라는 글자가 들어 있다는 것뿐이다.

그렇다고 이렇게 가만히 앉아 있다가 당할 수는 없었다.

만약 그렇게 된다면 그는 억울해서 죽어서도 눈을 감지 못할 것이다.

그는 지그시 어금니를 악물면서 벽월도를 오른손에 움켜쥐고 삼십 년 공력을 모조리 주입시켰다.

이어서 언제라도 공격을 가할 수 있도록 온몸을 긴장시킨 상태에서 바위를 등지고 앉은 채 슬쩍 고개를 들어 위를 올려다보았다.

"……!"

순간 그의 머리 위 이 장 높이로 뭔가 시뻘건 물체가 쏜살같이 스쳐 지나갔다.

야차였다.

그는 화무린에게 내리 꽂히지 않았을 뿐 아니라 그를 발견하지도 못했다.

"으으으… 사… 살려줘……."

그때 아주 가까운 곳에서 거의 흐느껴 우는 듯한 애원성이 흘러나왔다.

그리고는 침묵이 이어졌다.

화무린은 숨도 쉬지 않았고 눈도 깜빡이지 않았다.

그는 조금 전 이빨 마주치는 소리가 자신에게서 난 것이 아니라 근처에 숨어 있던 다른 자가 냈다는 사실을 그제야 깨달았다.

그리고 지금의 침묵이 그자가 더 이상 애원할 수 없는 상태, 즉 죽었기 때문이라는 사실도 더불어 알게 되었다.

하지만 너무 긴장한 나머지 안도의 한숨도 새어 나오지 않았다.

꽤 오랜 침묵이 흐르는 동안 아무 소리도 나지 않았다. 하지만 야차가 이곳을 떠났다고 확신할 수는 없었다.

화무린은 그로부터 반 시진 동안 알부타의 극빙지기 때문이 아닌 또 다른 무엇 때문에 얼어붙어 있었다.

생전 처음 느끼는 공포였다.

第十一章

백령예(白靈猊)

구중천
九重天

"하아아……!"

이윽고 화무린은 긴 한숨을 토해냈다.

팽팽하게 당겨졌던 끈을 한순간에 자른 것처럼 긴장이 풀리면서 몸에서 스르르 기운이 빠져나갔다.

그는 아무렇게나 허물어진 자세로 반 각 정도 더 있다가 벽월도를 오른팔 원래의 위치에 찬 뒤 느릿하게 몸을 일으켰다.

뚜뚝! 뚝!

오랜만에 몸을 움직이니 몸 여기저기 관절에서 뼈마디 부딪치는 소리가 기다렸다는 듯이 아우성쳤다.

그는 머리 위를 쳐다보았다.

그가 있는 곳에서 오십여 장 정도의 높이에 굵은 종유석이 수없이 매달려 있는 알부타의 광활한 천장이 여느 때와 다름없이 그곳에 덮여 있었다.

팔대지옥 전체가 저런 천장으로 뒤덮여 있는지, 아니면 알부타만 그런 것인지는 알 수 없었다.

하지만 분명한 것은 이곳이 외부와 격리된 지저 세계(地底世界)라는 사실이었다.

그리고 지금 화무린이 올려다보고 있는 저 천장이 지상(地上)의 바닥일 것이다.

천장에는 듬성듬성 그리 크지 않은 구멍이 뚫려 있었다.

그곳으로 지상의 빛이 스며들어 지저 세계를 땅거미가 깔리는 정도의 밝기로나마 조명해 주고 있었다.

화무린은 저 천장이 어디까지 뻗어 있는지 아직 모르고 있다. 그러므로 당연히 지저 세계가 얼마나 넓은지도 몰랐다.

하긴, 그가 이곳 알부타에 떨어진 후 지금까지 움직인 거리는 다 합쳐 봐야 채 오백 장 안팎일 터이다.

고작 반경 오백 장 안에서 지난 며칠 동안 여러 차례나 죽을 고비를 넘겼던 것이다.

'이건 아니다!'

천장에서 시선을 거둔 화무린은 지그시 입술을 깨물며 배에 불끈 힘을 주었다.

'이런 식으로 쫓겨 다니다가는 끝이 없다. 살아남으려면

이곳에 적응해야 한다.'

그는 생존을 위한 무언가를 조금씩 깨우치고 있었다. 그것이 그가 방금 죽은 두 명과 다른 점이었다.

'이곳에는 이곳만의 환경과 법칙이 있을 것이다. 그것을 거스르면 안 된다. 오히려 그것을 최대한 이용해야 한다.'

이용하려면, 그래서 살아남자면 이곳에 대해서 최대한 상세하게 알아야만 할 것이다.

그리고 야차와 나찰에 대해서도.

생각을 고쳐먹거나 무언가 결심을 하면 세상이, 그리고 사물이 달라 보이게 마련이다.

그리고 공력과는 질이 다른 이상한 힘이 몸과 정신에 기이한 활력을 불어넣어 준다.

화무린은 심호흡을 한차례 길게 한 후 살쾡이처럼 조심스럽게 바위 사이를 빠져나갔다.

그의 눈길은 야차가 두 번째로 살인을 했을 것이라고 추정되는 곳을 빠르게 살폈다.

그가 있는 곳에서 오른쪽 뒤 이 장쯤 떨어진 하나의 바위 뒤에 피범벅이 된 시체 한 구가 나뒹굴고 있는 것이 눈에 띄었다.

화무린은 주변을 날카롭게 살펴서 아무도 없다는 것을 확인한 후 한껏 자세를 낮추고 가까운 곳의 바위들을 은폐물 삼아 시체가 있는 곳으로 빠르게 달려갔다.

시체는 삼십대 중반쯤 된 사내였다. 그는 가슴이 가로로 잘려진 참혹한 모습이었다.

얼굴에는 죽는 순간에 지었을 경악과 공포로 물든 표정이 낙인처럼 고스란히 남아 있었다.

그가 죽는 순간에 미처 표정을 바꿀 새도 없었다는 것을 알 수 있었다.

화무린은 질린 얼굴로 시체를 살피다가 두 가지 새로운 사실을 발견해 냈다.

사내는 양 손목과 양어깨가 잘린 상태였다.

그는 죽으면서 전혀 몸부림을 치지 않았기 때문에 죽었을 당시의 자세가 그대로 유지되어 있었다.

화무린은 사내가 죽을 당시에 두 손을 모으고 빌고 있는 자세를 취하고 있었다는 사실을 유추해 냈다.

그는 야차에게 처절하게 빌면서 목숨을 구걸하다가 야차의 기형무기에 가슴이 통째로 잘리면서 손목과 어깨도 함께 잘려 나간 것이었다.

또 한 가지 사실은 사내의 옷이 깨끗하다는 점이었다. 그것은 그가 이곳 알부타에 들어온 지 잘해야 하루나 이틀밖에 되지 않았음을 증명하고 있었다.

그 역시 은자 만 냥을 내고 절정고수의 부푼 꿈을 안은 채 이곳에 들어왔을 것이다.

화무린은 시체 옆에 웅크리고 앉아서 꼼짝도 하지 않고 잘려진 단면(斷面)을 살펴보았다.

잘려진 가슴의 살과 뼈는 매끄러웠으며 심장은 터졌지만 간과 폐는 깨끗하게 잘려져 있었다.

화무린은 시체를 조금 더 살펴보다가 처음에 죽은 사내에게 가서 그 시체도 세밀하게 살폈다.

두 시체는 가로와 세로로 잘렸다는 사실만이 다를 뿐 일도양단됐으며 잘린 면이 매끄럽다는 점에서는 같았다.

그것은 야차가 같은 수법을 사용했다는 뜻이다.

또한 몹시 빠른, 즉 쾌(快)의 수법이었다.

'만약 일격을 피했거나 막아냈다면 야차의 두 번째 공격은 무엇이었을까?'

그런 의문이 피어났지만 지금으로서는 알 수 없었다, 야차의 최초 공격을 막아내는 사람을 목격하거나 화무린이 직접 겪어보기 전에는.

그는 죽은 사내가 저만치에 내던졌던 검을 집어 들었다.

이런 곳에서 활동하려면 무기가 절대적으로 필요했다. 그런 점에서 이것은 뜻밖의 수확이었다.

생명처럼 여기는 벽월도를 아무 때나 함부로 사용할 수는 없었다. 그러다가 누군가의 눈에 띄어서 좋을 일은 없다.

화무린은 검을 자세히 살펴볼 겨를도 없이 시체에서 검집을 풀어내 시체가 입고 있는 옷을 길게 찢어내 검집의 상하를 단단하게 묶은 후, 검집을 오른쪽 등 뒤에 대고 자신의 가슴과 허리에 묶었다.

이어서 검을 꽂고 이리저리 움직여 보니 비록 검이 약간 길어서 엉덩이에 부딪쳤지만 마음이 든든했다.

천장의 구멍을 통해서 스며들던 빛이 점차 흐려지면서 알부타에 어둠이 깔리고 있었다.

화무린은 며칠 동안의 경험을 통해서 밤이 낮보다 서너 배는 더 위험하다는 사실을 잘 알고 있었다.

그러므로 당장 목숨이 달아날 정도의 위험한 상황이 아니라면 밤에는 절대 움직이지 말고 어딘가 은밀한 곳에서 잠을 자던가, 아니면 운공이라도 하고 있는 편이 안전했다.

그는 일단 시체 근처의 두 개의 바위 사이로 몸을 숨겼다.

더 어두워지기 전에 적당한 은신처를 찾으려는 것이었고, 그러자면 서둘러야만 했다.

그는 살짝 고개를 내밀고 천천히 주위를 둘러보았다.

이곳은 지름이 이백여 장에 이르는 꽤 넓은 평지로서 수많은 바위가 난립해 있고, 바닥은 울퉁불퉁하거나 넓적한 바위 아니면 크고 작은 돌 부스러기가 깔려 있었다.

간단하게 생각하면 이곳의 지형으로 볼 때 은신처가 많을 듯하지만 그래서 더 위험할 수도 있을 것 같았다.

야차나 나찰들이 이런 곳을 그냥 놔둘 리 없었다. 조금 전만 해도 이곳에서 두 명이나 야차에게 죽임을 당하지 않았는가.

사각사각사각―

그때 이상한 소리가 들렸다.

미풍에 갈댓잎이 스치는 것 같기도 했고, 쥐가 나무를 갉아 먹는 소리 같기도 했다.

소리의 진원지를 확인한 화무린은 눈을 부릅뜨고 말았다.

소리는 죽은 시체에서 흘러나오고 있었다.

시체에는 어디에서 언제 나타났는지 주먹만 한 크기의 흰 물체 대여섯 개가 여기저기 달라붙어 꿈틀거리고 있었다.

그것들은 희고 납작하며 단단한 등껍질을 가졌는데, 좌우 로 대여섯 개씩의 마디 팔이 달렸다.

게는 아니었지만 거의 게에 가까운 형태였다.

다른 부분이 있다면 꼬리가 달렸으며 쥐처럼 뾰족하게 입 이 돌출되었다는 점이다.

'맙소사!'

화무린은 하마터면 신음을 터뜨릴 뻔했다.

사각사각―

바각바각―

그 게처럼 생긴 것들이 지금 시체를 갉아먹고, 아니, 파먹 고 있는 중이었다.

화무린이 부릅뜬 눈으로 보고 있는 중에 한 마리 게가 가장 긴 날카로운 집게발로 시체의 한쪽 눈알을 후벼 파내어 게걸 스럽게 먹고 있었다.

어떤 게는 아예 내장 속에 파묻혀서 포식하고 있었다.

'우욱!'

화무린은 구토가 치밀어 오르는 것을 손으로 급히 입을 틀어막으면서 간신히 억제했다.

잠시가 지나자 게의 수가 수십 마리로 불어났다.

그것들이 시체를 먹어대는 기괴한 소리가 화무린의 고막을 후벼 파고 들었다. 온몸에 소름이 돋았으며 피가 한꺼번에 머리로 몰리는 것 같았다.

게 떼가 시체를 먹어치우는 광경은 산 사람이 흰개미 떼에게 뜯어먹히는 것이나 야차에게 죽음을 당하는 것과는 또 다른 전율을 느끼게 했다.

아마 화무린도 죽으면 저런 신세가 될 것이다.

게 떼가 시체 한 구를 깡그리 먹어치우는 데에는 채 이각도 걸리지 않았다.

게 떼는 먹을 수 없는 누더기와 머리카락만 남겼을 뿐 작은 뼈 조각 하나 남겨두지 않았다.

화무린은 시체를 먹어치운 게 떼가 길게 행렬을 이루면서 어디론가 가고 있는 광경을 발견하고 시선을 고정시켰다.

그런데 잘 가던 게들이 오 장쯤 가다가 갑자기 어디론가 감쪽같이 사라지고 있었다.

화무린은 안력을 돋우었지만 게들이 어디로 사라지고 있는지 그가 있는 곳에서는 보이지 않았다.

게들은 그저 슬금슬금 기어가다가 갑자기 땅속으로 꺼지는 것처럼 잠시 후에는 모조리 사라져 버렸다.

'땅속이다!'

화무린은 속으로 외치는 것과 동시에 게들이 사라진 곳을 향해 쏜살같이 달려갔다.

만약 자신이 땅속으로 들어갈 수만 있다면 그보다 좋은 은신처는 없을 것이라는 생각이 그 순간에 뇌리를 스쳤다.

게들은 한 마리도 남아 있지 않았다.

바닥을 살피던 그는 바닥을 형성하고 있는 두 개의 거대하고 편편한 바위가 맞물리면서 경계를 이루는 곳에 폭 두 치가량의 좁은 틈이 길게 이어져 있는 것을 발견했다.

게들은 그곳으로 사라진 것이다.

하지만 화무린은 게처럼 작지 않아서 그 속으로 비집고 들어갈 수가 없었다.

게들은 지하에 살고 있는 것이 분명했다. 이 지저 세계 아래에 또 지하가 있었던 것이다.

또한 게들은 원래 물에서 사는 동물이다. 그러니 어쩌면 지하에 물이 있을지도 모르는 일이다.

그는 포기하지 않고 자세를 잔뜩 낮춘 채 바위틈을 살피면서 계속 걸어갔다.

어딘가 몸 하나쯤 비집고 들어갈 만한 틈이 있을 것이다.

그런 곳을 찾아서 일단 지하로 숨어들기만 한다면 알부타의 지독한 위험을 절반 정도는 피할 수 있을 터이다.

틈은 구불구불 길게 이어졌다.

여러 개의 커다란 바위가 서로 맞물리면서 그 틈을 계속 만들어내고 있었다.

그런데 그게 아니었다.

어느 거대한 바위 밑에 이르러 돌연 틈이 사라져 버리고 만 것이다.

아니, 틈은 계속 이어져 있을는지도 모른다. 다만 바위가 틈 위에 얹혀 있는 것 같다는 생각이 들었다.

그래도 화무린은 포기하지 않고 바위 밑으로 들어가 볼 생각으로 바위를 따라 세밀하게 살피면서 돌았다.

바위 둘레는 무려 삼십여 장이나 됐는데, 한 바퀴를 다 돌았는데도 바위 아래로 비집고 들어갈 틈을 찾지 못했다.

주위는 이미 어두워졌다.

알부타의 밤이 시작된 것이다. 다만 아주 흐린 잔광만이 알부타가 완전한 암흑 천지로 변하려는 것을 막고 있었다.

하지만 곧 손을 내밀어도 보이지 않을 암흑 세계로 변할 것이다.

'찾았다!'

화무린은 얼굴을 거의 바닥에 붙이다시피 살피다가 마침내 바위의 아래쪽에 자신의 몸 절반 크기의 납작한 돌이 괴어져 있는 곳을 발견하곤 속으로 낮게 탄성을 터뜨렸다.

그는 힘을 주어 돌을 잡아 뽑았다.

드극!

돌이 너무 쉽게 빠져 버렸기 때문에 그는 하마터면 돌을 안은 채 뒤로 자빠질 뻔했다.

돌이 빠진 자리는 그가 엎드려서 겨우 기어들어 갈 수 있을 정도의 틈이었다.

그는 돌을 두 손으로 잡고 조심스럽게 다리부터 틈 속으로 밀어 넣었다.

등에 메고 있는 검이 바위에 걸려서 검을 돌려 배에 깔았다. 그의 몸은 다리에서부터 머리까지 완전히 위아래로 두 개의 바위에 낀 상태라서 운신이 거의 불가능했다.

그는 포기할까 잠시 생각했다.

하지만 이대로 다시 나간다면 적당한 은신처도 찾지 못한 채 이리저리 돌아다니다가 험한 꼴을 당하기 십상일 것이다.

알부타에서의 험한 꼴이란 죽음과 직결된다. 그보다는 차라리 이렇게 엎드려 있는 편이 나았다.

아니, 그대로 있느니 어떻게든 조금씩이라도 움직여서 안으로 들어가기를 시도하는 편이 나았다.

그는 계속 꿈틀거렸다. 옷이 찢어지고 뺨이 바닥에 긁혀 피가 났지만 개의치 않았다.

지성이면 감천이라고 했다.

마침내 머리까지의 진입이 성공하자 그는 두 손으로 잡고 있던 돌을 조심스럽게 끌어당겨 원래 있던 자리에 맞춰 넣어 입구를 봉쇄해 버렸다.

이어서 내친김에 기어서 조금씩 뒤로 전진했다.

삼 장 정도 진입했을 때 그는 등과 머리에 바위가 닿지 않는 것을 느끼고 상체를 약간 일으켜 보았다.

닿지 않았다. 일어서서 까치발을 하면서 머리 위로 손을 한껏 뻗어도 닿지 않았다.

이어서 그는 조심스럽게 주위를 걸으면서 더듬거렸다.

그 결과 그곳에 지름 삼 장 정도의 암동이 형성되어 있다는 사실을 확인할 수 있었다.

한곳 구석에 좁은 동혈(洞穴)이 있었지만 사람이 들어갈 수 있을 정도는 아니어서 더 이상 더듬는 것을 그만두었다.

일단 이것으로 됐다.

우선은 이곳에 머무르면서 심신을 추스르며 생각을 정리하는 게 좋을 듯했다.

그는 복판이라고 추측되는 곳에 가부좌로 자리를 잡고 앉아서 운공을 시작했다.

무언가에 물린 듯 발목이 따끔한 느낌에 화무린은 잠인지 운공인지 모를 것에서 깨어났다.

따끔.

이번에는 허벅지 바깥쪽이 따가웠다.

게인가?

아니었다. 게의 주둥이는 뾰족하고 날카로워서 물리면 이보다 더 아플 것이다.

그는 섣불리 손을 뻗지 않고 벌떡 일어서서 껑충껑충 뛰면서 몸을 세차게 흔들며 그 무언가를 털어냈다.

바직!

무언가 몸에서 후드득 떨어졌으며, 그중 하나가 발에 밟혔다.

그는 즉시 암동의 한쪽 구석으로 물러나 방금 자신이 있던 곳을 쏘아보았다.

맞은편 위쪽 반 장쯤 길게 갈라진 틈에서 흐릿한 빛이 스며들고 있었다.

어느덧 알부타의 낮이 된 것이다.

하지만 이 바위 아래 암동은 바깥의 어슴푸레한 밝기에 훨씬 못 미쳤다.

화무린은 공력을 끌어올려 안력을 최대한으로 돋우었다.

야행성 동물은 극히 미량의 빛만 있어도 그것을 극대화시켜서 대낮처럼 사물을 볼 수 있는 능력을 지니고 있다.

이곳에서의 며칠간 생활에서 화무린은 서서히 그런 쪽으로 진화를 하고 있는 것 같았다.

야행성 동물에 비하면 형편없는 수준이지만 그것에 삼십 년 공력을 더하니 웬만큼 사물을 분간할 수 있을 정도는 됐다.

'지네!'

그의 시선이 멈춘 곳 바닥에는 수십 마리의 지네가 우글거리고 있었다.

반 자 정도의 길이에 엄지손가락 두 개를 합쳐 놓은 정도의 굵기였다.

수많은 마디로 이루어진 등은 윤기 흐르는 검은색이었고, 수십 개의 꼬물거리는 다리는 흰색이 틀림없는 지네였다.

족히 칠, 팔십 마리는 되는 것 같았다. 또한 칙칙거리는 기이한 소리가 났으며 역한 냄새가 진동했다.

그로 미루어 독지네가 분명했다.

그때 독지네들이 화무린 쪽으로 무리를 지어서 빠르게 다가오고 있었다.

빠직! 팍! 팍!

화무린은 다가오는 대로 독지네를 밟아 죽였다.

날지 못하고 기어다니는 한 독지네는 화무린의 상대가 될 수 없었다.

잠시가 지나자 그곳의 독지네는 모조리 밟혀 죽었다. 그 바람에 참기 힘든 냄새가 암동 전체에 퍼져서 화무린은 숨을 쉬는 것조차 힘들었다.

은신처라고 힘들게 기어들어 온 곳이 하필 독지네 굴일 줄은 예상하지 못했다.

화무린은 즉시 바지를 벗고 허벅지 바깥쪽을 보았다. 쌀알만 한 크기의 독아(毒牙) 자국이 새겨져 있었고, 그 주변이 푸르스름하게 변색되어 있었다.

독지네에게 물렸으니 독이 퍼지는 것은 당연했다.

그는 벽월도를 꺼내 도파에 박힌 두 개의 구슬 중 붉은 구슬을 허벅지의 상처에 갖다 댔다.

구슬은 삼분의 일 정도가 돌출되어 있기 때문에 살에 대는 것이 불편하지 않았다.

그렇게 잠시가 지나자 상처 부위에서 검은색에 역한 냄새를 풍기는 독액이 주르르 솟아 나왔다.

그와 함께 푸르스름했던 상처 부위도 빠르게 원래의 살색을 되찾아갔다.

화무린은 다시 너덜거리는 신발과 버선을 벗고 발목에도 붉은 구슬을 댔다.

그는 예전에 벽월도에 박힌 두 개의 구슬이 각각 놀라운 능력을 발휘한다는 사실을 우연찮은 기회에 발견한 적이 있었다.

붉은 구슬은 피독주(避毒珠)였다. 즉, 독을 물리쳐 주는 효능을 지니고 있었다.

또한 푸른 구슬은 피열주(避熱珠)로서, 예전에 그가 점소이로 일하던 주루가 모두 잠든 한밤중에 불이 나서 화염에 휩싸인 적이 있었는데, 그때 그는 머리카락 한 올 타지 않은 채 잿더미 속에서 걸어나와 사람들을 놀라게 했었다.

곧 발목의 독도 제거됐다.

그가 벽월도를 몸에 지니고 있는 것만으로도 독기는 절대 발작하지 않는다.

하지만 벽월도를 몸에서 떼어놓으면 독기가 발작할 것이다. 그러니 아예 해독하는 편이 좋았다.

그는 바지를 입고 벽월도를 갈무리한 후 암동 안을 차근차근 살펴보았다.

암동 내부는 그가 지난밤에 더듬거리면서 살폈던 것과 별반 다르지 않았다.

그리고 암동 내에는 독지네 외에 다른 종류의 독충이나 짐승은 없는 것 같았다.

문득 그의 시선이 한쪽 구석 아래쪽에 있는 동혈로 향했다.

입구가 폭 반 자 정도였는데 아무래도 그 안에 무언가 있는 것만 같아서 영 찜찜한 기분을 떨쳐 버리기 힘들었다.

그는 동혈 앞 바닥에 뺨을 대고 한껏 안력을 돋우어 조심스럽게 동혈 안을 들여다보았다.

동혈은 꽤 깊은 것 같았는데 캄캄해서 아무것도 보이지 않았다.

아니, 보였다.

무언가 희끗한 물체가 아주 조금씩 꿈틀거리고 있었다.

그는 그 자세를 유지한 채 동혈 입구에서 약간 뒤로 물러나 희끗한 물체가 불시에 공격할 것에 대비하면서 지켜보았다.

점차 어둠이 눈에 익자 희끗한 물체의 윤곽이 드러났다.

정확하게 무언지는 모르겠지만 게나 독지네는 아니었고, 그보다는 약간 컸다.

우우!

그때 흰 물체가 무슨 소리를 흘러냈다.

아주 낮은 소리였는데, 화무린은 그게 무슨 소린지 단번에 알아차릴 수 있었다.

사람처럼 입에서 흘러나온 소린데 신음 소리였다. 사람이나 짐승이나 소리는 달라도 신음이라는 의미는 비슷했다.

화무린은 동혈 안의 짐승이 독지네 떼에게 공격당해서 중독됐을 것이라고 추측했다.

중독됐다면 몸부림치다가 머지않아 죽을 것이다. 그렇다면 위협을 줄 만한 존재는 아니었다.

그는 동혈에서 물러 나와 죽은 독지네들을 한쪽 바닥의 갈라진 틈새로 밀어 넣었다.

이제 은신처는 확보됐다.

최소한 이 안에 있는 동안만큼은 안전했다.

그러나 그게 끝이 아니었다.

안전이 목적이라면 그토록 아등바등하며 구중천에 오지도 않았을 것이다.

그는 구중천에 단지 안전하게 은신해 있으려고 온 것이 아니라 자신의 목적을 이루기 위해서 왔다.

팔 년 동안의 그 진저리쳐지도록 혹독한 떠돌이 생활에서 그는 한 가지 목표를 정했다.

절대자(絶對者).

그것이 목표였다.

절대자 비슷한 것도 안 되고, 조금 못 미치는 것도 아닌, 완벽한 절대자가 되는 것이다.

그런데 이런 바위 아래 백날 천날 웅크리고 있어봤자 무슨 소용이 있겠는가.

무를 천만 년 땅속에 묻어둔다고 해서 산삼이 되겠는가.

구중천의 광장에서 금비라는 분명히 말했었다. 팔대지옥을 통과해야만 구중천에 오를 수 있다고.

팔대지옥이 팔한지옥과 팔열지옥, 도합 열여섯 개로 이루어졌으니 이곳 알부타는 그 시작일 뿐이다.

그 시작점에서 죽거나 안주해 버린다면 언제 나머지 열여섯 개 관문을 통과할 것이며 구중천에 오를 텐가?

'우선 무얼 먹을 수 있을 것인가를 찾아보는 한편 알부타 전체를 자세히 살펴볼 필요가 있다.'

먹어야 살 수 있으며, 이곳의 지형 지물을 제대로 알아야 이후 어떻게 할 것인지 구체적인 목표를 세울 수 있을 것이다.

우우.

그때 예의 흰 물체의 나직한 신음성이 다시 들려왔다.

그리고 동혈 입구를 쳐다보던 화무린의 눈이 약간 커졌다.

동혈 밖으로 하나의 물체가 기어나와 있었다.

그것은 몸 전체가 눈처럼 흰 복스러운 털에 뒤덮여 있는 조그만 짐승이었다.

크기는 작은 호박 정도.

길이 역시 작은 호박 정도.

굵기도 작은 호박 정도.

얼굴과 몸은 족제비와 강아지의 중간쯤에 해당하는 모습이었고, 손가락보다 더 가느다란 앞발 두 개를 앞으로 쭉 뻗고 눈을 꼭 감은 채 늘어진 자세였다.

그런데 입에서 하얀 액체가 흘러나와 바닥을 적셨다. 아마도 그것은 흰 짐승의 피인 것 같았다.

백색 피를 흘리다니, 과연 알부타의 짐승다웠다.

화무린은 그 짐승을 보면서 추호의 두려움이나 경계심을 느끼지 못했다.

아니, 오히려 흰 짐승은 눈에 넣어도 아프지 않을 정도로 예쁘고 귀여웠다.

화무린은 앉은걸음으로 흰 짐승에게 다가갔다.

무언가를 느꼈는지 때마침 흰 짐승이 눈을 떴다.

눈을 다 뜨지 못하고 반쯤 뜬 상태인데도 눈 두 개가 얼굴의 위쪽 절반을 모두 차지할 정도로 컸다.

게다가 흰자위 가운데 자리 잡은 동자는 기이하게도 투명하리만치 맑은 연녹색이었다.

그 맑은 한 쌍의 눈은 촉촉히 물기에 젖은 채 화무린을 힘없이 바라보고 있었는데, 이 순간 더없이 슬퍼 보였다.

아니, 화무린뿐만 아니라 그 누구라도 그 눈빛을 보면 세상에서 가장 슬픈 눈빛이라고 서슴없이 말할 것 같았다.

하지만 그것은 착각이었다.

흰 짐승은 그저 경계의 눈으로 화무린을 쳐다보았을 뿐이다.

다만 지금의 흰 짐승은 아직 어미에게서 태어난 지 얼마 안 됐고, 또한 중독된 상태라서 어미처럼 이글거리는 안광을 뿜어내지 못할 뿐이었다.

화무린은 흰 짐승에게 연민의 정을 느꼈다. 그러나 그것이 사람이었다면 거들떠보지도 않았을 것이다.

그는 흰 짐승처럼 예쁘고 귀여운 놈이 자신에게 해를 입힐 것이라고는 터럭만큼도 의심하지 않았다.

"어디 보자, 어딜 물린 게냐?"

그는 나직이 중얼거리며 흰 짐승에게 손을 뻗었다.

흰 짐승이 앞발을 힘없이 들어올렸지만 곧 축 처졌다.

사실 그것은 흰 짐승의 방어 동작이었다.

만약 흰 짐승이 중독되지 않은 상태였다면 비록 어린 새끼라고 해도 가볍게 앞발을 휘두르는 것만으로도 능히 화무린의 팔을 자르거나 깊은 상처를 낼 수 있었을 것이다.

복스러운 흰 털 속에 오므려져 있는 발가락 속에는 족히 세 치 길이나 되는 날카로운 발톱이 숨겨져 있기 때문이다.

우우.

흰 짐승이 아까보다 많이 약해진 구슬픈 신음성을 또다시 흘렸다.

화무린은 흰 짐승을 손으로 잡았다가 깜짝 놀라며 잠시 후 어이없는 표정을 지었다.

털은 순전히 공갈이었다.

복슬복슬한 털 속에 감춰져 있는 몸뚱이는 화무린의 엄지 정도의 굵기에 길이도 네 치 정도에 불과했던 것이다.

화무린이 수북한 털을 헤치며 자세히 살펴본 결과 흰 짐승 은 세 군데나 독지네에게 물렸다.

그는 털을 헤치고 상처 부위에 일일이 벽월도의 피독주를 갖다 대서 독이 흘러나오게 했다.

그때 흰 짐승이 스르르 눈을 뜨고 예의 그 투명하리만치 맑 은 연녹색의 눈으로 화무린을 잠시 응시하다가 다시 눈을 감 았지만 그는 알지 못했다.

그리고 화무린이 흰 짐승에 대해서 모르고 있는 사실이 세 가지나 더 있었다.

흰 짐승이 기어나온 동혈 안에 처참하게 잘려 나간 독지네 조각이 수북하게 쌓여 있다는 사실, 그리고 이 흰 짐승이 이제 태어난 지 보름밖에 안 된 어린 새끼라는 사실, 또한 이름이 '백령예(白靈猊)'라는 사실이 그것이었다.

백령예.

전설로만 전해져 내려오는 그 영물(靈物)이 실제로 존재하고 있었던 것이다.

화무린과 어린 백령예 새끼의 만남.

과연 둘은 앞으로 어떤 관계를 이어나갈 것인가.

第十二章

또 다른 세계

구중천
九重天

화무린은 흰 짐승 백령예의 독을 제거해 준 후 얼마 전에 독지네들을 밀어 넣었던 바닥의 틈새를 세밀히 살폈지만 틈새의 폭은 넓은 곳이 고작 한 뼘 남짓해서 도저히 진입이 불가능했다.

뭔지는 몰라도 아래에 뭔가 있는 것 같은데 들어갈 수가 없으니 답답하기 짝이 없었다.

그가 지금 있는 이곳 바위 아래의 썩 괜찮은 은신처를 찾아내긴 했지만 그것으로는 아직 성이 차지 않았다. 그렇다고 없는 길을 만들 수도 없는 노릇이었다.

그래도 이곳은 최소한 야차나 나찰, 그 외 독물이나 짐승들의 위협으로부터 안전했다.

그는 알부타에 떨어진 후 그런 위협들 때문에 제대로 운공을 하지 못했기 때문에 이 기회에 실컷 운공이나 하면서 생각을 정리하기로 마음먹었다.

연이어 세 차례의 운공을 하고 나자 심신이 더없이 상쾌했다. 알부타에 떨어진 후 최상의 기분이었고 몸 상태였다.

눈을 뜨고 위쪽의 틈새를 보니 그곳으로 희미한 빛이 스며들고 있었다.

아직 알부타의 낮이 이어지고 있었다.

그 틈 안쪽은 여러 번 굴곡이 져 있어서 바위 밖의 허공이나 천장이 보이지 않았고, 스며드는 빛도 그다지 밝지 않았다.

또한 폭이 손가락 반 마디에 불과해서 흐린 빛이나 공기가 스며드는 정도만이 가능할 것 같았다.

문득 화무린은 극심한 허기를 느꼈다.

며칠이 흘렀는지 모르지만 그동안 흰개미 한 마리를 먹은 게 전부였다.

이대로 아무것도 먹지 못하고 있다가는 야차, 나찰들에게 죽임을 당하기 전에 어이없이 굶어 죽게 생겼다.

무엇이든 먹을 것을 찾으려면 밖으로 나가야 할 텐데 그것 또한 영 내키지 않았다.

어떻게든 이 안에서 해결하고 싶은데 방법이 생각나지 않았다. 그렇다고 독지네 부스러기 따위를 먹고 싶은 생각은 추호도 없었다.

문득 백령예가 어떻게 됐는지 궁금했다.

하지만 그것이 다 나아서 자신을 해칠 것이라는 생각은 추호도 하지 않았다.

"......."

고개를 돌려 백령예를 찾던 화무린은 눈을 약간 크게 떴다.

백령예는 보이지 않았고, 대신 저만치 바닥에 게의 잔해가 어지럽게 흩어져 있었다.

무언가 게를 잡아먹고 난 후의 광경이었는데 등껍질이나 다리로 보아 한 마리 같았다.

그는 다시 두리번거리다가 어이없는 표정을 짓고 말았다.

백령예가 가부좌를 튼 자신의 다리 위에서 곤히 잠들어 있는 모습을 발견했던 것이다.

화무린의 얼굴에 떠올라 있던 어이없는 표정이 곧 부드러운 미소로 바뀌었다.

백령예는 보통의 짐승들처럼 엎드려서 자는 게 아니라 마치 사람처럼 몸을 뒤집은 채 배를 드러내고 네 활개를 활짝 펼친 모습으로 자고 있었다.

그 모습이 너무나 천진스럽고 귀여워서 화무린은 자신도 모르게 미소를 지었던 것이다.

그런데 그는 자신의 앞쪽 바닥에 두 마리 게와 한 종류의 이상한 짐승 세 마리가 놓여 있는 것을 발견했다.

게와 짐승들은 꼼짝하지 않는 것으로 보아 죽은 것 같았다.

왜 그것들이 자신의 앞에 놓여 있으며 한쪽에는 게의 잔해가 흩어져 있는지 모를 일이었다.

앞에 놓여 있는 짐승은 화무린의 팔뚝 정도의 굵기에 한 자 길이로 제법 컸으며 회색 털에 마치 족제비처럼 생겼다.

화무린은 바짝 긴장하여 공력을 끌어올리고 움직이지 않은 채 고개와 눈동자만을 움직여서 주위를 날카롭게 살피기 시작했다.

침입자가 있다고 생각한 것이다.

그러나 여러 차례나 아무리 세밀히 살펴봐도 이곳에는 자기 혼자뿐인 것이 분명했다.

아니, 한 녀석이 더 있었다.

바로 백령예였다.

그는 배를 드러낸 채 세상모르고 자고 있는 백령예를 보고는 고개를 가로저었다.

독지네에게 물려서 다 죽어가던 이 귀여운 짐승이 독지네보다 난폭한 게나 자기보다 몇 배나 더 큰 족제비 같은 짐승을 죽여서 물어왔을 것이라고는 상상하기 어려웠다.

하지만 이곳에는 화무린 자신과 백령예뿐이다. 게다가 누군가 침입한 흔적은 어디에도 없었다.

그때 자고 있던 백령예가 갑자기 눈을 번쩍 떴다.

화무린은 늘어져 있던 백령예의 몸이 갑자기 단단하게 경직되는 것을 느끼곤 무심코 굽어보다가 급히 눈을 가리면서 외면했다.

"우웃!"

백령예의 두 눈에서 혈광이 뿜어졌는데 그것과 마주친 순간 마치 시뻘겋게 달군 송곳으로 눈을 지지는 것 같은 극심한 통증을 느낀 것이다.

그때 백령예가 화무린의 무릎을 가볍게 박차고 둥실 허공으로 떠올랐다가 쏜살같이 그의 머리를 날아 넘어서 뒤쪽으로 쏘아갔다. 실로 전광석화와도 같은 움직임이었다.

화무린은 눈을 뜰 수가 없을 뿐 아니라 눈알이 터져 버릴 것처럼 고통스러웠다.

"으으……."

눈을 비비며 괴로워하고 있는 그의 뒤에서 괴이한 소리가 마구 들려왔다.

쉬이익! 쉭!

캬아!

그러나 고개를 그쪽으로 돌려도 눈을 뜰 수가 없어서 무슨 일이 벌어지고 있는지 알 수가 없으니 답답한 노릇이었다.

그 소리는 곧 잠잠해졌다.

그리고 잠시 지나자 눈에 잔뜩 모래가 낀 것처럼 몹시 껄끄러웠지만 어렵사리 조금쯤은 눈을 뜰 수가 있었다.

'뭐야, 저건?'

소리가 들려왔던 곳을 급히 쳐다보던 화무린은 아연실색했다.

그곳에는 한 마리 구렁이가 백령예의 몸을 똘똘 감은 채 잔뜩 옥죄고 있었다.

화무린이 보기에 백령예의 작은 몸은 아예 으스러져서 금방이라도 진액이 돼버릴 것만 같았다.

순간 그는 이것저것 생각할 것도 없이 즉시 벽월도를 아래로 내려 손에 움켜쥐고 구렁이를 향해 덮쳐 가려고 했다. 백령예를 구해야겠다고 판단한 것이다.

그런데 그게 아니었다.

"……."

화무린이 쳐다보고 있는 중에 똬리를 틀었던 구렁이의 몸이 스르르 풀어지더니 바닥에 축 늘어지는 것이 아닌가.

그리고 그는 보았다.

몸이 으스러졌을 것이라고 여겼던 백령예의 작은 앞발 하나가 구렁이의 목 아래쪽에 닿아 있었으며, 구렁이의 그곳에서 피가 흘러내리고 있는 광경을.

'어떻게 된 거지?'

영문을 알 수가 없었다.

구렁이는 죽은 게 확실했다.

그리고 백령예의 앞발 하나가 구렁이의 목에 닿아 있고, 그 부위에서 피가 흘러나오고 있었다.

하지만 백령예의 앞발은 구렁이 목을 뚫고 들어간 것이 아니라 그저 살짝 닿아만 있는 것이었다.

갸르르.

그때 백령예가 기이한 소리를 내며 화무린을 향해 몸을 날렸다.

엄청난 빠르기였다.

아니, 화무린은 그저 한줄기 백영(白影)이 눈앞에서 어른거리는 것만을 겨우 보았을 뿐인데 백령예는 어느새 화무린의 무릎에 사뿐히 내려앉고 있었다.

게다가 일 장 반의 거리였다. 사람인 화무린도 그 정도 먼 거리를 단번에 도약하기가 어려울 텐데, 하물며 손바닥보다 작은 백령예가 그 거리를 단숨에 쏘아온 것이다.

갸르르… 갸갸…….

백령예는 화무린의 무릎에서 그의 배에 머리를 비비거나 새빨간 혀를 내밀어 손을 핥는 등 야지랑을 떨었다.

그런 모습은 어느 누가 보더라도 친근감의 표시이거나 재롱이 분명했다.

화무린은 설마 그럴 리는 없겠지 하는 마음으로 백령예의 앞발 하나를 잡고 손톱을 자세히 살펴보았다.

손톱은 예상외로 몹시 날카로웠다. 그러나 너무 짧았다.

그것으로는 구렁이의 비늘조차도 뚫지 못할 것 같았다.

화무린은 계속 재롱을 부리는 백령예를 떼어놓고 구렁이에게 조심스럽게 다가가 보았다. 그러자 백령예도 쫄레쫄레 따라왔다.

뱀은 뱀이되 구렁이였다.

굵기가 족히 화무린의 발목 정도였으며, 길이는 일 장 조금 못 미칠 만큼 큰 놈이었다.

더구나 온몸이 눈처럼 흰 백사(白蛇)인데, 눈 윗부분에 마름모꼴의 핏빛 점 하나가 찍혀 있었다. 마치 미간에 피 한 방울이 찍혀 있는 모습이었다.

백사는 완전히 숨이 끊어져 있었다. 뱀이 죽은 체한다는 말은 들어보지 못했다.

화무린은 뱀의 전신을 꼼꼼하게 살펴보았다. 목에 조그만 상처가 나란히 네 개 나 있는 것 외에는 아무런 상처도 없었다.

그 상처도 비늘 사이에 아주 조그맣게 나 있어서 여간해서는 발견하기 어려울 정도였다.

그런데 그 네 개의 상처를 자세히 살피던 화무린은 가볍게 표정이 굳었다.

상처는 몹시 깊었다. 그 정도면 최소한 세 치 이상은 될 것 같았다. 세 치 깊이로 목 아래 급소에 네 군데나 찔렸다면 백사의 목은 거의 관통돼서 즉사한 것이 당연했다.

화무린은 조금 전에 백사가 백령예를 친친 옥죄고 있을 때 백령예의 앞발 끝이 백사의 목 아래에 닿아 있었던 것을 기억해 냈다.

그래서 다시 백령예를 붙잡아 앞발을 자세히 살폈지만 발톱은 아까와 다름이 없었다.

"너 이 녀석, 대체 어떻게 한 것이냐?"

화무린이 손가락으로 백령예의 콧등을 가볍게 찌르자 백령예는 빨간 혀로 그의 손가락을 날름거리면서 핥았다.

무슨 방법을 썼는지는 모르겠지만 백령예가 백사를 죽인 것은 분명한 것 같았다.

지금 다시 생각해 보니 게와 족제비를 닮은 짐승을 몇 마리 잡아다 놓은 것도 백령예의 소행(?)인 듯했다.

화무린은 공간의 한쪽 벽 아래 바닥에 길게 그어져 있는 틈 앞에 앉아서 물끄러미 굽어보았다.

한 뼘도 채 못 되는 좁은 틈이었다. 하지만 백사는 그곳으로 기어나왔을 것이다.

게나 백사는 출입할 수 있지만 사람은 어린아이조차도 들어가지 못하는 틈새였다.

틈을 굽어보고 있자니 그의 마음이 조금 전보다 더 답답해졌다.

나는 정녕 이곳에서 꼼짝도 못하는 것인가 하는 생각이 들었다.

백령예는 화무린의 옆에 앉아서 그의 흉내라도 내듯 묵묵히 틈새를 굽어보고 있었다.

　화무린은 백령예를 보다가 게와 족제비를 닮은 짐승을 가리키며 중얼거렸다.

　"꼬마야, 저것들도 네가 죽인 것이냐?"

　백령예는 고개를 들고 빤히 화무린을 올려다보았다.

　그런데 백령예의 눈 색깔은 조금 전에 화무린의 두 눈을 한순간 멀게 만들었던 혈광이 아니라 처음 봤을 때처럼 연녹색이었다.

　'혹시……'

　화무린은 백령예의 눈빛이 평소에는 연녹색이었다가 공격적일 때는 혈광으로 변하는 것이 아닐까 하고 생각해 보았다.

　"설마 나 먹으라고 저것들을 잡아온 거니?"

　화무린은 스스로도 말이 안 된다고 생각하면서 그렇게 물었다.

　사람의 말귀를 알아들을 리 없는 백령예는 그저 고개를 들고 연녹색의 말간 눈빛으로 화무린을 바라볼 뿐이었다.

　그래도 한 가지 신기한 일이 있었다.

　화무린이 무언가 말할 때에는 백령예가 재롱을 부리다가도 멈추고 마치 그의 말을 열심히 경청하는 것 같은 자세를 취하고 있다는 사실이었다.

　그러다가 화무린은 피식 실소를 흘렸다.

한 줌도 안 되는 짐승을 앞에 놓고 자신이 지금 무얼 하고
있는 것인가 하는 생각이 든 것이다.

사흘이 더 지났다.
화무린은 원기를 크게 회복한 상태였다.
백사는 껍질을 벗기고 살점만을 잘 발라내어 토막을 내두
었다가 배가 고플 때마다 집어먹었다.
게는 죽은 시체를 뜯어먹던 게걸스러움과는 달리 아주 연
하고 맛있었다.
단단한 등껍질과 그보다 연한 배의 껍질, 그리고 여러 개의
마디 팔을 떼어내면 안의 살코기는 몹시 부드럽고 맛있었으
며 내장 역시 고소했다.
족제비처럼 생긴 짐승은 몸의 절반을 가죽과 털이 차지하
고 있었다. 또한 내장과 다리를 제외하고 나면 딱 한입거리밖
에 되지 않았으며 약간 냄새가 났지만 씹을수록 독특한 맛이
우러나왔다.
화무린은 뱀 고기에 질리면 게와 족제비 고기를 반찬처럼
조금씩 곁들여서 먹었다.
물론 불을 피울 수 없으므로 모두 날것으로 먹었다. 날고기
라고 해도 오래 씹으니까 먹을 만했다.
살기 위해서는 제 살이라도 뜯어 먹어야 할 형편에 그 정도
면 호사였다.

그는 뱀 껍질, 즉 사피(蛇皮)가 손상되지 않도록 잘 벗겼으며 족제비 비슷한 짐승의 가죽도 잘 벗겨서 따로 보관했다. 나중에 쓸모가 있을 것이라는 생각에서였다.

사흘 동안 그는 운공과 생각만 했다.

이제 어떻게 할 것인가 하는 생각도 했지만 그의 의지와는 달리 쓸데없는 잡생각이 먹구름처럼 피어났다.

잡생각이라고 해봐야 이곳 팔대지옥에 대한 것들뿐이었다.

구중천에 오기 전의 여러 가지 일 따위를 추억하는 것이야말로 그의 성미에 맞지 않는 짓이었다.

잡생각 중에는 이곳 짐승들의 이름을 짓는 일도 있었다.

예를 들면, 흰개미는 살을 뜯어 먹는다고 해서 호서의(皓噬蟻)라고 지었다.

시체를 청소하던 게는 추해(帚蟹).

족제비처럼 생긴 회색의 작은 짐승은 회모유(灰毛鼬).

독지네는 그저 지독한 냄새 때문에 독취공(毒臭蚣).

백사는 백린홍점사(白鱗紅點蛇) 등으로 지었다.

그리고 사흘이 지나도록 화무린의 곁을 떠나지 않은 채 재롱을 부리고 있는 백령에에겐 아령(雅靈)이라는 예쁜 이름을 지어주었다.

화무린은 아마도 자신이 아령의 독상을 치료해 주었기 때문에 떠나지 않는 것이라고 추측했다.

기특한 녀석이었다.

그가 아령에 대해서 알고 있는 것은 전무한 상태였다. 심지어 아령이 다 자란 어른인지 아직 새끼인지도 알 수가 없었다.

아령은 하루에 두세 차례씩 바닥의 틈새로 사라졌다가 곧 돌아왔는데 그때마다 입에는 게 추해나 족제비 회모유를 한 마리씩 물고 있었다.

아령은 자신의 몸 두 배가 넘는 추해나 회모유를 물고도 끄떡없이 틈새 밖으로 솟구쳐 올라왔다.

그런 것을 보면서 화무린은 아령이 힘이 매우 세다는 것과 틈새 아래에 추해와 회모유가 몹시 많이 살고 있다는 사실을 짐작할 수 있었다.

슥—

화무린이 완두콩 크기의 붉고 작은 구슬 하나를 집어 들었다.

하지만 그것은 구슬이 아니었다. 백린홍점사를 토막 내다가 뱃속에서 꺼낸 내단(內丹)이었다.

이걸 어떻게 할까 하다가 따로 치워놨던 것인데 갑자기 생각이 나서 집어 든 것이다.

수백 년, 혹은 수천 년 묵은 영물의 몸속에 내단이라는 것이 들어 있으며, 그것을 보통 사람이 먹으면 무병장수나 불사영생하게 되고, 무공을 연마하는 사람이 복용하면 순식간에 공력이 적게는 몇십 년, 많으면 일 갑자 이상도 증진될 수 있다는 사실을 화무린은 하오문의 졸개들에게 여러 차례 귓등으로 얻어들은 적이 있었다.

그리고 그런 일은 여간해서는 현세에, 그리고 평범한 사람에겐 일어나지 않는다는 말도 함께 들었다.

화무린이 보기에 백린홍점사는 무슨 영물씩이나 되는 것 같지는 않았다.

하지만 먹는다고 무슨 큰 탈이 날 것 같지도 않았다. 살펴본 결과 백린홍점사는 독사였는데, 독아(毒牙)와 독낭(毒囊)은 모두 입과 턱에 있었다.

그러니 간이나 쓸개 따위와 나란히 있던 내단에는 독이 들어 있지 않을 것이 분명했다.

일단 거기까지 생각한 화무린은 붉은 내단을 입속에 날름 털어 넣고는 꿀꺽 삼켜 버렸다.

앉아서 잠시 기다렸지만 아무런 변화도 일어나지 않았다.

그는 쓴웃음을 지었다.

'그럼 그렇지. 나한테 무슨 좋은 일이 있겠…….'

그때 그는 갑자기 뱃속이 후끈거리는 것을 느꼈다.

그것은 틀림없는 열기(熱氣)였다.

'설마…….'

하오문의 졸개들은 영물의 내단을 복용하면 극열지기, 혹은 극한지기 때문에 온몸이 불덩어리처럼 뜨거워지거나 얼음처럼 차가워지는데, 그때 운공을 하여 그 기운을 제대로 다스리지 못하면 몸이 타버려서 재가 되거나 얼음덩이로 변해 버린다고 떠들어댔었다.

'극열지기다!'

화무린은 너무 기뻐서 환호성을 터뜨릴 뻔했다.

그는 흥분을 가라앉히고 즉시 그 자리에 앉아서 조화무극을 운공하기 시작했다.

뜨거운 열기를 운공으로 일으킨 진기와 합일시켜서 전신으로 일 주천시켰다.

"……?"

그런데 그게 끝이었다.

일 주천시키려던 열기는 바다에 빠진 하나의 조약돌처럼 흔적도 없이 사라져 버렸다.

더구나 그 열기라는 것은 하오문의 졸개들이 말하던 극열지기가 아니라 그저 뜨거운 국물을 한 모금 마셨을 때 뱃속이 후끈거리는 정도에 불과했다.

그가 복용한 것이 내단은 내단이되 백린홍점사가 수백 년, 혹은 천 년 묵은 영물이 아니었던 것이다.

화무린은 기분이 묘했다. 한마디로 더러웠다.

아령이 영롱한 연녹색 눈망울로 고개를 갸웃거리면서 화무린을 빤히 바라보고 있었다.

"뭘 봐, 임마?"

화무린은 괜히 아령에게 신경질을 부렸다.

그러자 아령은 훌쩍 뒤로 물러나더니 저만치 구석에서 화무린의 눈치를 살피면서 꼼짝도 하지 않았다.

화무린은 씁쓸했다.

영물의 내단 따위를 바라다가 괜히 심드렁해져서 아령에게 심통이나 부리는 자신이 한심했다.

"괜찮다. 이리 오너라."

그가 손짓으로 오라는 시늉을 하는 데도 아령은 꼼짝도 하지 않았다.

그러나 잠시 후 아령은 쏜살같이 달려와서 화무린의 품에 덥석 안겨들었다.

화무린이 입가에 미소를 지으면서 다시 한 번 오라고 했기 때문이다.

짐승도 순수한 마음에서 우러나오는 미소라는 것을 알아보는 듯했다.

누워 있던 화무린은 벌떡 일어나 앉아 한곳을 쳐다보았다.

그의 시선이 고정된 곳에는 백린홍점사의 껍질을 벗기고 다듬을 때 무언가 생각해 둔 것이 있어서 모아두었던 독낭과 회모유의 뼈가 있었다.

회모유의 뼈는 이상한 모양이었다.

목뼈에서부터 꼬리뼈까지 길게 이어진 상태에서 양쪽으로

이십여 개의 가느다란 뼈가 잔가지처럼 났는데, 마치 생선 가시처럼 가늘고 날카로워서 화무린은 회모유의 살을 추려내다가 몇 차례 그것에 찔려서 피를 보기도 했었다.

생선 가시 같은 뼈의 길이는 두 치가량이고 굵기는 약간 굵은 바늘 정도였으며 끝은 뾰족했다.

그동안 모아놓은 가시가 백여 개에 달했다.

딱히 할 일도 없는 터라 화무린은 아예 작심을 하고 자리를 잡고 앉았다.

우선 바닥의 움푹 패인 곳을 잘 닦아낸 후 백린홍점사의 독낭을 터뜨려 그곳에 쏟았다.

이어서 회모유의 회백색 가시 같은 뼈, 즉 자골(刺骨) 십여 개를 그곳에 담갔다.

화무린은 긴장된 표정으로 푸른 독액에 잠겨 있는 자골을 뚫어지게 응시했다.

약 이각의 시간이 흐른 뒤 다른 뼈 두 개를 젓가락 삼아서 하나의 자골을 건져 냈다.

자골을 살피던 그의 입가에 흐릿한 미소가 떠올랐다.

원래 회백색이던 자골은 독액이 뼛속까지 스며들어 이각 동안 푸르스름하게 변해 있었다.

그것은 자골이 연해서라기보다는 백린홍점사의 독성이 강하기 때문이라고 할 수 있었다.

화무린은 최초 열 개의 자골을 반 시진 동안 더 독액에 담가두었다.

그렇게 해서 건져 낸 자골은 아예 독액과 같은 색으로 변해 있었다. 마치 자골이 백린홍점사의 독아로 변한 것 같았다.

화무린은 서두르지 않고 백여 개의 자골 중 오십여 개를 차례로 독액에 담갔다가 꺼내서 암벽의 약간 돌출된 턱 위에 가지런히 늘어놓아 말렸다.

그가 일에 열중해 있는 동안 아령은 그의 옆에 턱을 괴고 엎드려서 빤히 지켜보았다.

제 딴에는 화무린이 쉬고 있을 때와 무언가를 하고 있을 때를 분별하는 것 같았다.

신통한 놈이었다.

그는 회모유의 가죽을 펴서 암벽에 펼쳐 걸어놓았다. 그 옆에는 추해의 단단한 등껍질을 달아두었다.

이어서 왼손에 독액을 묻히지 않은 자골을 한 움큼 쥐고는 일 장 거리에 자리를 잡고 섰다.

휘익!

오른손 엄지와 검지로 자골 하나를 단단히 잡은 후 공력을 모았다가 회모유 가죽을 향해 힘껏 던졌다.

툭!

자골은 가죽에 맞았다가 아래로 힘없이 떨어졌다.

화무린은 연이어 이십여 차례 더 시도해 보고는 그만두었다.

이십여 차례 중에서 겨우 세 개가 바닥에 떨어지지 않았는데, 그나마도 가죽에 꽂힌 것이 아니라 어쩌다가 털에 달라붙은 것이었다.

또한 온 공력을 집중해서 팔을 휘두르자니 겨우 이십여 차례에 팔과 어깨가 뻐근했고, 공력의 손실이 많았다.

그까짓 거 팔이 아프고 공력 손실이 되더라도 그가 목표한 대로 자골의 뾰족한 부분이 가죽에 꽂히기만 한다면야 기운이 펄펄 나겠지만 이렇게 해서는 아무 소용이 없었다.

그의 계획은 백린홍점사의 독액을 흠뻑 머금은 자골을 암기로 사용하자는 것이었다.

자골을 상대의 몸에 꽂히게만 할 수 있다면 상대가 사람이든 짐승이든 중독되지 않겠는가 하는 것이 그의 생각이었다.

그는 포기하지 않았다.

생각을 많이, 그리고 오래 하는 사람들이 뭔가 결단을 내리면 쉽사리 포기하지 않는 법이다.

그가 바로 그랬다.

그때부터 그는 어떻게 하면 자골을 제대로 던지고 맞출 수 있을 것인가에 대해서 고심했다.

또다시 닷새가 지났다.

화무린은 더 이상 고심하지 않기로 했다.

부친은 벽월도를 목숨처럼 소중하게 간직하라고 했지 벽월도를 아끼기만 하다가 죽으라고 하진 않았다.

그는 이 바위 밑에 처음 들어왔을 때부터 벽월도로 바닥의 틈새를 깎아서 넓히면 어떨까 하는 생각을 줄곧 해왔었다. 그것은 한번 시도해 볼 만한 일이었다.

그러나 틈새를 형성하고 있는 바위는 겉으로 보나 만져 보나 마치 무쇠처럼 단단했다.

그는 예전에 벽월도로 돌이나 쇠를 베어보았지만 기껏 돌멩이나 쇠사슬이었으며, 행여 벽월도에 흠집이라도 생길까 봐 몇 번 해보지도 않았다.

그러니 크기가 얼마인지도 모를 거대한 바윗덩이를 통째로 깎고 자른다는 것이 선뜻 엄두가 나지 않는 것은 당연했다.

만약 틈새를 넓힌답시고 설쳐 대다가 자칫 벽월도가 부러지기라도 한다면 그는 복수를 하고 가문을 일으키라는 부친의 유언을 이루기도 전에 벽월도 하나마저 변변히 지키지 못한 불효를 저지르게 되는 것이다.

하지만 그는 자신이 살아 있어야 복수도 가능하고 벽월도도 지킬 수 있는 것이라고 판단했다.

일단 그는 하루 중에서 가장 밝은 때를 기다렸다가 가장 폭이 넓은 틈새를 찾아냈다. 틈새의 표면이 아니라 안쪽, 즉 아래쪽이 넓은 곳을 말이다.

슥―

그는 자세를 잡고 틈새의 깎아내야 할 부분에 두 손으로 잡은 벽월도의 칼날을 조심스럽게 갖다 댔다.

두께 반 치, 길이 두 치가량이었다.

이어서 세게 힘을 주어서 그어 당겼다.

사악!

"웃!"

순간 그는 그대로 엉덩방아를 찧으며 주저앉고 말았다.

그는 어이없는 표정으로 방금 그었던 틈새와 벽월도를 번갈아 쳐다보았다.

두께 반 치, 길이 두 치의 틈 가장자리가 잘 드는 칼로 무를 자른 것처럼 반듯하게 베어져 나갔다.

너무나도 쉽고 간단하게 베어진 것이다.

벽월도를 자세히 살펴보니 칼날에는 터럭만 한 손상도 없었다.

그는 비로소 벽월도로 바위를 깎아내는 일에 자신감을 갖게 되었다.

이번에는 조금 더 두껍고 길게 잘라보기로 했고, 힘은 처음과 균일하게 주었다.

스윽!

"헛!"

이번에도 너무 쉽게 잘려져 나갔고, 너무 힘을 많이 줘서 하마터면 또 엉덩방아를 찧을 뻔했다.

벽월도는 기대 이상이었다.

화무린은 벽월도가 단지 부친의 유품이며 돌이나 쇠사슬

정도를 무리없이 자르기 때문에 썩 좋은 칼이라고만 여겨왔을 뿐이지 이것이 보도, 더구나 전설상의 보도라고는 한번도 생각해 본 적이 없었다.

또한 부친이 벽월도를 잘 간수하라고 한 이유는 벽월도가 가문을 상징하는 물건이기 때문이라고 단순하게 생각했다.

그러므로 벽월도에 무슨 대단한 비밀 같은 것이 담겨져 있을 것이라고는 추측해 보지 않았다.

그는 벽월도를 새삼스러운 눈으로 다시 보게 되었다.

그때부터는 일사천리였다.

그래도 혹시나 하는 마음으로 조심스럽게 바위를 자르던 그는 나중에는 두 팔을 걷어붙이고 마치 추수철에 벼를 베듯이 벽월도를 휘둘러 댔다.

"헉헉헉!"

반 시진이 지났을 때 그는 땀으로 목욕을 한 것처럼 온몸이 흥건하게 젖었고, 거친 숨을 몰아쉬었다.

그사이에 그는 한 사람이 겨우 진입할 수 있을 정도의 넓이로 바닥에서부터 무려 다섯 자 이상이나 깊숙이 파 내려온 상태였다.

그는 쉬고 싶었지만 그럴 수가 없었다. 발아래 틈새로 아래쪽의 광경이 보였기 때문이다.

자세를 거꾸로 하여 자세히 보자 틈새 반 자 아래쪽은 하나의 또 다른 공간이었다. 틈이 좁아서 그것밖에는 보이지 않았다.

힘이 솟은 그는 남은 반 자를 순식간에 깎아냈다.

쿵!

바위를 무려 여섯 자 가까이 깎아낸 화무린은 훌쩍 몸을 날려 암반을 울리면서 묵직하게 바위로 뛰어내렸다.

그곳은 그가 있던 위쪽 공간보다 더 어두웠다.

다만 그가 조금 전에 깎아낸 구멍과 그 양쪽으로 이어지는 가느다란 틈새로 어둠보다는 약간 나은 정도의 희미한 빛이 스며들고 있을 뿐이었다.

암흑보다는 조금 나은 그믐밤 정도의 어두움이었다.

하지만 화무린은 알부타에 떨어진 이후 자신도 모르는 사이에 눈이 웬만큼 어둠에 적응해 있는 상태였다.

게다가 그에겐 삼십 년의 내공이 있었으므로 아예 아무것도 보이지 않는 장님처럼 더듬거릴 정도는 아니었다.

그는 천천히 사방을 둘러보았다.

그러나 곧 실망하고 말았다. 언뜻 보기에도 이곳은 여러 개의 바위가 맞물리면서 만들어낸 작은 공간—위의 공간에 비해 절반에도 미치지 못했다—에 불과했으며 사방이 꽉 막혀 있었다. 그저 하나의 밀폐된 공간 같았다.

기를 쓰고 내려온 곳이 위의 공간보다 못한 곳이라니…….
화무린은 온몸의 맥이 탁 풀렸다.

휙!

그가 그 자리에 주저앉으려고 할 때 갑자기 아령이 위에서 뚝 떨어져 내려와 그의 어깨를 가볍게 딛더니 쏜살같이 한쪽 방향으로 쏘아갔다.

그러더니 곧 시야에서 사라져 버렸다.

주저앉으려던 화무린은 정신이 번쩍 들어 즉시 아령이 사라진 방향으로 조심스럽게 다가갔다.

그곳은 두 개의 바위가 서로 맞닿는 곳이었는데, 아래쪽에 한 사람 정도는 충분히 지나칠 수 있는 틈이 있었다. 어두워서 보이지 않았던 것이다.

그는 무릎을 꿇고 엉금엉금 기어서 들어갔다. 들어갈수록 점점 더 어두워졌지만 전진하는 데에는 지장이 없었다.

시간이 지날수록 그의 안력은 점차 어둠에 적응해 갔다.

눈과 귀, 후각, 손으로 더듬는 것을 촉각으로 대신했으며, 심지어 피부의 감촉, 즉 기각(肌覺)까지 총동원했다.

눈으로 보는 것이 오 할이라면 나머지 감각 기관이 오 할을 보완해 주었다.

아직은 미숙하지만 오래지 않아서 그의 온몸의 감각 기관은 최대한 이곳에 적응하게 될 것이다.

통로를 벗어나자 일어서도 될 정도의 공간이 나타났다.

아니, 그곳은 길이라고 해도 좋을 정도였다. 바위와 바위 사이로 이어지는 틈새였는데 구불거리면서 아래로 비스듬히 뻗어 있었다.

화무린은 저만치 앞쪽에 두 개의 연녹색의 밝은 불빛이 이쪽을 향하고 있는 것을 발견했다.

아령의 눈이었다.

귀여운 것.

바로 아령이 화무린을 보고 있는 것이었다. 그는 아령이 자신을 안내하고 있는 것을 깨달았다.

그곳에서부터는 길이 한번도 끊어지지 않았다.

아령은 어둠 때문에 빨리 따라오지 못하는 화무린을 기다리느라 가다가 멈춰 서서 뒤돌아보기를 거듭했다.

귀여운 데다 영특하기까지 한 놈이었다.

화무린이 두 번째 공간을 출발하여 반 시진가량 내려왔을 때 길이 끊어지고 대신 하나의 거대한 바위가 앞을 가로막았다.

그는 기다시피 바위에 올라섰다.

이어서 무심코 바위 아래를 보던 그의 얼굴이 더할 수 없는 경악으로 가득 물들었다.

그는 태어나서 지금처럼 놀란 적이 부모님이 돌아가셨을 때 외에는 한 번도 없었다.

아니, 그때는 경악과 분노였지만 지금은 경악과 감탄이었다.

그의 발아래 펼쳐져 있는 것은 하나의 또 다른 세계였다.

"이런 세상에……."

한참 만에 그의 입에서 새어 나온 것은 신음이었다.

그의 발아래 펼쳐진 난생처음 보는 장관은 일단 끝이 보이지 않을 정도로 드넓었다.

그리고 푸르렀다.

또 비록 흐리긴 하지만 위에서부터 빛이 쏟아져 내렸다.

화무린은 고개를 들어 위를 쳐다보았다.

아래만큼이나 드넓은 천장이 거기에 있었다.

천장은 평평한 곳이 있는가 하면 굴곡진 곳도 있었다. 그러므로 높이가 달랐다.

그리고 여기저기 흡사 거북이 등처럼 가늘며 길게 이어진 틈새에서 위쪽의 빛이 새어 들어왔다. 빛은 흐렸지만 그중에서도 특히 흐린 빛이 있었다.

화무린은 천장 위가 알부타일 것이라고 생각했다.

이것은 굉장한 발견이었다.

대체 지저 세계인 알부타 밑바닥에 또 하나의 지저 세계가 존재할 것이라고 누군들 상상이나 했겠는가.

좁은 공간이지만 천장의 어떤 곳은 은은한 빛을 발하고 있었다.

화무린은 잠시 쳐다보다가 천장을 이루고 있는 것이 두꺼운 얼음이라는 사실을 알게 되었다.

천장에는 그런 곳이 드문드문 대여섯 군데나 있었다. 알부타의 빛이 얼음을 투과하여 아래 세계를 은은하게 비추고 있었다.

저 위에서 얼마인지 알 수 없는 사람들이 고통을 당하다가 야차나 나찰에게 죽음을 당하고 있다는 생각이 들자 화무린은 어이없는 생각 끝에 쓴웃음을 지었다.

그는 다시 아래를 굽어보았다. 그의 눈은 어둠에 어느 정도 익숙해져 있었지만 아래에 펼쳐져 있는 푸른 것이 무언지 확인할 수는 없었다.

알부타 아래 또 다른 지저 세계의 바닥을 온통 뒤덮고 있는 푸른 것은 이끼류, 즉 선태(蘚苔)였다.

이끼의 모습은 각양각색이었다. 또한 크기도 제각각이었으며 붉은 계통이나 갈색도 있었지만 대부분 녹색이었다.

이끼들은 종류별로 군락을 이루어 이곳 지저 세계 전역에 고루 퍼져 있었다.

더 놀라운 것은 여러 종류의 짐승이 곳곳에서 무리를 지어 한가롭게 이끼를 뜯어 먹고 있다는 사실이었다.

그러나 큰 짐승은 없었으며 가장 큰 것이 토끼보다 약간 큰 정도였고, 하나같이 중원에서는 한 번도 본 적이 없는 이상한 생김새의 짐승들이었다.

화무린은 어느 커다란 바위 옆에 서서 놀라움이 가시지 않은 얼굴로 주위를 둘러보았다.

그때 그는 한 가지 놀라운 사실을 깨달았다.

'춥지 않다!'

어떻게 된 일인지 이곳은 알부타처럼 춥지 않았다. 그렇다고 봄 날씨처럼 훈훈하지는 않았지만 바깥 세상의 한겨울 날씨 정도의 기온이었다.

하지만 소름 끼치도록 추운 알부타에 비하면 따사로운 봄 날씨인 것만은 분명했다.

그는 아직 이곳을 두루 답사해 보지는 않았지만 꽤나 광대한 곳인 것만은 분명했다.

알부타가 얼마나 넓은지는 모르지만 아마 이곳이 알부타보다 더 넓을 것 같았다.

사방을 둘러보면 조금 전에 그가 내려온 곳에 울퉁불퉁한 바위들이 가파른 벽을 형성하고 있는 것이 보일 뿐 나머지 세 방향의 끝은 아예 보이지도 않았다.

그때 문득 그는 귀에 익은 소리를 들었다.

"……."

그것은 틀림없이 물이 흐르는 소리였다.

그는 잠시 귀를 기울이다가 한쪽 방향으로 쏜살같이 달려갔다.

얼마 달리지도 않았을 때 그는 보았다.

바닥에서 솟구치는 뜨거운 수증기가 드넓은 이끼의 벌판을 구불구불 가로지르고 있는 광경을.

쏴아아—

"아!"

화무린은 경탄성을 터뜨렸다.

그의 앞에 흐르고 있는 것은 정녕코 계류였다.

그런데 그냥 계류가 아니라 김이 무럭무럭 솟구쳐 오르는 열천(熱川)이었다.

짙은 수증기 때문에 물소리만 들릴 뿐 물은 보이지 않았다.

그가 계류가에 웅크리고 앉자 위쪽보다는 수증기가 훨씬 적었으며 계류에는 분명히 물이, 그것도 뜨거운 물이 흐르고 있는 것이 똑똑히 보였다.

뜨거운 열기가 화무린의 몸으로 훅훅 끼쳐 왔다. 하지만 싫지 않은 느낌이었다.

계류는 그리 깊지 않았으며 폭은 이 장 정도로 좁은 편이라고 할 수 있었다.

화무린은 조심스럽게 손가락을 물에 대어보았다.

뜨거웠다. 그러나 참지 못할 정도는 아니었다.

뜨거움을 느껴보는 것이 얼마 만인가.

그때 무엇을 발견했는지 그의 눈이 가볍게 빛났다.

뜨거운 물속을 이리저리 오가고 있는 붉고 푸른 물체들을 발견했기 때문이다.

자세히 보니 그것은 틀림없는 물고기였다.

계류에 물고기가 사는 것은 당연하지만 손을 담가도 뜨거운 물에 물고기가 산다는 얘기는 금시초문이었다.

기껏해야 무릎 정도 깊이의 물속에 크고 작으며 형형색색의 물고기 떼가 이리저리 유영하는 모습을 보고 있자니 마음까지 푸근해지는 것 같았다.

화무린은 일어서서 계류의 상류를 따라 천천히 걸어 올라
갔다.

쏴아아—

이십여 장쯤 갔을 때 하나의 소(沼)가 나타났다.

폭 오륙 장 정도로 아담했으며, 일 장 정도 높이에서 떨어
지는 작은 폭포도 있었다.

"이런 별천지라니……!"

그는 탄성 섞인 중얼거림을 흘려내며 천천히 주위를 둘러
보았다.

아무도 없었다.

이 넓은 곳에 자신 혼자뿐인 것이다.

그는 흐뭇한 기분이 되어 거침없이 옷을 훌훌 벗고 물속으
로 풍덩 뛰어들었다.

이리저리 헤엄치다가 적당한 깊이에서 목만 내놓고 뒷머
리를 바위에 기댄 채 스르르 눈을 감았다.

온몸에 빠르게 열기가 퍼지면서 뼛속까지 녹아버릴 것처
럼 기분이 좋아졌다.

화무린은 더 편안한 자세를 취하면서 입가에 흐뭇한 미소
를 떠올리며 중얼거렸다.

"좋아, 다 잘될 거야."

第十三章

지궁계(地窮界)

九重天
구중천

　화무린은 자신이 알부타 아래에서 발견한 또 하나의 지저
세계를 '지궁계(地窮界)'라고 이름 지었다.

　혼자 생활하면서 무슨 이름 따위가 필요할까 하고 생각할
수도 있지만 따지고 보면 그게 아니었다.

　알부타와 지저 세계, 즉 지궁계가 지니고 있는 수백, 수천
가지의 지형, 사물, 동식물에 대해서 혼자 생각하고 무언가
계획하려는 데에도 걸핏하면 헷갈리기 일쑤여서 궁리 끝에
결국 이름을 붙여야겠다고 판단한 것이다.

　그는 낮 동안의 대부분을 지궁계 곳곳을 탐사하면서 다녔
다. 가장 큰 목적은 알부타를 제외한 칠대지옥(七大地獄)으로

통하는 통로를 찾는 일이었다.

밤이 되어 지궁계에 새롭게 마련한 은신처로 돌아오면 주로 조화무극심법을 운공하거나 자예(刺銳)—독 바른 족제비 뼈, 자골—를 던지는 연습을 하면서 보냈다.

잠을 자려고 누워 그날 무엇을 했으며, 다음날 어떻게 할까 생각하다가 그날 보았던 것들의 이름을 자연스럽게 짓게 되었다.

그는 자신이 있는 이곳을 더 이상 내려갈 수 없는 '지궁', 알부타 등이 있는 곳을 중간층이라고 해서 '지중', 그 위쪽을 '지상(地上)', 그렇게 삼계(三界)로 분류했다.

그는 지궁계를 처음 발견한 다음날 운 좋게 지금 머물고 있는 은신처를 발견했는데, 그때부터 하루에 하나씩 벽에 눈금을 그으면서 날짜를 표시하기 시작했다.

보름이 지난 현재 그는 지중(地中)으로 올라갈 수 있는 통로 두 군데를 발견한 상태였다. 하지만 그는 그곳을 통해서 지중으로 올라가지 않았다.

그 통로의 밖이 여전히 알부타인지, 아니면 또 다른 팔한지옥이나 팔열지옥 중 한곳인지 전혀 아는 바가 없다는 것이 첫 번째 이유였다.

또한 그곳을 드나들다가 다른 사람들이나 야차, 나찰에게 발각될지도 모른다는 것이 두 번째 이유였다.

세 번째 이유가 가장 큰 것이라고 할 수 있는데, 아직 그가 준비되지 않았다는 사실이다.

그르르—

화무린이 은신처의 푹신한 털 가죽 잠자리에 편안하게 누워서 이제 일어날 때가 거의 다 됐을 것이라고 생각하고 있을 때 그 이상한 소리가 들려왔다.

그는 반사적으로 머리맡의 검을 뽑으면서 벌떡 일어섰다.

은신처의 얼음 천장으로 지궁계 아침의 흐릿한 담광(曇光)이 스며들고 있었다.

화무린은 반사적으로 입구 쪽을 쳐다보다가 움찔 놀랐다.

그곳에 두 마리의 백령예가 있는 것이 아닌가. 둘 중 한 마리는 조금 컸고 한 마리는 그보다 작았다.

화무린은 어리둥절해서 두 마리의 백령예를 번갈아 쳐다보았다. 그리고 그는 아주 잠시 쳐다보는 사이에 두 마리 백령예의 자세를 보고 즉시 아령을 알아보았다.

조금 큰 백령예는 당장에라도 화무린에게 덮쳐들려는 듯 공격 자세를 취하고 있었다.

그리고 조금 작은 백령예는 그 앞에 버티고 서서 제지하는 자세를 취하고 있었다.

아령이 자신을 공격할 것이라고는 생각하지 않는 화무린은 가로막고 있는 백령예가 아령이 분명하다고 판단했다.

'어미인가?'

하지만 어미치고는 너무 작았다.

아령이 대추라면 또 다른 백령예는 호두알 정도의 크기에 지나지 않았던 것이다.

문득 화무린의 시선이 조금 큰 백령예 뒤쪽으로 향했다가 움찔 놀라고 말았다.

은신처 입구를 은폐하기 위해서 막아놓은 사람 상체 정도 크기의 바위가 절반으로 쪼개져서 나뒹굴고 있었던 것이다.

그 광경은 마치 벽월도로 바위를 일도양단한 것 같았다.

크앗!

순간 큰 백령예가 화무린을 향해 번쩍 몸을 날렸다.

뭐라고 설명할 수 없을 정도로 엄청난 속도.

화무린과 큰 백령예의 거리는 삼 장 정도였는데, 촌음을 백으로 쪼갠 듯한 찰나지간에 백령예는 이미 화무린의 전면 반 장까지 도달해 있었다.

화무린은 오른손에 검을 쥐고 있었지만 무용지물이었다. 그리고 그 순간 그는 보았다.

쏘아오는 백령예 한쪽 앞발의 활짝 벌려 있는 네 손가락 끝에서 뻗어 나온 네 치 길이의 손톱을.

아니, 그것은 칼날이라고 하는 편이 옳았다.

폭이 젓가락 정도이며 두께는 종잇장처럼 얇은데, 전체적으로 그믐달처럼 약간 아래쪽으로 굽은 은백색의 칼날.

백령예의 두 눈에서는 마주 쳐다보면 눈이 멀어버릴 듯한 혈광이 뿜어져 나오고 있었다.

또한 크게 벌린 새빨간 입 안에서는 위아래 네 개의 길고 뾰족한 송곳니가 번쩍였다.

그 찰나지간에 화무린은 깨달았다.

예전에 아령이 구렁이 백린홍점사의 목을 찔러 죽인 것이 바로 저 손톱이며, 이곳 은신처 입구를 막아놓은 바위를 반으로 쪼갠 것도 저 손톱이라는 사실을.

아무 소리도 들리지 않았다.

그저 흐릿한 은영(銀影)이 눈앞에서 어른거릴 뿐이었다.

도합 여덟 개의 손톱이 자신의 온몸을 난도질하기 직전인데도 화무린은 속수무책이었다.

그는 이날까지 살아오면서 이렇게 빠른 것을 보는 것도 처음이지만 그런 것이 있다고 들어본 적도 없었다.

이 순간의 화무린에겐 눈을 깜빡일 여유조차 허락되지 않았다.

캬앙!

순간 한줄기 날카로운 소리가 터져 나왔다. 그것은 강철에 강철을 세게 부딪친 듯한 소리였다.

다름 아닌 아령의 울부짖음이었다.

그 소리에 조금 큰 백령예가 멈칫했다.

순간 여덟 개의 칼날이 자신의 온몸을 자를 것이라고 예상했던 화무린은 솜뭉치가 가볍게 가슴에 부딪친 듯한 느낌을 받았다.

화무린이 정신을 수습하고 쳐다보자 백령예는 어느새 아령 곁으로 돌아가 있었다.

백령예는 손톱으로 화무린을 그어대기 직전에 아령의 울부짖음을 듣는 순간 그의 가슴에 가볍게 뒷발을 대는 듯하다가 아령을 향해 되퉁겨져 간 것인데, 얼마나 빨랐는지 화무린이 제대로 보지도 못했다.

우우…….

아령이 백령예의 품에 파고들며 끙끙거렸다.

'어미가 맞군.'

화무린은 온몸에 식은땀이 흐르는 것을 느끼면서 비로소 또 한 마리 백령예의 정체를 확인했다.

아령이 하고 있는 행동은 영락없이 새끼가 어미에게 재롱을 부리는 광경이었다.

그러자 큰 백령예는 아령의 몸을 부드럽게 혀로 핥아주었다. 그 역시 어미다운 행동이었다.

백령예는 아령의 어미가 분명했다.

원래 전설상의 영물인 백령예는 수명이 천 년이다. 그리고 백 년 만에 새끼를 단 한 마리만 낳는다.

그 새끼는 태어나서도 결코 어미의 젖을 먹지 않으며, 낳자마자 행동이 자유로워서 스스로 사냥을 하여 먹이를 잡아먹는다.

그 전설상의 영물인 백령예가 이곳 지궁계에 살고 있다가 얼마 전에 새끼를 낳았다.

그 새끼는 태어나자마자 지궁계가 좁다고 이리저리 뛰어다니며 사냥을 하다가 이틀 만에 어미의 시야에서 사라져 버렸다. 집으로 돌아가는 길을 잃은 것이었다.

새끼는 극도로 지친 상태에서 어떤 은밀한 장소로 찾아들어 그곳의 동혈로 기어들어 갔다.

그런데 잠시 후 잠들어 있는 새끼를 독지네 독취공 떼가 한꺼번에 공격했다.

기진맥진해진 새끼는 치열한 사투를 벌인 끝에 독취공 수십 마리를 죽이고 나머지를 쫓아냈지만 결국 자신도 서너 군데를 물려서 중독되고 말았다.

죽어가고 있는 새끼 앞에 화무린이 나타난 것은 바로 그때였고, 새끼에겐 행운이었다.

그래서 새끼는 죽음 직전에 살아났으며 그때부터 오늘까지 화무린의 곁을 떠나지 않고 있었던 것이다.

화무린은 어미가 왔으니 아령이 당연히 자신의 곁을 떠날 것이라고 생각했다.

그때 그의 생각을 증명이라도 하려는 듯 어미와 아령이 입구로 향했다.

그런데 어미를 따라가던 아령이 뚝 걸음을 멈추더니 화무린을 돌아보았다.

어미는 입구에서 멈추어 돌아보며 아령을 기다렸다.

우우—

아령은 어미에게 다가가 얼굴을 어미의 얼굴에 비볐다. 작별 인사였다. 그러더니 곧 화무린에게 몸을 날렸다.

화무린은 가볍게 아령을 안고 부드럽게 머리를 쓰다듬었다.

어미 백령예는 그 모습을 잠시 응시하더니 몸을 돌려 사라졌다.

화무린이 아령을 구해준 것이 이십삼 일 전의 일이다.

그리고 둘은 그 동안 한시도 떨어져 있지 않았다.

즉, 아령은 태어나서 불과 이틀 동안 함께 있었던 어미보다는 자신의 목숨을 구해주고 많이 친해진 화무린을 선택한 것이었다.

"이 녀석, 네가 날 구했구나."

화무린이 두 손으로 아령을 잡고 얼굴 높이로 들어올린 후 미소 지으면서 말하자 아령은 새빨간 혀를 내밀어 그의 코를 핥으며 재롱을 부렸다.

가슴이 따스해진 화무린은 나직하게 웃었다.

"하하! 아령아, 이제부터는 네가 나 무린의 유일한 가족이다!"

화무린은 은신처에서 간단하게 아침 식사를 하고 있었다.

아령이 잡아온 토끼, 즉 홍토(紅兎) 고기와 그가 뜨거운 열천에서 잡아온 예린어(霓鱗魚), 그리고 식용할 수 있는 한 움큼의 이끼류가 전부였지만 알부타에서 쫄쫄 굶고 있었던 것에 비하면 굉장한 성찬이 아닐 수 없었다.

아령은 물이라면 질색을 했고, 비린내 때문인지 물고기 근처에는 얼씬도 하지 않았다.

원래 맹수들은 물을 싫어하는 법이다. 백령예는 작기는 하지만 지상의 그 어떤 맹수보다 무서운 맹수였다.

하지만 화무린이 거의 매일 물고기를 먹는 것을 봐서 그런지 아령은 점차 물고기 냄새에도 익숙해지는 것 같더니 급기야 열흘째 되는 날에는 물고기 한 마리를 거뜬히 먹어치우기에 이르렀다.

더 놀라운 일은 줄곧 육식만 하던 아령이 화무린이 이끼를 먹는 것을 줄곧 지켜보더니 어느 날부터 자기도 오물거리면서 이끼를 먹기 시작했다는 사실이다.

아령은 화무린이 하는 것은 죄다 따라서 하려고 들었다.

이틀 전이었다.

열천을 발견한 이후 거의 매일 목욕을 하게 된 화무린이 그날도 목욕을 하려고 열천에 들어갔다.

그런데 밖에서 잠시 머뭇거리던 아령이 한순간 그를 향해 냅다 몸을 날리는 것이 아닌가.

아령은 목욕을 시작한 지 이틀밖에 되지 않았는데 지금은 화무린보다 더한 목욕광이 되어 있었다.

식사를 마친 화무린은 돌을 깎아서 만든 돌 그릇 안에 담아 둔 백린홍점사의 내단 한 개를 꺼내 곧바로 삼키고는 운공에 들어갔다.

닷새 전, 그는 지궁계를 탐사하던 중에 우연히 백린홍점사를 또 한 마리 발견하고는 즉시 검을 뽑아 뒤쫓았다.

그런데 백린홍점사는 예상했던 것보다 훨씬 빨랐다. 더구나 이끼 낀 바위 사이로 요리조리 도망치는 바람에 그는 결국 잡는 것을 포기한 채 멀거니 쳐다보고 있을 수밖에 없었다.

맥이 빠진 그는 마침 바위에 앉아서 자신을 말끄러미 바라보고 있는 아령에게 백린홍점사를 가리키면서 '너, 저놈 잡을 수 있니?' 하고 농담처럼 말했는데, 정말 아령이 쏜살같이 달려가서 너무나도 간단하게 백린홍점사를 잡아버린 것이다.

그날 아령이 잡아온 백린홍점사의 목에는 첫 번째 것처럼 아래쪽 목에 네 개의 깊고 작은 구멍이 뚫려 있었다.

아령도 어미처럼 앞발에 각각 네 개씩의 칼날 같은 발톱을 감추고 있었다.

그것은 평소에는 전혀 드러나지 않다가 공격할 때만 튀어나오는 것이 분명했다.

그날 화무린은 아령의 영특함을 시험해 볼 요량으로 옥처럼 흰 조약돌 하나를 아령에게 보여주면서 '흰 돌'이라고 딱 한 번 말하고는 그것을 여러 개의 조약돌 속에 섞어놓은 후 '흰 돌'이라고 다시 말해보았다.

그러자 아령은 화무린의 얼굴을 한 번 쳐다보더니 즉시 조약돌 속에서 흰 돌을 입으로 물어냈다.

그때부터 화무린은 아령에게 쉴 새 없이 말을 가르쳤다. 지궁계의 온갖 것들을 가리키면서 일일이 이것은 무어고 저것은 무어다 하며 이름을 가르쳐 주었으며, 자신이 여러 동작을 해 보이면서 설명을 덧붙이기를 게을리 하지 않았다.

그리고는 그때마다 미심쩍은 마음에 아령이 정말 말을 알아듣는지 시험해 봤는데, 놀랍게도 하나도 틀리지 않고 모두 정확하게 알아맞혔다.

그로 미루어 아령은 말귀를 알아듣는 것이 분명했다.

바야흐로 아령은 화무린의 유일한 말동무가 되었다.

화무린이 하는 말에 아령이 사람처럼 대답은 할 수 없지만, 이런 지옥 같은 곳에서 누군가 말을 할 상대가 있다는 것은 대단한 위안이었다.

두 번째의 백린홍점사 내단을 복용하고 운공을 하자 처음처럼 아주 잠시 열기가 느껴지는 것 같더니 곧 스러졌다.

하지만 화무린은 실망하지 않고 반 시진을 꼬박 채운 후 운공을 끝내고 일어섰다.

그는 자신이 복용한 것이 내단이 분명하다고 확신했다. 복용하고 나서 느껴지는 열기가 그것을 증명했다.

열기가 곧 사라지는 것과 제대로 응집되지 않는 이유는 백
린홍점사가 오래 묵지 않아서 내단의 효력이 미미하기 때문
일 것이라고 나름대로 판단했다.

그러나 작은 빗방울이 모여서 개천을 이루고 강을 이루는
것이 이치이고 섭리이다.

비록 작은 효력의 내단일지라도 많이 복용하여 그 기운이
체내에 점차 쌓이게 되면 내공 증진에 반드시 도움이 될 것이
라고 믿고 있는 화무린이었다.

그는 백린홍점사의 사피로 만든 신발을 신었으며, 그동안
잡아먹은 홍토와 갈색 토끼 갈토(褐兎), 회모유 등의 가죽을
여러 개 잇대어 만든 옷을 입고 있었다.

바늘은 옥돌을 가늘게 갈아서 만들었으며, 실은 백린홍점
사의 힘줄을 사용했다.

옷이라고 해야 겨우 상의와 하의를 구분하는 정도가 고작
이었다.

그에게 딱히 옷 짓는 재주가 있는 것도 아니기 때문에 그저
자루 같은 몸통에 팔과 다리 네 개를 갖다 붙인 것이 다였다.

그런 옷을 입고 바깥 세상을 활보한다면 졸지에 구경거리
가 되겠지만 이곳에서는 봐줄 사람도 없었다.

아니, 누가 손가락질을 한다고 해도 눈 하나 까딱하지 않을
화무린의 성격이었다.

따뜻하고 활동적이면 그만이다. 게다가 그는 자신이 만든 옷에 꽤 만족하고 있었다.

오른쪽 어깨에는 검을 멨으며 허리에는 자예 오십 개를 담은 가죽 주머니를 찼다.

그로써 만반의 준비를 갖추었다.

오늘은 열천의 상류 끝까지 가볼 계획이었다.

그는 지난 보름 동안 지궁계를 발이 닳도록 돌아다녔지만 채 절반도 탐사하지 못했다고 나름대로 판단했다.

이곳이 얼마나 넓은지 모르기 때문에 자신이 얼마나 돌아다녔는지 모르는 것은 당연했다.

또한 팔대지옥 열여섯 군데 중 두 곳으로 가는 통로만 발견한 상태였다.

그것도 알부타인지 다른 곳인지 알 수도 없는 곳이다. 더구나 한번 그 통로를 이용하려면 각오를 단단히 하고 진땀을 빼야만 하는 지독한 험로였다.

"가자, 아령."

화무린이 은신처의 입구를 새로 구해온 바위로 단단히 막은 후 걸음을 옮기자 신이 난 아령은 이미 열천을 향해 쏜살같이 달려나가고 있었다.

화무린의 은신처는 열천 근처에 위치해 있었다.

그리고 열천은 가도 가도 끝없이 이어져 있었다.

열천은 바깥 세상의 계류나 다를 바 없이 때로는 얕고 넓게, 때로는 좁고 급하게 흐르면서 화무린을 한 번도 가본 적이 없는, 그러나 언제 무슨 일이 벌어질는지 모르는 미지의 세계로 인도했다.

아무리 봐도 지궁계는 영락없는 또 하나의 세계였다.

비록 나무는 한 그루도 없지만 이곳에서만큼은 산이라고 불러도 될 만한 제법 큰 언덕도 군데군데 있었다.

또한 자그마하지만 계곡과 분지, 습지, 이끼로 덮인 초원 등도 고루 갖추고 있었다.

화무린은 두 시진 동안 쉬지 않고 걸어서 대략 삼십여 리가량을 왔다고 생각했다.

험하지 않은 곳에서는 제법 걷는 속도가 빨랐지만, 열천 가장자리는 대부분 크고 작은 바위들이 난립해 있어서 아직 경공술을 모르는 그의 걸음은 더딜 수밖에 없었다.

게다가 열천은 몹시 구불구불했기 때문에 그가 걸어온 삼십여 리도 직선 거리로 치면 아마 이십여 리에 불과할 것이다.

이래서는 오늘 중으로 열천의 발원지에 도착하지 못할 것 같다는 생각이 든 화무린은 은근히 초조해졌다.

이어서 그는 주위를 두리번거리다가 그리 멀지 않은 곳에 이십여 장 높이로 솟아 있는 하나의 커다란 언덕을 발견하고는 즉시 그곳 꼭대기로 올라갔다.

그러나 그곳에서 사방을 두루 살펴보던 그는 곧 실망하고 말았다.

아래에서 보던 광경이나 별반 다르지 않았기 때문이다.

열천의 상류는 수백 장 앞에서 작은 언덕 뒤로 사라지더니 더 이상 시야에 잡히지 않았다.

실망해 있던 그는 문득 고개를 젖히고 천장을 올려다보았다.

지궁계 전체 천장의 높이는 일정하지 않았다.

높은 곳은 바닥에서 오십여 장에 달했으며, 낮은 곳은 채 이십여 장에도 못 미쳤다.

지금 화무린이 서 있는 언덕 꼭대기에서 머리 위 천장의 높이는 십오륙 장 정도에 불과했다.

그는 위를 쳐다보다가 하나의 사실을 깨달았다.

은신처 근처의 천장은 드문드문 두꺼운 얼음덩이로 이루어진 곳이 있었는데, 이곳은 얼음 천장이 한군데도 없었다.

여기저기 좁고 구불구불 이어진 천장의 틈새로 흐릿한 빛이 스며들고 있을 뿐이었다.

그는 언덕에서 내려와 다시 열천을 따라 상류로 향했다.

그가 아령을 안자 녀석은 옷 속으로 파고들더니 이내 잠이 들었다.

언제부턴가 화무린은 땀을 흘리고 있었다.

걷는 게 힘이 드는 것도 아닌데 가죽 털옷에 감싸인 몸 전체가 땀으로 축축해졌으며 얼굴에서 땀방울이 비 오듯이 흘러내렸다.

아령도 더운지 품속에서 나와 화무린의 어깨로 기어올라가서 입이 찢어지도록 하품을 했다.

그는 걸음을 멈추고 더워진 이유가 무엇인지 알아내려고 천천히 주위를 둘러보았다.

하지만 여태껏 그가 봐온 풍경과 별반 다른 것 같지 않았다.

"……!"

아니, 달랐다.

"어째서……?"

그는 달라진 몇몇 광경을 발견하고는 한순간 어리둥절한 표정을 지었다.

얼핏 보면 같은 듯했지만 조금만 신경 써서 보면 달라진 것들이 곧 눈에 잡혔다.

우선 초지에서 풀을 뜯고 있는 짐승들 모습이 그의 은신처 근처에 사는 짐승들과 많이 달랐다.

은신처 근처 짐승들은 추위 때문에 두터운 가죽과 수북한 털에 감싸여 있는 데 반해서 이곳 짐승들은 털이 아주 짧거나 얇은 가죽을 두르고 있었다.

게다가 짐승들의 털과 가죽은 형형색색이었다. 추운 지역의 짐승들이 희거나 갈색 계통 일색이며, 더운 지방일수록 짐승들 색이 요란하다는 사실은 상식이었다.

조금 더 자세히 살펴보니 은신처의 초지는 온통 이끼류뿐이었는데 이곳은 이끼류는 적었고, 풀, 그리고 열매가 열린 작은 나무들이 많이 눈에 띄었다.

그런 변화는 이곳이 은신처보다 온도가 높다는 사실 외에는 달리 이해할 방법이 없었다.

문득 화무린은 뭔가 짚이는 게 있어서 급히 열천 속을 자세히 들여다보았다.

역시 그의 짐작이 맞았다. 열천에는 물고기가 한 마리도 보이지 않았다.

그는 즉시 열천에 살짝 손을 대보았다가 화들짝 놀라서 급히 움츠렸다.

"웃!"

뜨거웠다.

아니, 뜨거운 정도가 아니라 아주 잠깐 담갔다가 뺀 손가락 끝이 금세 벌겋게 달아오를 정도의 극열(極熱)이었다.

이처럼 뜨거운 물속에서는 어떤 물고기라도 살지 못할 것이다.

그는 이곳이 더운 이유가 은신처의 열천보다 몇 배나 뜨거워진 열천 때문일 것이라고 판단했다.

또한 열천의 발원지가 그리 멀지 않은 곳에 있을 것이라는 확신이 들었다.

킹!

그때 어깨 위에 있던 아령이 한쪽 방향을 보며 낮은 소리를 냈다.

화무린은 그곳을 쳐다보다가 가볍게 움찔했다.

뱀이었다.

한 마리 검은 뱀이 칠팔 장쯤 떨어진 곳에서 막 한 마리 짐승을 삼키고 있는 중이었다.

그런데 그 뱀이 삼키고 있는 짐승이 화무린이 주식으로 삼고 있는 홍토보다 절반쯤은 더 커 보였다.

즉, 그 정도 큰 짐승을 한입에 삼킬 수 있을 정도로 뱀이 크다는 얘기였다.

얼마나 큰지 저 뱀에 비하면 백린홍점사는 갓 태어난 새끼 정도에 불과할 듯했다.

또한 온몸이 먹물에서 방금 건져 낸 것처럼 새카매서 더욱 섬뜩한 느낌을 주었다.

우우―

어깨에 앉은 아령이 낮은 소리를 내면서 화무린을 바라보았다.

연녹색의 해맑은 두 눈이 '잡을까요?' 라고 묻고 있었다. 아령의 공격 본능과 그 귀여운 눈빛이 부조화를 이루고 있다.

화무린은 어이없는 미소를 지었다.

이 조그만 놈은 도무지 겁이라는 것이 없었다.

"저건 네가 상대하기에는 너무 벅차다."

화무린은 내심 저 정도 뱀이면 내단이 꽤 효험이 있을 것 같다는 생각이 들었지만 포기할 수밖에 없었다.

괜히 섣불리 잡겠다고 달려들었다가는 내단은 구경도 못해보고 자신이나 아령이 다칠 수도 있었다.

그는 걸음을 옮기려다가 아령의 몸이 가볍게 움찔거리는 것을 느끼고 처다보았다.

아령의 시선은 먹빛 뱀에 고정되어 있었으며 두 눈에서는 은은한 혈광이 뿜어졌다.

아령의 몸이 움찔거리는 것은 뱀을 향해 당장이라도 몸을 날리고 싶은 것을 억제하고 있기 때문이었다.

'이 녀석!'

화무린은 아령의 하늘 높은 줄 모르는 용맹성과 투지에 새삼 적잖이 놀랐다.

아령은 태어난 지 겨우 사흘째에 화무린과 만났다. 그 후 하루가 다르게 더 빠르고 더 용맹스럽게 변모했고, 지금도 변모하고 있는 중이었다.

전설의 영물 백령예가 되기 위해서.

화무린도 알고 있었다. 처음 만났을 때보다 아령이 여러 면에서 많이 성장했음을.

그래도 먹빛 뱀은 무리일 것 같았다.

그때 한 마리 짐승을 깨끗이 삼킨 후에도 그 자리를 떠나지 않고 포만감을 즐기면서 여유를 부리고 있던 먹빛 뱀이 이쪽을 보다가 눈에 띌 정도로 움찔 몸을 떨었다.

아니, 그뿐 아니라 슬금슬금 반대쪽으로 기어가기 시작하는 광경을 화무린이 목격했다.

'설마 겁을?'

믿기 어려운 일이지만 먹빛 뱀이 이쪽을 보고 나서 보여준 반응을 화무린은 그렇게밖에는 생각할 수가 없었다.

그렇다고 해서 먹빛 뱀이 행여 화무린 자신을 보고 겁을 먹었을 리는 없었다.

그는 무언가 짚이는 게 있어서 급히 아령을 쳐다보았다.

"웃!"

순간 아령의 눈에서 뿜어지는 혈광이 방금 전보다 더 짙고 강렬하게 변해 있어서 황급히 고개를 돌리고 말았다.

아주 잠깐 아령의 눈을 봤을 뿐인데도 눈알이 뽑히는 것 같았고, 잠시 동안 아무것도 보이지 않았다.

무슨 영문인지는 모르겠지만 먹빛 뱀은 아령을 보고 잔뜩 겁을 집어먹은 게 분명했다.

자연계에는 불가해한 일들이 비일비재한 법이다.

지금의 상황도 그랬다.

하지만 화무린은 무언가를 느꼈다.

"아령, 잡아라."

그 느낌을 믿어보기로 한 그는 즉시 먹빛 뱀, 즉 흑망(黑蟒)을 가리키며 나직이 명령했다.

다음 순간 그는 자신의 눈을 의심해야만 했다.

'잡아라' 라는 말의 여운이 아직도 귓가에 맴돌고 있는데 어느새 아령은 흑망의 목덜미에 찰싹 달라붙어 있지 않은가.

그와 동시에 흑망이 거세게 몸부림치기 시작했다.

몸통이 화무린의 허벅지보다 굵은 듯하며, 길이가 거의 일장 가까이나 되는 거대한 흑망이 요동치자 그 주위는 순식간에 아수라장이 되고 말았다.

쾅!

흑망이 거세게 휘두른 꼬리에 바위 한 귀퉁이가 가루가 되어 부서져 나갔다.

흑망은 보기보다 더 포악했으며 사나웠고, 또한 위력적이었다.

그러나 아령은 화무린이 알고 있는 것보다 열 배 이상 더 강했다.

아령은 흑망의 목 아래에 찰싹 달라붙어 있었다. 흑망이 아무리 요동을 쳐도 찰거머리처럼 붙어서 떨어지지 않았다.

아령은 흑망에 비해서 너무나 작은 존재였다. 그것은 마치 굵직한 몽둥이에 파리 한 마리가 달라붙은 듯한 모습이었다.

하지만 그 파리는 보통 파리가 아니었다.

화무린은 아령의 두 개의 앞발이 흑망의 목 아래 양쪽에 위를 향한 채 찌르듯이 닿아 있는 것을 발견했다.

필경 아령의 각각 네 개씩의 칼날 같은 발톱이 흑망의 목 속을 관통한 채 이리저리 마구 헤집고 있을 것이다.

그 순간 정말 거짓말처럼 흑망의 목이 너무도 간단하게 뎅겅 잘라지며 바닥으로 묵직하게 떨어졌다.

화무린이 눈을 크게 뜨고 쳐다보는 동안 흑망은 미친 듯이 요동쳤고, 잘라진 목에서는 분수처럼 핏물이 뿜어졌다.

흑망의 요동은 반 다경쯤 지나자 차츰 잦아들더니 멈추었다.

축 늘어진 흑망의 몸 위에 아령이 올라앉아서 연녹색의 눈빛으로 화무린을 쳐다보았다.

마치 '저 잘했죠?' 하고 뽐내는 것 같은 모습이었다.

화무린은 놀라움을 삭이고 즉시 흑망에게 달려갔다. 뱀은 멀리에서 보던 것보다 훨씬 더 컸다.

"잘했다, 아령아."

화무린이 너무 작아서 어디 마땅하게 쓰다듬을 곳도 없는 아령을 쓰다듬는 시늉을 하면서 미소 짓자 아령은 그의 손을 두 발로 잡고 대롱대롱 매달렸다.

아령의 손가락처럼 가느다란 앞발에서 튀어나온 칼날이 무시무시한 흑망의 목을 단숨에 찌르고 헤집어서 잘라냈다는 생각을 하자 화무린은 아령이 자신의 손에 매달려 있는 모습이 그저 귀엽지만은 않다는 생각이 들었다.

그는 잠시 턱을 괴고 먹빛 뱀을 응시했다. 아령에게 이름을 가르쳐 줘야 하기 때문이었다.

그사이 아령은 화무린의 어깨 위에 올라가 앉았다.

흑망은 먹처럼 검은 데다 윤기마저 자르르 흘렀다. 또한 이마 한복판에 한 뼘 정도 길이의 뾰족한 뿔이 솟아 있었다.

"아령아, 이 뱀 이름은 독각망(獨角蟒)이다."

그는 그렇게 간단히 가르쳐 준 뒤 독각망을 해체하기 위해서 어깨의 검을 뽑았다.

독각망의 단단한 껍질이 무엇보다 요긴하게 쓰일 것 같았다.

하지만 집으로부터 너무 멀리 떨어져 있기 때문에 갖고 돌아가기가 어려울 듯해서 뱃속의 내단만을 꺼내기로 작정했다.

그런데 그는 잠시 후 고개를 절레절레 저으며 몸을 일으킬 수밖에 없었다.

독각망의 껍질이 얼마나 단단한지 검으로는 아예 흠집조차 나지 않는 것이다.

그는 품속에서 벽월도를 꺼내려다가 문득 한 가지 생각이 떠올라 아령을 쓰다듬었다.

"아령아, 독각망 뱃속에서 내단을 꺼내와라."

그는 두 번째 백린홍점사를 해체할 때 아령에게 내단이 무엇인지 가르쳐 준 적이 있었다.

순간 어깨 위의 아령이 번쩍 몸을 날리더니 뒤집어놓은 독
각망의 배에 달라붙었다.

드으윽—

이어서 아령의 오른쪽 앞발에서 세 치 길이의 네 개의 가느
다란 칼날 같은 발톱이 튀어나와 독각망의 배를 세로로 긋자
아무리 애를 써도 검으로는 흠집조차 나지 않던 껍질이 무채
를 썰 듯 단숨에 베어져 나갔다.

화무린으로서는 아령의 발톱을 처음 보는 순간이었다.

그가 놀라고 있는 사이에 아령의 모습이 사라졌다. 독각망
의 뱃속으로 들어가 버린 것이다.

아령이 화무린의 어깨에서 독각망을 향해 날아가서 발톱
을 꺼내 배를 가르고 뱃속으로 사라진 것은 실로 눈 한 번 깜
빡이는 순식간에 일어났다.

'아령 저놈은 정말……'

휙!

"헛?"

그가 절반은 어이없고 절반은 감탄하는 표정으로 서 있을
때 독각망의 뱃속에서 주먹만 한 크기의 시뻘건 핏덩이가 튀
어나와 자신을 향해 쏘아오자 화무린은 움찔 놀라 급히 피하
려고 했다.

하지만 핏덩이가 워낙 빨라서 미처 피하지 못하고 가슴에
안고 말았다.

핏덩이는 독각망의 뱃속으로 들어갔다가 피를 흠뻑 뒤집어쓴 아령이었다.

아령은 입에 호두알 정도 크기의 피칠을 한 독각망 내단을 문 채 연녹색 커다란 두 눈을 깜빡이면서 화무린을 바라보았다.

"고맙다."

그는 내단을 손에 쥐고 아령의 몸을 쓰다듬어 주었다. 피범벅이었지만 개의치 않았다.

열천의 물이 여태까지보다 훨씬 더 뜨거워져서 주위로 열기를 뿜어대고 있었기 때문에 더 이상은 열천 가로 걷기가 어려울 정도가 되어버렸다.

화무린은 열천에서 일 장의 거리를 유지한 채 약 두 시진가량 더 상류로 올라갔다.

도중에 백린홍점사의 절반 크기지만 훨씬 강한 독성을 지닌 푸른 뱀 청표사(靑剽蛇)를 발견했다.

화무린의 '죽이고 내단 꺼내와라' 한마디에 아령은 여태까지 만난 뱀들 중에서 가장 빠른 청표사를 바위틈 뱀 굴까지 추격해 들어가서 끝내 죽이고는 내단만 달랑 물고 돌아왔다.

그는 잠시 걸음을 멈추고 상류 쪽을 응시했다.

그곳에서부터 열천은 구불구불하지 않았고, 드문드문 크고 작은 바위들이 흩어져 있는 평평하고 넓은 초원 지대 한복판을 가로지르며 곧게 뻗어 있었다.

그리고 그 끝에 하나의 아담한 호수가 위치해 있었다.

너무 먼 거리여서 잘 보이지는 않았지만 수증기가 넓은 지역에서 뿜어지고 있었기 때문에 호수라는 짐작이 가능했다.

그는 그곳이 열천의 발원지일 것이라고 판단했다.

이제 거의 다 왔다는 생각이 들자 지친 몸에 힘이 솟았다. 발원지에 도착하면 지궁계나 팔대지옥에 대한 무언가를 알아낼 수 있을 것 같았다.

그때였다.

"……!"

발원지라고 추측한 곳에서부터 무언가 검은 물체 하나가 화무린을 향해 다가오고 있었다.

아니, 다가오는 정도가 아니었다.

검은 물체는 눈 한 번 깜빡이는 순간에 이미 백여 장 거리로 좁혀들고 있었다.

실로 엄청난 빠르기였다.

화무린이 검은 물체의 정체가 무엇인지 확인하려고 한두 번 눈을 깜빡이면서 지켜보는 사이에 그것은 또다시 오십여 장 전면까지 쇄도해 오고 있었다.

고수라면 오십여 장 밖에 있는 벌레 한 마리까지 구별할 수 있는 안력을 지니고 있는 법이다.

'사람이다!'

화무린은 검은 물체, 아니, 온몸을 푸른 옷으로 감싸고 있는 한 사람을 발견하고는 속으로 놀라서 부르짖었다.

분명히 사람이었다.

얼마나 놀랐는지 그는 순간적으로 숨어야 한다는 사실조차도 떠올리지 못했다.

그는 푸른 옷, 즉 녹의인이 삼십여 장 전면까지 이르렀을 때에야 화들짝 놀라서 가장 가까이에 있는 바위 뒤로 몸을 날렸다.

그곳은 세 개의 바위가 삼면을 가로막아 자연적으로 하나의 공간을 형성하고 있었다.

어깨를 바위에 심하게 부딪쳤지만 아픔 같은 것은 전혀 느낄 상황이 아니었다.

녹의인이 자신을 발견했을까?

분명히 발견했을 것이다.

바위들만 듬성듬성 있는 허허벌판에 우두커니 서 있는 사람을 발견하지 못했을 리 없다.

더구나 저 정도의 대단한 경공술을 전개하는 고수라면 안력 또한 대단할 것이다.

다음 순간 화무린은 앞뒤 생각할 겨를도 없이 몸을 굴려 두 개의 좁은 바위틈 사이에 다급히 눈을 갖다 붙였다.

상대가 자신을 발견했을 것이라는 전제하에 어떻게든 방어를 하려면 상대가 어떤 행동을 취하는지를 지켜보고 있어야만 한다는 것이 그의 직감이었다.

그는 어깨의 검을 움켜잡은 채 핏발이 곤두선 두 눈에 잔뜩 힘을 주었다.

어느새 십여 장까지 쇄도한 녹의인의 모습이 바위틈을 통해서 똑똑히 보였다.

가까이에서 보니 녹의인이 입고 있는 것은 바깥 세상에서 흔히 볼 수 있는 녹의가 아니라 푸른색의 허리까지 이르는 견폐(肩蔽:망토) 같은 것으로 목 아래에서부터 두 팔을 포함하여 무릎에 이르기까지 전체를 감싼 괴이한 모습이었다.

그리고 양어깨에는 쌍검을 메었으며, 얼굴은 눈구멍만 두 개 뚫린 푸른 녹면(綠面)으로 가렸고, 무려 두 자에 이르는 길고 검은 머리카락을 휘날렸다.

녹면인은 화무린이 한 번 본 적이 있는 야차와는 전혀 다른 모습이었다.

아니, 녹색 긴 망토에 쌍검, 게다가 녹면까지 한 모습은 야차보다 한층 더 귀기스러웠다.

녹면인은 경공을 전개하는 중에도 두 발이 거의 바닥에 닿지 않았으며, 상체가 약간 앞으로 기운 자세로 한줄기 바람처럼 바위를 향해 곧장 쏘아왔다.

화무린은 발각된 것이 틀림없다고 판단했다. 발각되지 않았다면 오히려 그게 더 이상한 일이었다.

하지만 지금 이 순간 이상하게도 두려움이나 공포 따윈 추호도 느껴지지 않았다.

대신 어떻게 해야 이 위기에서 벗어날 수 있을 것인지 머리가 얼음처럼 차가워지면서 빠르게 회전했다.

위기에 더욱 냉철해진다.

그 자신도 모르고 있던 승부사적인 기질이 위기에 직면하자 드러나고 있었다.

'자예로 선공을 가하는 것과 동시에 검으로 공격한다!'

그는 무공이라고는 무엇 하나 아는 게 없는 상태였다.

몸에 지니고 있는 재주라고 해봐야 거지 패나 하오문에서 배운 상대에겐 먹히지도 않을 마구잡이 싸움 솜씨와 한 달 조금 못 되는 동안 연습한 자예 던지는 것이 고작일 뿐이었다.

하지만 이런 상황에서는 지니고 있는 모든 재주를 쏟아내야만 할 것이다.

죽고 나서 후회한들 무슨 소용이 있겠는가.

결정과 동시에 그의 오른손이 허리에 차고 있던 가죽 주머니 속으로 들어가 한 움큼의 자예를 움켜쥐었다.

손가락과 손바닥 여기저기가 마구 찔렸지만 개의치 않았다. 요행히 살아난다면 벽월도로 독상을 치료하면 될 것이다.

순식간에 녹면인이 바위 앞 이 장까지 도달했다. 쇄도하는 기세로 보아 바위를 날아 넘을 것 같았다.

순간 녹면인의 녹면 미간 가운데 새겨져 있는 '구찰(九刹)'

이라는 글자가 화무린의 시야 속으로 크게 확대되어 파고들자 그는 속으로 허파가 터질 듯이 부르짖었다.

'나찰이다!'

화무린은 나찰이 바위 위로 신형을 띄운 후 아래를 향해 공격할 것이라고 예상하고, 그가 신형을 띄우는 즉시 자예를 뿌리려고 오른손에 공력을 집중시킨 채 틈새에서 눈을 떼고 재빨리 머리 위를 향해 고개를 쳐들었다.

펄럭!

머리 위에서 옷자락 펄럭이는 소리가 났다.

『구중천 제1권 끝』

잘나가고 싶은 사람은 읽어라!

그에게 한눈에 반했다! 그것은 분위기 탓?
애인과 나란히 걸어갈 때 당신은 좌, 우 어느 쪽에 서는가?
이성은 왜 서로 끌리는 걸까? 그 심층 심리를 해명한다!

30초의 심리학

■ 30초의 심리학
아사노 하치로우 지음 / 계일 옮김 / 값 8,500원

처음 본 사람인데 와 닿는 느낌이
너무나도 강렬한 사람이 있다.
흔히 하는 말로 '필이 꽂힌 사람',
그래서 잊혀지지 않는 사람,
한눈에 반했다고 하는 것이 바로 그것이다.
이런 인간의 감정을 논하는 데
남녀의 구분이 있을 수 없다.
사랑하는 그, 혹은 그녀를
생각하는 것만으로도 가슴이 두근거린다.
이상할 것 없다. 당연히 그럴 수 있는 것이다.
그렇기에 인간을 감정의 동물이라 하지 않는가.
그러나 그렇게 좋아하는 그 사람이
어느 날 갑자기 싫어지는 경우는 왜일까?

Psychology